W0397128

metro

José Luis Correa

Tod im April

metro wird
herausgegeben von
Thomas Wörtche

Zu diesem Buch

Als Mario Bermúdez, ein mäßig erfolgreicher Vertreter für Elektrogeräte, eines Tages im April tot in der Badewanne in seiner Wohnung entdeckt wird, wundert sich die Polizei: Der Tote trägt rostrote Spitzendessous und Strapse, dabei war er doch ein ganz unauffälliger Zeitgenosse. Eine Woche später wird eine zweite Leiche in Las Palmas gefunden – wieder ein alleinstehender Mann in Frauenkleidern, wieder erwürgt. Allmählich wird die Öffentlichkeit nervös, denn der Täter scheint alles perfekt im Griff zu haben. Dass auch er selbst in Gefahr gerät, kann Privatdetektiv Ricardo Blanco allerdings nicht ahnen, als er eher aus Menschenfreundlichkeit den Fall übernimmt. Zu seiner geliebten Musik und zu seinen alten Filmen kommt er kaum noch, denn die Beziehung zwischen den Geschlechtern wird immer explosiver. Dabei könnte der kanarische Frühling doch so schön sein.

»Correa beweist durch seine Insel-Kulisse wieder einmal, dass Verbrechen auch übers große Wasser gehen können.«
Kerstin Strecker, Berliner Morgenpost

Der Autor

José Luis Correa, geboren 1962 in Las Palmas, ist Professor an der Universität von Las Palmas auf Gran Canaria. Er hat bereits mehrere Romane veröffentlicht, die in Spanien unter anderem mit dem Premio Benito Pérez Armas und dem Premio Vargas Llosa ausgezeichnet wurden.

Im Unionsverlag ist außerdem lieferbar: »Drei Wochen im November«

Mehr über Buch und Autor im Anhang
und auf *www.unionsverlag.com*

José Luis Correa

Tod im April

Ricardo Blanco, Privatdetektiv auf Gran Canaria

Aus dem Spanischen von
Verena Kilchling

Unionsverlag

Die Originalausgabe erschien 2004
unter dem Titel *Muerte en abril*
bei Alba Editorial, Barcelona.

Deutsche Erstausgabe

Im Internet
Aktuelle Informationen,
Dokumente, Materialien
www.unionsverlag.com

Unionsverlag Taschenbuch 382
© by José Luis Correa 2004
© by Unionsverlag 2007
Rieterstrasse 18, CH-8027 Zürich
Telefon 0041-44-283 20 00, Fax 0041-44-283 20 01
mail@unionsverlag.ch
Alle Rechte vorbehalten
Reihengestaltung: Heinz Unternährer, Zürich
Umschlagfoto: Stewart Cohen/Getty Images
Druck und Bindung: Clausen & Bosse, Leck
ISBN 978-3-293-20382-2

Die äußeren Zahlen geben die aktuelle Auflage
und deren Erscheinungsjahr an:
2 3 4 5 - 10 09 08 07

Für meinen Sohn Carlos

1

Mario Bermúdez hatte niemand besonders gut gekannt. Anscheinend war er wortkarg, ein wenig zaghaft und hatte, wie einige Nachbarn behaupteten, »einen niedrigen Blutdruck«. Deshalb vermisste ihn auch keiner von ihnen, als er verschwand. Deshalb verweste er drei Tage lang in der Wanne seines Badezimmers. Deshalb waren die Tropfen aus dem undichten Wasserhahn durch die Haut seiner Stirn bis zum Knochen vorgedrungen. Deshalb war niemand da, um ihm die Augen zu schließen, die schließlich stumpf waren wie verdorrte Eisflächen. Deshalb gab es niemanden, der der Polizei hätte sagen können: »Wir können es ja selbst noch nicht glauben, Inspector. Er wirkte so unscheinbar, so farblos, so langweilig, keine Ahnung, was er in rostroten Spitzendessous und Strapsen unter der Dusche machte.«

Seit mehr als fünf Jahren vertrat Bermúdez einige wenig renommierte Elektrogerätehersteller auf den Kanaren, allerdings mit mäßigem Erfolg: Er hatte einfach nicht das, was man ein »Händchen« im Umgang mit Menschen nennt. Es war sogar so, dass ihm die Kunden reihenweise absprangen. Einer seiner Kunden, Armando Alvarado, vielleicht der Einzige, der noch seine Ware vertrieb, weil es sich für ihn lohnte, Gefriertruhen und Saftpressen an Kleinhändler auf dem Land zu verkaufen, hatte ihn sagen hören, dass er von dieser Arbeit die Nase voll habe und nach dem Sommer eine wichtige Änderung erwarte. Mario konnte ja nicht wissen, dass er den erhofften Erfolg nicht mehr erleben würde, weil er im April auf makabre Weise vor die Hunde gehen würde.

Die Leiche begann an einem Ostermontag zu stinken. Der Gerichtsmediziner, Don Ignacio Santa Ana, ein Mann, der schon ganz andere Schlachten geschlagen hatte und arrogant, bissig und kalt wie ein Eisberg war, staunte nicht schlecht, als er feststellte, dass Mario Bermúdez bereits am Freitag zuvor gestorben war: »Da wohnt einer in so einer Scheißwohnung mit Wänden aus Pappe, in der jedes Flüstern wie Donner widerhallt, und dann will keiner was gehört haben, das muss man sich mal vorstellen. Denn eins steht fest, Señores: Der Typ muss sich wie ein Schwein gewunden haben, während er starb. Und dann der Gestank, heilige Scheiße, dieses verfluchte Zimmer stinkt doch zum Himmel.« Der mit der Ermittlung beauftragte Polizist, Inspector Álvarez, hatte darauf bestanden, dass nur der Gerichtsmediziner und der Fotograf das Badezimmer betraten. Beim letzten Fall, in den er verwickelt worden war, dem Selbstmord eines reichen Söhnchens namens Toñuco Camember, hatten sich so viele Menschen um die Leiche geschart, dass man hätte meinen können, es wären Eintrittskarten verkauft worden. Und am Ende wusste kein Mensch mehr, welche Fingerabdrücke zu wem gehörten.

Das Problem im Fall Bermúdez war genau das Gegenteil: Es gab keine Fingerabdrücke. Nur die des Toten. Das war zumindest ungewöhnlich. Álvarez wandte sich an den Arzt, um seine Meinung über den Tod einzuholen.

»Der Tod ist immer eine Sauerei.«

»Klar. Schöne Scheiße. So weit war ich auch schon. Aber von was für einer Sauerei reden wir hier konkret?«

»Tod durch Ersticken.«

»Ist er in der Badewanne ertrunken?«

»Ertrunken? Schwachsinn! Erstickt, habe ich gesagt. Der Typ hat bei seinem letzten Fick ein wenig über die Stränge geschlagen, wollte wohl mal was Neues ausprobieren. *Carajo,* in der Liebe und im Krieg ist nun mal alles erlaubt. Sehen Sie hier und hier diese violetten Male? Die stammen nicht von Händen. Dem hat jemand wie einem Hühnchen den Hals umgedreht. Wenn Sie hier ein bisschen suchen, werden Sie den Gürtel von einem Morgenmantel finden oder ein dickes Kabel, das hier nicht hingehört, oder so etwas in der Art. Irgendetwas Breites, denn sonst hätte es eine ganz andere Narbe hinterlassen, einen richtigen Schnitt nämlich.«

»Wahnsinn. Ein Quacksalber, der auf Detektiv macht. Das hat mir gerade noch gefehlt.«

»Nun seien Sie nicht gleich eingeschnappt, Teniente, war ja nur eine Idee. Und mit Quacksalbern habe ich nichts am Hut. Zu mir kommen sie erst, wenn sie schon gesalbt sind.«

»Und wie erklären Sie sich, dass es keine Fingerabdrücke gibt? Welche Frau vögelt schon mit Handschuhen?«

»Sie sind der Experte.«

Während der Leichenschau machte sich Álvarez daran, den Boden hinter der Badezimmertür und die Kleiderschränke abzusuchen, für den Fall, dass Santa Ana mit seiner Intuition ins Schwarze traf. Er sah nach, ob Bänder an den Vorhängen, Schnüre an den Jalousien oder vielleicht sogar Schnürsenkel fehlten, fand aber nichts Ungewöhnliches. Was auch immer Bermúdez' Spielgefährtin benutzt hatte, um ihm Vergnügen zu bereiten, sie musste es hinterher wieder mitgenommen haben. Bestimmt war sie im Eifer des Gefechts zu weit gegangen, in Panik geraten und Hals über Kopf geflohen, das kam in den besten Familien vor. Was Álvarez dennoch wunderte, waren die fehlenden Spuren von Gewalt, von denen am Nacken des Toten einmal abgesehen. Und die Sache mit den Fingerabdrücken. Die ganze Wohnung wirkte sauber, fast steril. Sogar die Kissen im Wohnzimmer waren systematisch nach Farbschattierung und Form geordnet. Im Schlafzimmer selbst fanden sich sowohl in der Brieftasche als auch auf dem Nachttisch Geldscheine und Münzen, eine beinahe abgelaufene Kreditkarte und sogar ein Scheck über siebzig Euro, was die Möglichkeit eines Raubüberfalls ausschloss. Wozu hätte der Mörder den armen Teufel auch in Spitzenunterwäsche stecken sollen, nur um ihm dann ein paar Moneten abzuknöpfen? Wenn irgendetwas bei diesem Fall feststand, dann, dass Diebstahl nicht das Motiv war.

Álvarez verbrachte den Rest des Vormittags damit, die Bewohner des Gebäudes zu befragen. Er hoffte, im selben Stockwerk irgendeinen neugierigen Nachbarn zu finden, der etwas Außergewöhnliches bemerkt oder eine unbekannte Person gesehen hatte, zumindest über die Gewohnheiten und Eigenheiten des Toten Bescheid wusste. Von den vier Wohnungen derselben Etage waren zwei keine große Hilfe: In einer hatte Bermúdez selbst gewohnt, und eine andere stand bereits seit einigen Monaten leer. Ihr aktueller Besitzer hatte erst alle Hebel in Bewegung gesetzt, um sie zu kaufen, und besaß nun nicht einmal den Anstand, auch in ihr zu wohnen. »Der wollte sicher nur Geld waschen, Inspector, das machen viele Leute, würde mich nicht wundern, wenn der Dreck am Stecken hätte. Sie müssen nur genau nachforschen, wer weiß, vielleicht hat der sogar was mit dem Tod dieses armen Mannes zu tun.« Álvarez schob der überbordenden Volksfantasie, so gut er konnte, einen Riegel vor und konzentrierte sich auf die anderen beiden Wohnungen. In der ersten lebte ein junges Paar mit zwei kleinen Kindern, das zu dem Geschehenen nichts zu sagen hatte. Beide arbeiteten bei einer Nahrungsmittelfirma und verbrachten den Großteil des Tages außerhalb der Stadt. Mario sei jedenfalls ein vorbildlicher Nachbar gewesen, der einem nicht auf die Nerven ging, von dem man kaum etwas hörte und der sich nie über das Kindergeschrei beschwerte, kurz, ein liebenswerter Mann. In der anderen Wohnung, die direkt gegenüber von Bermúdez' Wohnung lag, residierte eine Witwe mit ihrem alleinstehenden, in die Jahre gekommenen Sohn, einem Gymnasiallehrer. Doña Olga – auf diesen Namen hörte die gute Frau – war eine altmodische Mutter und lebte ausschließlich für ihren Sohn, weshalb sie fast immer zu Hause anzutreffen war. Abends ging sie spazieren und trank mit ihren Freundinnen aus dem Seniorenverein einen Tee, wovon sie normalerweise gegen halb neun zurückkehrte. Aber den Rest des Tages verbrachte sie zu Hause. Das Problem bestand darin, dass Doña Olga zwar von Natur aus gern tratschte, aber an einer »leichten« Schwerhörigkeit litt, die vielleicht doch ausgeprägter war, als sie selbst zugab. Sie war daher keine große Hilfe, so sehr sie sich auch bemühte. Glaubte man der Witwe, bekam Don Mario nur selten Besuch. Augenblick, jetzt, wo sie darüber nachdachte, fiel ihr ein, dass sie im Aufzug mehrmals einem jungen Mädchen begegnet war – vielleicht zu jung für Bermúdez –, das seine Wohnung mit einem eigenen Schlüssel betrat. Sie konnte das Mädchen nicht besonders gut beschreiben, »denn dieser verfluchte Kasten ist ja finsterer als weiß Gott was. Ich kann Ihnen nur sagen, dass sie klein und dunkelhaarig war; sie trug immer Jeans und einen von diesen Rucksäcken mit nur einem Träger, die jetzt so in Mode sind. Aber ich schwöre Ihnen, wenn Sie mich zu einer Gegenüberstellung vorladen würden und noch fünf andere Frauen hinter diesem einseitigen Spiegel stünden, könnte ich Ihnen nicht sagen, welche es ist.« Doña Olga hatte viel Zeit vor dem Fernseher verbracht.

Álvarez gab erschöpft auf. Als er zum Tatort zurückkehrte, hatte man Bermúdez' bleichen Körper bereits zum Gerichtsmedizinischen Institut abtransportiert. Weil ihn niemand eingefordert hatte, würde er dort aufgebahrt werden, bis die Polizei den Fall abschloss. Was danach passierte, wusste Gott allein. Santa Ana, der von derlei Verflechtungen der Gesetzesbürokratie nichts wusste, hatte gerade sein Sezierwerkzeug eingesammelt und saß auf dem Klodeckel. Er hatte sich eine Virginia angezündet und das Bad in gräuliche, stinkende Nebelschwaden gehüllt. Der Inspector bedachte so viel Taktlosigkeit mit einem missbilligenden Blick und sagte vorwurfsvoll: »Scheiße, Santa Ana, ein wenig mehr Respekt vor dem Verstorbenen, bitte. Schauen Sie, was Sie hier für einen Qualm veranstaltet haben, verdammt noch mal!« Der Gerichtsmediziner ging bereits auf die sechzig zu. Seine grauen Haare waren sehr kurz geschnitten, und er trug eine Hornbrille, die in dreißig Jahren bestimmt wieder in Mode sein würde. Der Bauch hing ihm eine Handbreit über die Hosen, das Atmen fiel ihm schwer. Als er merkte, dass der Inspector ihn beobachtete, hob er den Blick über die Brillengläser, schloss den schwarzen Lederkoffer, atmete tief ein, als würde er bis zehn zählen, und antwortete: »Reden Sie keinen Scheiß, Inspector! Merken Sie denn nicht, dass ich damit den Gestank des Todes übertäuben will? Das ist kein Mangel an Respekt, sondern das genaue Gegenteil.«

Während Álvarez ins Polizeipräsidium zurückkehrte, ließ er sich die philosophische List des Gerichtsmediziners durch den Kopf gehen. Für ihn hatte das Verhalten Santa Anas etwas von Reue, von zwanghafter Schamhaftigkeit. Er hatte sein halbes Leben damit verbracht, in den verschrumpelten Eingeweiden von Menschen herumzustochern, die einmal gelebt hatten, und so etwas übersteht niemand, ohne sich einen Hauch von Zynismus anzueignen, ohne zu lernen, zumindest über sich selbst lachen zu können. Wenn man in diesem Beruf zulässt, dass einen die Emotionen überwältigen, hat man verloren. Álvarez wusste das nur zu gut. Aber er selbst hatte noch nicht diese Gefühlskälte, diese Abneigung erreicht, die bei Santa Ana so selbstverständlich wirkten. Er hatte es oft genug versucht. Hatte beim Rasieren vor dem Spiegel hämische Grimassen und gleichgültige Gesten einstudiert, hatte versucht, dem Tod verächtlich zuzuzwinkern, was regelmäßig damit endete, dass seine Frau sich über ihn mokierte: »Hör endlich auf, so ein Gesicht zu ziehen, du bist doch kein Schauspieler!« Sie hatte natürlich keine Ahnung von den Anforderungen, die sein Posten an ihn stellte, musste keine Härte gegenüber dem Gesindel zeigen, mit dem er sich ständig herumschlug. Susana, die Frau von Inspector Álvarez, war das genaue Abbild der Gattin von Kommissar Maigret, es schien fast, als hätte Simenon sie als Vorbild für seine Figur genommen. Oder vielleicht waren die Frauen von Polizisten überall gleich, ob in Paris oder in Las Palmas, in der Fiktion oder in der Realität. Álvarez mochte Simenon. Manchmal, wenn er früh nach Hause kam, las er Susana eine Passage vor, in der die so vernünftige und fügsame Madame Maigret vorkam, um dann zu sticheln: »Siehst du, Susana? Die versteht ihren Mann.«

Als er auf die Wache zurückkam, erwarteten ihn bereits einige Lokalreporter, die wie Hyänen der Blutspur gefolgt waren. Sie wollten Informationen über das, was sie für einen Mord hielten. Álvarez war kurz davor, sie zu fragen, wie zum Teufel sie so schnell Wind von allem bekamen, aber diesen Gefallen tat er ihnen nicht. Sie hätten ihm ohnehin geantwortet, dass das streng vertraulich sei, dass es nicht in ihrer Macht stünde, ihre Quellen preiszugeben, oder ähnlichen Unsinn. Also beschränkte er sich darauf, ihnen zu erzählen, was er wusste. Dass unter merkwürdigen und äußerst unangenehmen Umständen – er unterschlug die Aufmachung des Toten – eine Leiche aufgetaucht sei und man noch nichts ausschließen könne. Er wollte noch hinzufügen, dass dahinter sowohl ein Mord als auch ein sexueller Rekordversuch stehen könne, fand es dann aber zu peinlich. Der Mann – daran gebe es keinen Zweifel – habe keine Feinde gehabt und scheine ein ganz normaler Typ gewesen zu sein, das Ermittlungsverfahren sei aufgenommen worden, blablabla. Einer der Journalisten, ein gewisser Melo Torres, den der Inspector schon von anderen Fällen kannte, fragte ihn, ob die »unangenehmen Umstände« vielleicht etwas mit abnormalen sexuellen Vorlieben, weiblicher Intimwäsche oder einer anderen Art von Perversion zu tun hatten. Die Frage brachte Álvarez völlig aus der Fassung. Er erinnerte sich noch an einige Artikel dieses Torres, dessen oberflächliche Art ihm sauer aufstieß. Der Journalist zeigte keinerlei Respekt vor dem Leben der Menschen und noch viel weniger vor ihrem Tod. Er pervertierte einfach alles, um seine Leser zu ködern. Zu allem Überfluss hatte er ein Arschloch von Fotograf im Schlepptau, der für einen guten Schnappschuss seine eigene Mutter verkauft hätte, einen fiesen Mistkerl, der immer schwarz gekleidet war und selbst mitten im August wie in einem schlechten Film einen Cowboymantel trug. Der Inspector setzte zu einer wütenden Antwort an, brachte aber nur einen schwachen Protest hervor: »Hören Sie, Torres, dazu kann ich Ihnen erst etwas sagen, wenn bei der Autopsie Ergebnisse herauskommen, die Licht in die Angelegenheit bringen. Daher nur so viel: Mario Bermúdez hat es zwar nicht verdient, weil er ein armer Kerl war, der keiner Fliege was zuleide tat, aber ihn hats erwischt, und er ist tot.«

»Wollen Sie damit sagen, dass jemand den Tod verdient?«

»Ich kenne jedenfalls ein paar Typen, denen niemand eine Träne nachweinen würde.«

»Darf ich diese Aussage in meiner Kolumne zitieren?«

»In diesem Land herrscht Recht auf freie Meinungsäußerung, Torres.«

»Danke, Comisario Álvarez.«

»Ich bin nur Inspector.«

Sobald die Berichterstatter aus der Tür waren, stürzte sich Álvarez auf seine Schreibtischschublade und holte eine Tablette gegen Sodbrennen hervor. Typen wie Torres schlugen ihm auf den Magen. Der Tag hatte so schön angefangen, der

Frühlingshimmel hatte sich wie eine Immortelle über Las Palmas festgesetzt, doch dann war innerhalb von zwei Stunden alles vor die Hunde gegangen. Das Ergebnis war eine übel zugerichtete Leiche, eine schwarze Witwe, die frei in der Stadt herumlief, und eine Schmeißfliege, die in Form eines Journalisten über seinem Schreibtisch schwirrte. Es kam ihm wie ein Albtraum vor.

Während der ganzen folgenden Woche versuchte er, daraus aufzuwachen, aber es war nirgendwo ein Lichtblick zu entdecken. Er machte kaum Fortschritte. Die halbe Stadt hatte die Insel verlassen, und die andere Hälfte verbrachte die Osterferien am Strand. Die Autopsie untermauerte die Theorie von Ignacio Santa Ana und brachte nur eine neue Erkenntnis: Bermúdez, dieser Schuft, hatte ein überaus bewegtes Ende gefunden. Neben Hinweisen auf eine beträchtliche Dosis eines Barbiturats in seinem Urin fanden sich überall Spermaspuren, und zwar in einer Menge, die auf mindestens drei Ejakulationen schließen ließen oder auf zwei nach langer Enthaltsamkeit. Ein süßer Tod, verdammt noch mal! Er würde wohl damit anfangen müssen, das Mädchen zu finden, von dem Doña Olga gesprochen hatte. Dennoch: Glaubte man der Version der Alten, konnte das Mädchen nicht mehr als eins sechzig groß sein und wog wohl um die fünfzig Kilo. Verglichen mit den über achtzig Kilo, die Bermúdez auf die Waage brachte, ein ungleicher Kampf. Auch wenn das Bett natürlich der einzige Ort ist, an dem sich die Kräfteverhältnisse ausgleichen. Daher war die mysteriöse junge Frau der einzige Hinweis, der Álvarez weiterbrachte. Vielleicht würde sie aufs Revier kommen und ihre Aussage machen, sobald die Zeitungen von dem Tod berichteten, vielleicht würde ihr klar werden, dass sie sich noch verdächtiger machte, wenn sie schwieg, vielleicht bekam sie Angst und war jetzt schon auf dem Weg zu seinem Büro. Der Inspector gab keinen Cent darauf, dass das passierte, aber ihm blieb nichts anderes übrig, als abzuwarten, ob sich etwas regte. Und drei Nächte später regte sich tatsächlich etwas. Allerdings ganz anders, als er gedacht hatte.

2

Er hieß Carlos. Carlos Ventura. Er war Krankenpfleger und hatte im Gegensatz zum anderen Opfer einige Freunde, die für ihn einstehen konnten. Man konnte zwar nicht behaupten, dass er bei allen beliebt war, aber das kann man schließlich von niemandem sagen. Er arbeitete seit mehr als acht Jahren in der Clínica del Perpetuo Socorro und war seiner Arbeit nicht einen Tag ferngeblieben. Genau wie Bermúdez lebte er allein, aber das war nicht immer so gewesen. Tatsächlich war er mal mit Cristina Santiago zusammen gewesen, einer Radiologieassistentin, mit der ihn eine kurze, leidenschaftliche Liebesgeschichte verband, die schließlich an einem Missverständnis zerbrach. Diese Version hatte Ventura zumindest seinen Kollegen anvertraut: »Ja, Señor Inspector, Carlos hat Stein und Bein geschworen, dass er nichts mit dieser Stripperin hatte.« Aber Cristina glaubte ihm nicht, und von da an zerfraßen Misstrauen und Argwohn der Radiologin die Beziehung. Die Angelegenheit ging durch die Klinik, und jeder gab seinen Senf dazu. Die Kolleginnen von Cristina unterstützten natürlich die Entscheidung der jungen Frau: »Also ich hätte ihm das auch nicht verziehen, Inspector Álvarez, dieses Schwein hat sich schließlich mit einem Flittchen eingelassen, wer weiß, mit wem die noch alles was hatte. Keinen Pfifferling war die wert, die war doch noch nicht mal hübsch, hätte mich auch gewundert. Gut, sie hatte große Titten, aber die waren falscher als ein Eineuroschein. Außerdem ist mit solchen Sachen heute nicht mehr zu spaßen, heute holt man sich keinen einfachen Tripper mehr, heute gehts um ernstere Dinge, Aids zum Beispiel. Also, wenn mein Freund mir so was antut, schicke ich ihn schneller in die Wüste, als ich gähnen kann, den setze ich im hohen Bogen vor die Tür!« Íñigo Lozano, ebenfalls Krankenpfleger und außerdem sein bester Freund, schlug sich hingegen auf Carlos' Seite: »Ich kannte ihn gut, der war keiner, der durch die Gegend gevögelt hat, das schwöre ich Ihnen. Auf andere mag das durchaus zutreffen, aber Carlitos Ventura? Der war doch treudoof und außerdem total vernarrt in seine Freundin. Die Sache war eine Hundsgemeinheit, irgendjemand, der Interesse daran hatte, hat Cristina gesteckt, dass er in einem dieser Etablissements gesehen worden war, dabei war es nur ein Junggesellenabschied, ich glaube der von Benito Padrón, der arbeitet in der Traumatologie. Wir hatten uns zum Abendessen verabredet, und später hat dann jemand das mit der Peepshow vorgeschlagen; zu allem Unglück war Carlos auch noch der Einzige, der die Idee doof fand, daran erinnere ich mich noch genau, da können Sie jeden der Jungs aus der Traumatologie fragen. Kurz und gut, Señor Agente, er hat das nicht verdient.«

Wieder kam Álvarez das Gespräch mit dem Journalisten Melo Torres in den Sinn, in dem es darum gegangen war, ob jemand verdiente, dass man ihn tötete. Denn hier ging es, verdammt noch mal, nicht mehr um einen sexuellen Exzess, *peccata minuta,* sondern um einen Mord: Carlos Ventura war ermordet worden, das war sonnenklar. Jetzt ging es darum, die losen Enden des Fadens zusammenzufügen. Álvarez war zu alt und zu misstrauisch, um an Zufälle zu glauben. Von wegen flotte Nummer. Die Sache mit Carlos Ventura war ein Verbrechen, wie es im Buche stand. Man hatte ihn umgebracht. Genau wie Bermúdez. Ebenfalls an einem Freitag. Nur die Kleidung, die man ihm angezogen hatte, war anders. Diesmal war es ein Leibchen, eine Art besticktes Nachthemd in Indigoblau, das der Leiche ein skurriles, groteskes Aussehen verlieh. Der Körper lag rücklings auf einer alten Eisenpritsche, einem beängstigend wirkenden Museumsstück, das sich krass vom Rest des Zimmers abhob. Später fand man heraus, dass es das einzige Einrichtungsstück war, das dem Toten gehört hatte – die Wohnung wurde möbliert vermietet –, und dass es sich um ein Erbstück seiner Uroma handelte, einer Kastizin aus Caracas. Und weil Carlos Ventura Einzelkind war, fiel ihm nach dem Tod seiner Eltern das Bett zu.

Auf Venturas Gesicht lag ein Ausdruck von Verlorenheit und Verblüffung, so als könnte er nicht glauben, was ihm gerade widerfuhr. Das war kein Anflug von Panik vor dem Tod. Es schien, als wäre es nicht das Sterben selbst, das den armen Teufel störte, sondern das Antlitz, mit dem es ihm den letzten Atemzug abschnitt. Álvarez ließ Santa Ana rufen.

Er holte ihn aus dem Bett, schließlich war es ein dringender Anlass. Der Gerichtsmediziner erschien prompt mit einer schlechten Laune, die sich gewaschen hatte: »Was ist denn jetzt wieder passiert, Álvarez? Scheiße, schon wieder eine Mumie, wir kommen mit den Beerdigungen bald gar nicht mehr nach.« Santa Ana setzte sich mit einer Zurückhaltung und einem Feingefühl auf den Rand der Pritsche, die man einem Arzt, den man gerade aus seiner Siesta gerissen hatte, nicht zugetraut hätte. Es schien, als wollte er einem Körper, dem man bereits derart mitgespielt hatte, unnötige Grausamkeiten ersparen. Aus Rücksicht auf Santa Anas Arbeit verließ der Inspector das Schlafzimmer und vertrieb sich die Zeit damit, nach Spuren zu suchen, obwohl er schon ahnte, dass er nicht viel finden würde. Tatsächlich war alles an seinem Platz. Es herrschte eine ähnliche Ordnung wie in der Wohnung des anderen Opfers: Das Wohnzimmer war sorgfältig aufgeräumt, die Küche sauber und ordentlich, nur im Badezimmer gab es Anzeichen dafür, dass dort jemand gelebt hatte: In der Badewanne klebten Haare, und die Handtücher waren achtlos auf einen Wäschekorb geworfen worden. Auf der Ablage unter dem ovalen Badezimmerspiegel bildeten einige Pflegeprodukte eine unordentliche Reihe: eine Dose Rasierschaum, ein Einwegrasierer, eine Flasche mit Lotion, die nach Friseursalon roch.

Es gab jedoch etwas, das sich dem Gesetz dieses Badezimmers nicht anpassen wollte: ein orangefarbener Plastikbecher mit einer Tube Zahnpasta und zwei Zahnbürsten, einer roten und einer grünen. Álvarez machte sich auf die Suche nach einer Tüte, legte die Zahnbürsten hinein und versiegelte sie. Dann machte er sich eine Notiz und steckte die Beweismittel ein. Er wollte später etwas nachprüfen.

Als der Polizist ins Schlafzimmer zurückkam, war der alte Gutachter bereits fertig mit seiner Untersuchung der Leiche, die die gleichen blauen Flecken am Hals aufwies wie Mario Bermúdez. Santa Ana hatte seine Handschuhe noch an und wühlte im Nachttisch herum. »Was suchen Sie, Doktor?«, fragte der Inspector. »Spielen Sie wieder Detektiv?« Der Arzt drehte sich um und streckte Álvarez triumphierend einen der kleinen, grauen Inhalationsapparate mit blauer Kappe entgegen, die man bei Asthma verwendet. Mit einem tausendmal einstudierten geheimnisvollen Lächeln sagte er ihm, was er wusste: »Das hier habe ich gesucht, mein Lieber. Entweder ich täusche mich gewaltig, oder dieser Typ war Asthmatiker. Das ändert natürlich alles.«

»Und was ändert das?«

»Die Perspektive.«

»Gehen Sie mir nicht mit Ihrer Geheimnistuerei auf die Nerven, Santa Ana.«

»Sie verlieren aber schnell die Geduld, mein Freund. Was ich sagen will, ist, dass dieses Medikament die Schlussfolgerungen, die wir bei dem anderen Todesfall gezogen haben, völlig auf den Kopf stellt.«

»Ich weiß auch nicht, warum, aber genau das hatte ich befürchtet. Inwiefern auf den Kopf stellt?«

»Insofern, dass wir etwas für erwiesen gehalten haben, was nicht stimmt: dass Bermúdez Drogen nahm.«

»Nahm er etwa keine?«

»Nein. Diese Leiche weist die gleichen Spuren auf wie die von Bermúdez. Ich bin mir sicher, dass wir ein vergleichbares Barbiturat in seinem Urin finden werden. Aber so, wie es aussieht, litt Ventura an Asthma, und als Krankenpfleger kannte er zweifellos die Konsequenzen: Er wusste, dass es ihn umbringen konnte.«

»Wirkt das Zeug so stark?«

»Es geht nicht darum, wie stark es wirkt, sondern um die Assimilation: Ein Asthmatiker leidet ohnehin an ernsthaften Atmungsdepressionen (und ganz besonders in einem Klima wie unserem), und wenn er dann noch ein Barbiturat von diesem Kaliber nimmt, gute Nacht.«

»Und weiter?«

»Daraus lassen sich nur zwei Dinge schließen: Entweder wollte sich der Krankenpfleger umbringen (was nicht der Fall zu sein scheint), oder man hat ihn unter Drogen gesetzt, bevor man ihn umbrachte.«

Die Sache wurde immer undurchsichtiger. Warum gab der Mörder seinen Opfern Drogen, bevor er sie um die Ecke brachte? Was hatte er davon? Das Einzige, was feststand, war, dass beide Verbrechen von derselben Person begangen worden waren. Von jemandem mit übersteigerten Rachegelüsten, der viel Schaden anrichten wollte und wusste, wie er es anstellen musste, von jemandem, dem es gleichgültig war, dass er sein Opfer bis über den Tod hinaus erniedrigte, von jemandem, der einen eindeutigen Hang zur Grausamkeit hatte. Oder zutiefst unglücklich war.

Die einzige Verbindung zwischen den Morden bestand darin, dass beide Männer allein gelebt hatten. Von dieser Übereinstimmung abgesehen, hatte ihr Leben nichts miteinander gemein: verschiedene Berufe, unterschiedliches Alter und Aussehen, verschiedene Schicksale. Wenn jemand sie tot sehen wollte, dann nicht aus einer bestimmten Aversion heraus. Álvarez dachte an die Filme, in denen die Serienmörder immer von einem konkreten Opferprofil besessen waren. Es ging um Mörder, die Männer mit Schnurrbart hassten oder rothaarige Frauen oder jeden, der ein rotes Cabrio fuhr, nur weil es sie an einen saufenden Vater oder eine besitzergreifende Mutter oder einen Fahrer erinnerte, der einen Zebrastreifen missachtet und so ihr Leben zerstört hatte. Aber das hier war die Wirklichkeit. Und zwischen den beiden Leichen gab es keine Verbindung. Es einte sie allein die lächerliche Verkleidung, die man ihnen vor – oder nach? – ihrer Ermordung verpasst hatte. Aber es musste etwas geben, was dem Inspector entging, ein subtileres, vielleicht verborgeneres Detail im Leben von Mario Bermúdez und Carlos Ventura. Bisher jagte er nur dem scheuen Schatten eines jungen Mädchens hinterher, das zwischen zwanzig und fünfundzwanzig Jahre alt, dunkelhaarig und von mittlerer Statur war und Jeans und einen Rucksack trug. Eine von wahrscheinlich Tausenden jungen Frauen in Las Palmas, auf die diese Beschreibung passte. Eine junge Frau, die Angst hatte, seit sie in der Zeitung gelesen hatte, dass es bereits zwei mysteriöse Morde gab und die Polizei nach ihr suchte. Eine junge Frau, die vermutlich an der Universität studierte oder in einem Modegeschäft arbeitete und Raquel oder Sandra oder María Luisa hieß.

3

Sie hieß Lola und war siebenundzwanzig Jahre alt. Sie studierte an der Außenhandelsschule und träumte davon, eines Tages ihre eigene Firma zu führen. Und sie hatte tatsächlich schreckliche Angst. Sie hatte Mario Bermúdez per Zufall kennengelernt, in einem Café in der Calle León y Castillo, nur zwei Straßen von der Schule entfernt. Dort frühstückte sie jeden Morgen, weil ihr der Ort nicht gefiel, an dem ihre Kommilitonen sich zum Kaffee trafen. Lieber ging sie ein Stück zu Fuß und wich dem Trubel aus. Dabei hielt sie sich nicht etwa für etwas Besseres, weiß Gott nicht, sie hatte sich noch nie viel auf sich eingebildet, ganz im Gegenteil: Sie war gutmütig und ließ sich leicht übers Ohr hauen. Es lag eher am Alter, denn Lola war etwas älter als die anderen. Sie hatte erst spät mit dem Studium begonnen, weil ihre Eltern es nicht finanzieren konnten. Für diesen Studiengang hatte sie sich nur einschreiben können, weil sie genug Geld als Supermarktkassiererin und Putzhilfe verdient hatte. Kurz, sie hatte andere Sorgen und Nöte als die übrigen Studenten, weshalb sie sich ihnen nicht sehr nahe fühlte und keinen von ihnen näher kennenlernen wollte.

Vielleicht war ihr Mario deshalb aufgefallen. Auf Lola wirkte er genauso einsam wie sie selbst. Sie sah ihn, als er eines Tages in der dunkelsten Ecke der Bar vor einem kleinen Milchkaffee und einem Zuckergebäck saß und gierig *La Provincia* verschlang. Als sie das erste Mal mit ihm redete, bat sie ihn um die Zeitung. Lola hatte nämlich eine Anzeige aufgegeben, um eine Stelle als Babysitterin zu finden, und wollte sehen, ob sie veröffentlicht worden war. Mario faltete die Zeitung zusammen und gab sie ihr. Sie schlug sofort die Seiten mit den Kleinanzeigen auf, überflog sie, nickte zufrieden und gab ihm die Zeitung wieder zurück. Er forderte sie auf, sich doch bitte nicht zu beeilen, er habe die Zeitung schon fertig, sie könne sie ganz in Ruhe lesen. Sie bedankte sich, und als sie ihm die Zeitung zurückgab, hatten sie sich einander längst vorgestellt: »Ich heiße Lola und studiere an der Handelsschule. Mir ist aufgefallen, dass Sie auch ziemlich oft in diese Bar kommen.« Und er antwortete: »Ich bin Mario Bermúdez, und du kannst mich nennen, wie du willst, aber siez mich doch bitte nicht, sonst komme ich mir älter vor, als ich bin.« Und sie: »Ach was, Sie sind doch nicht ... du bist doch nicht alt. Ich bin nur daran gewöhnt, die Leute zu siezen, und es fällt mir schwer, jemanden zu duzen, den ich gar nicht kenne.« Und er: »Schön und gut, aber mich kennst du ja jetzt, ich bin Mario, weißt du noch? Der, der dir die Zeitung geliehen hat und oft hierher zum Frühstück kommt. Ich bin übrigens Großhändler, wenn du also mal einen Fernseher brauchst, kann ich dir günstig einen besorgen.« Und sie: »Tut mir leid, aber ich sehe nicht fern, da läuft doch nur Schwachsinn. Ich lese lieber.« Und er: »Schöne Scheiße, was für eine Art, mir so das Geschäft zu versauen! Vier von deiner Sorte, und ich kann mich zur Ruhe setzen.«

Fast eine Woche lang teilten sie sich die dunkle Ecke an der Bar und das Zuckergebäck, während sie Träume von einer glorreichen Zukunft austauschten und um Erinnerungen schacherten. So erfuhr Mario, dass sie eine ruhige Arbeit ohne allzu feste Arbeitszeiten suchte, um sich das Studium zu finanzieren, so erfuhr er von ihren finanziellen Schwierigkeiten und von ihrer Anzeige. Und ohne lange darüber nachzudenken, bot er ihr einen mehr oder weniger festen Job an: Er hatte zwar keine Kinder, die abends gehütet werden mussten, dafür aber zwei linke Hände im Haushalt, weshalb er dringend jemanden brauchte, der sich mehrmals die Woche darum kümmerte. Mario musste das Mädchen sehr ins Herz geschlossen haben, denn er log ihr das Blaue vom Himmel herunter, erzählte ihr, dass seine Kunden oft zu ihm nach

Hause kämen und seine Wohnung deshalb in gutem Zustand sein müsse. Vielleicht hatte er sich sogar in sie verliebt, denn er war trotz seiner beruflichen Schwierigkeiten bereit, ihr sechzig Euro pro Woche zu zahlen.

Lola ihrerseits glaubte ihm oder wollte ihm glauben, vielleicht musste sie ihm aber auch dringend glauben, um über die Runden zu kommen. Und so nahm sie den Job an. Deshalb kam sie so oft zu Bermúdez nach Hause und stieß im Aufzug so oft mit jener Señora zusammen, die sie von Kopf bis Fuß musterte, als suchte sie einen Makel. Deshalb hatte sie seinen Haustürschlüssel. »Und deshalb, das schwöre ich, Don Ricardo, wäre ich fast in Ohnmacht gefallen, als ich die Leiche in der Badewanne fand. Das war am Montag, glaube ich, ja genau, am Ostermontag, und ich habe mir fast in die Hose ge…, Entschuldigung, ich habe Angst gekriegt, weil der Arme einfach dalag, ganz steif, in dieser lächerlichen Aufmachung und mit diesem starren Blick, der einem überallhin gefolgt ist, egal, wo man hinging.«

»Und warum haben Sie nicht die Polizei gerufen?«

»Habe ich Ihnen doch schon gesagt. Weil ich Angst hatte.«

»Angst wovor? Waren wir uns nicht einig darüber, dass Sie unschuldig sind?«

»Und wer hätte mir das geglaubt? Ich bringe alle Voraussetzungen dafür mit, dass man mir den Mord anhängt: Ich hatte den Schlüssel für seine Wohnung, ich hatte die Gelegenheit, ihn umzubringen, und ich hatte das älteste Motiv der Welt, denn meine finanzielle Situation ist nicht gerade rosig, um es milde auszudrücken. Vielleicht hätten sie sogar geglaubt, dass ich Mario ausgenutzt habe, dass ich ihm sein Geld abgeknöpft habe, dass zwischen uns beiden etwas lief.«

»Und, lief da was?«

»Nein. Das schwöre ich Ihnen, Señor Blanco. Er war ein Gentleman und hat mich immer zuvorkommend behandelt.

Er ist nie handgreiflich geworden oder zu weit gegangen. Das hätte ich ihm auch ganz sicher nicht durchgehen lassen: Ich war ihm sehr dankbar, aber das wars auch schon. Das müssen Sie mir glauben.«

»Ich glaube Ihnen ja. Die Frage ist nur, ob ein Richter Ihnen auch glauben würde. Verraten Sie mir eins: Als Sie hineingingen, sind Sie da direkt ins Bad gegangen, wo die Leiche war?«

»Ja. Das war immer das Erste, was ich machte, wenn ich ankam. Dort zog ich mich um und hängte meine Kleider an den Haken hinter der Tür. Mit dem Putzen habe ich dann immer in der Küche angefangen. Aber an jenem Tag bin ich abgehauen, als wäre der Teufel hinter mir her. Was hätten Sie denn getan?«

»Sehr wahrscheinlich dasselbe. Aber das erklärt nicht, warum es keine Fingerabdrücke von Ihnen gab. Sie müssen doch die Tür geöffnet und wieder geschlossen haben. Sie müssen doch etwas berührt haben.«

»Ich habe Ihnen doch schon gesagt, dass ich Schi… Angst hatte. Bevor ich ging, habe ich alles mit einem Lappen abgewischt.«

»Und genau das ist am allerverdächtigsten. Erzählen Sie das bloß niemandem, sonst geht der Schuss nach hinten los. Wie dem auch sei, Lola, und damit will ich Ihnen keine falschen Hoffnungen machen: Sie haben auch ein paar Trümpfe in der Hand.«

»Und die wären?«

»Erstens, dass Sie den zweiten Toten überhaupt nicht kannten, es gibt nichts, was Sie mit ihm in Verbindung bringen könnte. Und zweitens ist beziehungsweise war Bermúdez, wenn ich mich nicht irre, Ihre einzige Einkommensquelle: Ihn umzubringen, wäre so, als würden Sie das Huhn töten, das goldene Eier legt. Außerdem …«

»Was?«

»Außerdem lag Geld auf dem Nachttisch.«

»Ja. Das war mein Wochengehalt.«

Als Lola mein Büro verließ, hatte sie zwar nicht die Hoffnung, aber zumindest ihr Lächeln wieder gewonnen. Bevor sie ging, fragte sie mich nach meinen Honorarsätzen, weil sie – wie sie mir mit glasigen Augen mitteilte – nicht viel zahlen konnte. Ich antwortete, dass »viel« ein relativer Begriff sei, der ganz von demjenigen abhängt, der die Ernte einholt, und dass die Bezahlung in diesem Fall sicher mehr als ausreichend sein würde. Ich konnte Mario Bermúdez verstehen: Das Mädchen war absolut liebenswert, hatte einen aufrichtigen Blick und ein süßes Gesicht. Zwar war sie noch jung, und es würde die Zeit kommen, in der sie beides einbüßte, aber ich war mir sicher, dass dieses Mädchen mehr als nur ein Herz brechen würde.

Ich bat Inés, meine Sekretärin, alle Nachrichten für mich entgegenzunehmen, und machte mich auf den Weg zu meinem Freund Álvarez. Mal sehen, was ich ihm aus der Nase ziehen konnte. Auf dem Weg dachte ich darüber nach, was die Tageszeitungen über das letzte Verbrechen geschrieben hatten. Die Polizei hatte die Kommentare nicht länger unterdrücken können. Eine Leiche hat jeder im Keller, bei zweien wird der Gestank zu groß. Die stillen Mutmaßungen hatten ein Ende, alle Zeitungen schrieben über den Fall, manche von der ersten Seite an. Daten und Fotos der beiden Männer wurden veröffentlicht, man schürte die Panik: »Mörder läuft frei in der Stadt herum. Polizei steht vor einem Rätsel.« Für die Zeitungsreporter, die es leid waren, nichtigen Meldungen über politische Schachereien hinterherzujagen oder von langweiligen Nachbarschaftsintrigen zu berichten, waren die Mordfälle einen ganzen Frühling lang unerschöpflicher Quell pikanter Berichte.

Ich fand Álvarez im Deenfrente, einer kleinen Bar, die aus offensichtlichen Gründen so hieß, denn sie lag gegenüber der Polizeiwache und war der Ort, an dem die Polizisten während ihrer Dienstzeiten aßen. Ein Cabo hatte mir gesagt, dass Álvarez gerade gegangen sei und ich ihn sicher bei einem Bierchen antreffen würde. Tatsächlich saß dort der Inspector und hielt stille Zwiesprache mit einem schaumigen Blonden. In seinem Mund steckte eine Zigarette. Jeden Sonntagabend schwor er sich, sich dieses Laster abzugewöhnen, und jeden Montag erwartete ihn irgendeine lästige Angelegenheit, die ihn davon abhielt. Als er mich sah, zog er ein mürrisches Gesicht und knurrte, ohne den Blick vom Spiegel hinter der Bar abzuwenden: »Als ob ich nicht schon genug am Hals hätte! Scheiße, Ricardo Blanco, du hast mir gerade noch gefehlt.« Ich setzte mich rechts von ihm auf einen freien Barhocker. »Ich freue mich auch, Sie zu sehen, Álvarez. Was macht das Leben?« Der Inspector blickte immer noch ins Leere und fragte: »Bringt mal jemand meinem Freund hier was zu trinken?« Dann wandte er sich an mich: »Was trinkst du, Ricardo?«

»Das Gleiche wie Sie.«

»Was führt dich in diese Gegend?«

»Verdammt, darf man denn nicht mal seine Freunde besuchen?«

»Verarsch mich nicht, Ricardillo.«

»Da hat wohl einer miese Laune, was?«

»Liest du keine Zeitung?«

»Doch, ich hab da so was gelesen. Was haben wir über die beiden Toten?«

»Wir? Ich weiß ja nicht, was du hast, aber ich habe absolut gar nichts.«

»Also, wenn du mich fragst, muss es doch irgendeinen Faden geben, an dem man ziehen kann.«

»Nicht den geringsten. Kein einziger Fingerabdruck, der nicht von den Toten stammt.«

»Saubere Arbeit.«

»Du sagst es.«

Álvarez wirkte entmutigt. Er wusste nicht, wo er anfangen sollte, und Gott und die Welt saßen ihm im Nacken: Die Reporter riefen ununterbrochen an und publizierten, was noch schlimmer war, endlosen Schwachsinn über einen Psychopathen, der Junggesellen mittleren Alters angriff. Das Büro des Bürgermeisters schickte Anfragen, was zum Teufel alles unternommen wurde, um den Mörder zu schnappen, die Leute seien bereits total verängstigt und sähen überall Gespenster. Und das Polizeipräsidium drohte mit blitzartigen Entlassungen und Amtsenthebungen. Das Geschwür drohte Álvarez umzubringen, und meine Anwesenheit machte die Situation keinen Deut besser. Angesichts der Lage beschloss ich, mich mit ihm zu verbünden, sobald er mir ausführlich berichtet hatte, was er über die beiden Verbrechen wusste. Ich schlug vor, gemeinsam zu Venturas Wohnung zu fahren, um dort nach einem Anhaltspunkt zu suchen, und köderte ihn – nicht ohne mich ein wenig für mein Verhalten zu schämen – mit dem Spruch, dass vier Augen mehr sehen als zwei und dass ihnen bei der ersten Untersuchung vielleicht etwas entgangen war. Álvarez erhob keine Einwände. Falls er sauer war, ließ er es sich nicht anmerken. Er trank sein Bier aus und nahm mich beim Arm: »Weißt du, Ricardo, ich glaube zwar nicht, dass es viel bringt, aber scheiß drauf. Bisher habe ich überhaupt nichts vorzuweisen, und ich habe die Nase gestrichen voll von all diesen Ungereimtheiten. Schnüffeln wir also ein bisschen herum.«

Es war nicht weiter schwierig, das Klebeband zu durchtrennen, mit dem die Polizei die Haustür von Carlos Ventura versiegelt hatte. Mir kam es vor, als hörte ich gedämpfte

Schritte hinter der gegenüberliegenden Tür, wahrscheinlich die der Nachbarin; ich stellte mir vor, wie sie sich reckte, um uns durch den Türspion zu beobachten, und bekam Lust, ihr einen Rüffel zu erteilen, verkniff es mir dann aber. Die Wohnung muffelte, roch alt, feucht und staubig. Auf den Sesseln und Möbeln sah man noch Reste des Pulvers, mit dem Fingerabdrücke sichtbar gemacht werden. Davon abgesehen war alles an seinem Platz. Es war, wie der Inspector gesagt hatte: Es herrschten ein Gleichgewicht und eine beinahe manische Symmetrie, die ungewöhnlich waren für einen Junggesellen. Ich selbst habe einen großen Teil meines Lebens allein gelebt und weiß, wovon ich rede. Dennoch erinnerte mich das Wohnzimmer an mein Büro, an die Art, mit der Inés Mappen und Bücher, Heftmaschinen und Aktentaschen anordnete. Eine irgendwie ganz eigene Art, wie ein Markenzeichen.

Zuerst fiel es mir nicht auf, weil ich zu hartnäckig darauf bedacht war, alles in mich aufzunehmen – manchmal ist man so beschäftigt damit, sich eine grobe Vorstellung von einer Person zu machen, dass man die entscheidenden Details übersieht –, aber als ich das Schlafzimmer betrat, veranlasste mich irgendetwas zur Umkehr. Vielleicht war es nur eine Spinnerei, vielleicht wollte ich aber auch vor Álvarez angeben. Vielleicht bin ich einfach übereifrig, aber es gab zwischen den Sesseln im Wohnzimmer ein niedriges Glastischchen, das meine Neugier erregte: Auf dem Tischchen befanden sich fünf Gegenstände – ein Aschenbecher, eine Kaolinvase mit Trockenblumen, eine Tonschale mit künstlichen Bonbons, ein bemalter, handgeschnitzter Glücksuhu und ein leerer Kerzenhalter –, die auf ungewöhnliche Weise angeordnet waren. Wenn man sich eine Linie zwischen ihnen dachte, entstand der Großbuchstabe *M*. Auf der Anrichte zu meiner Rechten dasselbe Spiel mit zwei Buchstützen, einer kleinen Glaskaraffe, einem winzigen Schmuckkästchen und einer schrecklichen Metakrylatuhr, die schon lange out war und außerdem nachging. Dieselbe Anordnung. Diese fünf Elemente und diese beinahe unheilvolle Zickzackform. Und wieder sah ich Inés vor mir, wie sie im Wartezimmer meines Büros Ordnung schaffte. Zunächst glaubte ich noch an einen Zufall – was diesem Möchtegerndetektiv doch für ein Unsinn auffällt –, aber als ich Venturas Schlafzimmer betrat, sprangen mir auf der Kommode fünf weitere Figürchen ins Auge, die derselben Choreografie folgten. Álvarez bemerkte meinen Gesichtsausdruck und fragte: »Was ist, Ricardo? Was starrst du da so an?« Ich antwortete: »Ach nichts, Inspector, ich habe nur gerade die Einrichtung bewundert.« Er gab sich nicht so leicht geschlagen: »*Carajo,* ich dachte, wir ziehen das hier zusammen durch! Wenn wir anfangen, voreinander Geheimnisse zu haben, lassen wir das Spiel lieber gleich.« Und ich: »Nicht doch. Wahrscheinlich ist es nur so eine Spinnerei von mir, aber sind Ihnen die Gegenstände auf den Möbelstücken aufgefallen?« Ich verriet ihm, was ich darüber dachte, aber er ließ mich kaum ausreden: »Also das ist wirklich nur eine von deinen Spinnereien. Aber notiers dir halt und frag deine Sekretärin.«

4

Nachdem wir Carlos Venturas Junggesellenwohnung von vorne bis hinten durchkämmt hatten, machten wir auf dem Rückweg zur Wache noch einen Spaziergang am Strand. Álvarez starrte abwesend auf die silberne Luftspiegelung, in die sich Teneriffa von Las Canteras aus betrachtet bei strahlendem Sonnenschein verwandelt. Ich ließ ihn allein durch seine Sorgen streifen, weil ich nur allzu gut wusste, wie beschissen man sich nach einer durchlittenen Demütigung fühlt. Man findet keinen Trost, bis man alle Türen geöffnet hat. Wenn sich dann hinter keiner von ihnen der Ausweg versteckt, wird jedes Loch zum rettenden Schützengraben, wie mein Großvater Colacho sagen würde. Aber um Álvarez meinen Schützengraben anzubieten, musste ich erst einmal warten, bis er von seiner Wolke zurückkehrte. Das tat er, als wir beim Hotel Reina Isabel angekommen waren, wo er mich am Arm packte und auf die Hotelterrasse zog: »Komm schon, Ricardo, ich lade dich auf einen Kaffee ein; die machen hier einen Wahnsinnskaffee mit Zimt und Zitronenschale. Unnötiger Firlefanz, ich weiß, aber ich kann nun mal nicht ohne Koffein leben, und das ist die einzige Art, auf die ich es vertrage. Ich schlage meinem Magengeschwür ein Schnippchen, verstehst du?« Ich willigte ein, einen Kaffee mit ihm zu trinken: »Aber ich hoffe, es macht Ihnen nichts aus, wenn ich einen normalen Kaffee nehme, Álvarez. Es leuchtet mir nämlich nicht so recht ein, dass man ein Geschwür mit einem Hauch Zimt an der Nase herumführen kann. Also, wenn Sie mich fragen, wird es davon noch schlimmer, soviel ich weiß, reizt Zitrone nämlich den Magen. Aber wenn sich Ihr Geschwür nicht beschwert, machen Sie ruhig weiter mit der Behandlung.«

»Und wie es sich beschwert.«

»Warum trinken Sie dann nicht lieber Kamillentee?«

»Hast du schon mal Kamillentee probiert?«

»Nein.«

»Dann halt die Klappe.«

Wir verbrachten gut zwei Stunden damit, über Gott und die Welt zu plaudern. Darüber, was man als Polizist in Las Palmas heutzutage alles über sich ergehen lassen musste, bei den vielen illegalen Einwanderern, die frei herumliefen. Darüber, wie sehr sich Álvarez die Pensionierung herbeisehnte, über das Landhäuschen und den Gemüsegarten, die in seinem Heimatort Los Tilos de Moya auf ihn warteten. Über seine Frau Susana, die Doppelgängerin von Madame Maigret, die den besten kanarischen Geflügeleintopf der ganzen Welt machte, irgendwann müsse ich einfach zu ihm nach Hause kommen und ihn probieren. Nach dieser leichten kulinarischen Einleitung kamen wir natürlich auch auf den Fall zu sprechen, der uns wieder zusammengebracht hatte. Der Inspector erzählte mir, dass er in den letzten Tagen die Computerdateien durchforstet habe, aber auf nichts gestoßen sei, was uns weiterhelfen konnte. Die beiden Typen waren sauber und hatten keine Vorstrafen vorzuweisen, nicht einmal einen armseligen Strafzettel. Es gab keinen Hinweis darauf, dass sie Drogen nahmen. In Venturas Kühlschrank hatte man ein halbes Dutzend Bierdosen gefunden, aber seine Freunde versicherten, dass er sehr auf seine Gesundheit achtete, wegen des Asthmas. Und Bermúdez trank noch nicht einmal. Keiner der beiden hatte ernsthafte Geldsorgen. Zwar liefen die Geschäfte des Großhändlers nicht besonders gut, aber daran stirbt man schließlich nicht. Man gewöhnt sich einfach daran, gegen die roten Zahlen auf dem Bankkonto anzukämpfen, besonders wenn man seinen Lebensunterhalt damit verdient, hier und da einen Cent zu unterschlagen.

Es waren zwei ruhige Typen, die in einer ruhigen Stadt lebten. Und die einzige Person, die uns aus der Klemme helfen konnte, tauchte einfach nicht auf, war wie vom Erdboden verschluckt. Ich konnte Álvarez nicht von Lola erzählen, aber es schmerzte mich, ihn von allen Seiten in die Enge getrieben zu sehen. Also suchte ich nach einer Möglichkeit, ihn von der Fährte abzubringen, ohne sein Misstrauen zu erregen: »Dieses Mädchen ist bestimmt nicht in die Sache verwickelt, Inspector, das ist allem Anschein nach eine kleine Freundin, die sich Bermúdez zugelegt hat, eine kurze Affäre, nichts weiter. Was hat die Nachbarin noch gleich gesagt? Ein kleines, dunkelhaariges Mädchen in Jeans, schöne Mörderin! Laut der Alten ist sie gerade mal eineinhalb Meter groß, sie kam ihr klein vor, mehr brauche ich ja wohl nicht zu sagen. Nein, Álvarez, nein, da müssen wir wohl woanders suchen.« Der Polizist schlug die Beine übereinander, stellte seine Tasse Kaffee ab, stützte die Ellenbogen auf die Armlehnen seines Korbstuhls und warf mir aus halb geschlossenen Augen einen Blick zu, der wohl bedeuten sollte: »Warum habe ich bloß den Eindruck, dass du mehr weißt, als du zugibst, du Dreckskerl?« Aber dann strafte er sich selbst Lügen und vertraute mir an: »Weißt du was, Ricardo? Es gibt etwas, was ich dir noch nicht erzählt habe. Ich habe in Venturas Bad zwei Zahnbürsten gefunden. Ich dachte, vielleicht haben wir ja Glück, und schickte sie zur Untersuchung, und heute Morgen kamen die ersten Ergebnisse, die endgültigen Ergebnisse können wohl eine Woche dauern, das ist der Nachteil, wenn man auf einer Insel am Ende der Welt lebt: Es ist noch eine andere Frau im Spiel, eine Frau um die dreißig mit Blutgruppe B positiv und – eine glückliche Fügung – einer eitrigen Zahnfleischentzündung.«

»Und das nennen Sie wenig? Was kann einem so eine Analyse denn mehr verraten?«

»Na, wenn du wüsstest! In diesen Dingen hat die Wissenschaft enorme Fortschritte gemacht. Siehst du nicht fern, oder was?«

»Sehr selten. Höchstens Tierfilme.«

»Wieso ausgerechnet die?«

»Weil Tiere wenigstens nicht reden.«

»Lassen wir das. Also, wie ich schon sagte: An den Resten in den Borsten deiner Zahnbürste können die Amerikaner ablesen, was du isst, wo du lebst und, wenn du sie ganz lieb bittest, sogar welche Schuhgröße du hast.«

»Verdammt, sieht aus, als müssten wir uns Einwegzahnbürsten zulegen. Scheiße, noch nicht mal im Bad lassen die einen in Ruhe.«

Wir wurden von seinem Piepser unterbrochen, der ein gedämpftes, hohles Pfeifen von sich gab. Álvarez nahm das Gerät vom Gürtel und las die Nachricht: »Sieht aus, als müssten wir unser Gespräch auf ein anderes Mal verlegen, Ricardo, die suchen mich auf der Wache. Bestimmt haben die Journalisten wieder ihre Nase in der Sache, und meine Vorgesetzten brauchen jemanden, der für sie den Kopf hinhält. Scheißleben. Tu mir einen Gefallen: Wenn du was rauskriegst, ruf mich an. Lass einfach die Mätzchen und melde dich.«

»Versprochen, Inspector, ich rufe an.«

Als ich ins Büro zurückkehrte, musste ich an Lolas süßes, weißes Lächeln denken. Was, wenn die Kleine doch etwas mit der Geschichte zu tun hatte?

Unmöglich.

Nein, unmöglich ist gar nichts. Unwahrscheinlich traf es besser. Es war schließlich nicht das erste Mal, dass ich Frauen begegnete, die ganz harmlos wirkten und sich dann als das Gegenteil entpuppten. Ich musste an María Arancha Manrique denken, eine Frau wie aus dem Märchen, die mir übel mitgespielt hatte. Inzwischen bildete ich mir ein, gegen Dummheit gefeit zu sein, aber bei Frauen gibt es einfach kein Gegenmittel. Ohne Stolz gebe ich zu, dass ich Lolas Zähne kontrolliert hätte, wenn sie mir nach meinem Gespräch mit Álvarez auf der Straße begegnet wäre. Vorbeugen ist schließlich besser als heilen. Zum Glück für uns beide gelangte ich jedoch ohne weitere Zwischenfälle ins Büro, vom ewigen Stau auf der Autovía Marítima – zur Stoßzeit ist diese Stadt einfach unerträglich – einmal abgesehen. Inés war gerade dabei, die Seiten mit den Verbrechensmeldungen in der Zeitung zu studieren. Trotz all der Jahre im Geschäft und trotz ihrer ewigen »Donnerwetter« hatte sie sich die Fähigkeit zu staunen bewahrt und klärte mich über all die makabren Lektionen auf, die auf der Straße unterrichtet wurden: »Donnerwetter, Ricardo, hast du von diesem Jugendlichen aus Valencia oder Murcia oder wo auch immer gehört? Von dem, der seine Eltern und seine gelähmte Oma mit einem Blasrohr mit Kurare-Gift um die Ecke gebracht hat? Und da heißt es immer, so was passiert nur in Amerika, dabei ist das mittlerweile dunkelstes Harlem hier, mit diesem ganzen Fernsehmüll und den Computerspielen, heilige Mutter Gottes! Wie? Nein, ich habe den Vormittag nicht mit Häkeln verbracht, ich arbeite auch, und zwar zu viel für das Gehalt, das ich kriege, zum Donnerwetter! Dabei wurde die Sklaverei schon vor einer Ewigkeit abgeschafft. Wo wir schon von Sklaven reden, du hast eine Nachricht von einer gewissen Malena. Offenbar wart ihr zum Mittagessen verabredet, und sie hat bis um drei gewartet und dann beschlossen, ich zitiere wörtlich, mit dem erstbesten Mann zu essen, der das Restaurant betrat und sie begehrlich ansah. Donnerwetter, ich glaube, die war stinksauer!«

Das hatte ich völlig vergessen, ich Riesentrottel. Malena! Herr im Himmel! Ein unverzeihlicher Fauxpas. *Malena singt den Tango wie keine andere* und hat die sinnlichsten Lippen, die ich je geküsst habe. Lippen, bei denen man Lust bekommt, sie aus Liebe zu verschlingen, sich an ihren Mund zu heften und zu sterben. Denn *Malena hat die Traurigkeit des Bandoneons* und Augen so hell wie Lagunen, und wenn sie dich mit diesen Wahnsinnsaugen ansieht, zerreißt es dir die Brust, das schwöre ich hoch und heilig. *In jeden Vers legt sie ihr Herz* und noch ganz andere Dinge, vor allem andere Dinge, die ein Gentleman hier nicht wiedergeben kann, so etwas war mir noch nie passiert, Malena. Meine Malena. *Malena singt den Tango mit Schattenstimme,* und ich hatte sie im Stich gelassen, hatte den Schatten in ihrer Stimme schamlos vertieft, hatte ihr den Tango verhagelt und vielleicht auch die Hoffnung. Verdammte Vergesslichkeit.

Wie ein Besessener stürzte ich ans Telefon, um sie um Verzeihung zu bitten: »Entschuldigung, entschuldige bitte, mein Engel, ich konnte nicht kommen, weil ich mitten in der Arbeit steckte« – es war die Wahrheit –, »weil ich mich mit einem Freund von der Polizei treffen musste« – es klang wie die Wahrheit –, »um ihm bei einer Ermittlung zu helfen, weil die Zeit wie im Flug verging« – es hätte so leicht die Wahrheit sein können – »und du nicht mehr da warst, als ich dich anrief, um unsere Verabredung abzusagen, verzeih mir! Du darfst dir aussuchen, wie ich es wiedergutmache, vielleicht eine Reservierung im Don Gregory dieses Wochenende? *Carajo,* es wird mich ganz schön was kosten, dass du mir verzeihst. Nein, das war doch nur ein Witz, es bleibt dabei, wir fahren übers Wochenende nach San Agustín. Nicht doch, ich fühle mich nicht verpflichtet, ich bitte dich, Malena, jeder Mann würde töten, um zwei Nächte mit dir an einem einsamen Strand zu verbringen. Ja, ich weiß, der Strand ist nicht einsam, aber das klingt doch gut, oder? Zwei Nächte und ein Abendessen? Am Samstag? Klar meine ich das ernst, am

Samstag, so lerne ich wenigstens, nie wieder eine Verabredung zu vergessen.«

Dass ich sie kennengelernt hatte, war pures Glück gewesen. Es war eine dieser zufälligen Begegnungen, bei denen sich zwei Menschen ansehen und alles um sie herum still wird, bei denen keiner wagt, den Blick abzuwenden, aus Angst, dem anderen könnte es in den Sinn kommen, zu verschwinden. Dann verstreichen drei oder vier Sekunden, die einem wie drei oder vier Tage und Nächte vorkommen, und dann wendet doch einer, er, also ich, den Blick ab, weil das wirklich zu weit geht, was für eine Art, eine schöne Frau anzuhimmeln, und da fühlt sich die andere, sie, Malena, als Siegerin in der Schlacht der Entdeckung, plustert sich auf und lächelt vor sich hin, als wollte sie sagen, jetzt stehst du da, Kleiner, bevor sie im Fitnesscenter verschwindet. Sie trug ein schwarzes Trikot, wie es rhythmische Sportgymnastinnen tragen, und hatte einen Pullover um die Hüfte geschlungen, um sich der spöttischen Musterung der Männer zu entziehen, und noch mehr der der Frauen, die so viel grausamer sind und sie, da bin ich mir sicher, mit Speeren der Eifersucht durchbohren. So trat Malena in mein Leben, und sie hatte weder Augen des Vergessens noch Lippen des Grolls, aber dafür war sie *besser, besser als ich.* Und so kehrte Malena am nächsten und am darauffolgenden Abend zurück, immer zur selben Zeit, immer dann, wenn ich gerade rechtzeitig vom Büro nach Hause kam, um auf ihre blonde Schönheit und ihre sinnliche Stimme zu treffen, auf ihren Pullover, der strategisch so gebunden war, dass er einen überaus knackigen Po bedeckte, den wohl nie jemand ganz an sich binden würde. Bis sie sich eines Tages gehörig verspätete. Zumindest dachte ich, dass sie sich verspätet hatte, und lief viermal um den Block, um noch einige Male am Eingang des Fitnesscenters vorbeizukommen. Und dann stellte sich heraus, dass sie doch pünktlich gekommen war, sich jedoch hinter einer Säule versteckt hatte, wo sie sich mit jeder meiner Runden weiter aufplusterte und frecher wurde, bis sie um meinen bei jeder Tour steigenden Blutdruck bangte und sich vor den Eingang stellte, um das erschöpfte, keuchende Etwas in Empfang zu nehmen, das von mir übrig geblieben war, und mir zu sagen: »Hör mal, falls es dich interessiert: Ich kann dich dem Besitzer vorstellen, ist ein Freund von mir, der gibt dir sicher Rabatt.«

Und ich leicht pikiert: »Wieso? Kann doch jeder machen, wie er will. Das hier ist eben meine Art, fit zu bleiben. Statt dafür zu bezahlen, wie ein Irrer in Endlosschleife auf dem Laufband zu hecheln oder auf einem Fahrrad zu sitzen, das sich kein Stück vom Fleck bewegt, jogge ich lieber zwanzig Minuten am Stück.« Malena zeigte sich belustigt: »Natürlich bleibt das jedem selbst überlassen, aber wenn du mir einen guten Rat erlaubst, empfehle ich dir Turnschuhe mit Luftkammer, denn mit diesen Martinellis machst du dir die Füße kaputt.« Und ich, nur noch ein Schatten meiner selbst: »Schon gut, schon gut. Muss man noch draufschlagen, wenn das Opfer schon am Boden liegt? Nächstes Mal trete ich in voller Montur an.« Woraufhin sie ihren schönen Fuß vom Gaspedal nahm: »Also gut, was hältst du davon, mich nach meiner Body-Shape-Stunde abzuholen? Wir könnten in der *Jamonería* hier um die Ecke einen Teller Jabugo-Schinken essen und eine halbe Flasche Wein trinken.« Ich erwachte sofort zu neuem Leben: »Lässt dich dein Bodyshop-Lehrer denn so was essen?« Und Malena war Welten von dem Tango entfernt, dem sie ihren Namen verdankte, als sie frech ihre weißen Zähne funkeln ließ und mit der rechten Hand durch die Luft der eben erwachten Nacht fuchtelte. »Hör gut zu, Kleiner, drei Dinge solltest du wissen: Erstens heißt es Body-Shape und zweitens ist es eine Lehrerin, und der dritte und wichtigste Punkt ist, dass die Person noch nicht geboren wurde, die mir den Schinken verbietet oder das ganze Schwein, wenn mir danach ist.« Und am folgenden Freitag verdrückte Malena tatsächlich fast ein ganzes Schwein. Heiliges Kanonenrohr, was für ein Heißhunger! Ich weiß noch, dass ich dachte: »Das kommt bestimmt vom Body-Shape. Hoffentlich legt sich dieser Elan beim Nachtisch.« Aber nach dem Dessert hatte Malena immer noch Appetit.

Wir gingen in diesem Winter noch mehrmals miteinander aus. Ganz unverbindlich. Die Regeln stellte sie in der ersten Nacht auf: »Hier werden keine Fragen gestellt. Raum und Zeit sind relativ, das hat schon Einstein bewiesen. Es interessiert mich also nicht, was du in der Vergangenheit getrieben hast, und auch nicht, was du tust, wenn du nicht bei mir bist. Was zählt, ist das Hier und Jetzt, und sobald wir keinen Spaß mehr daran haben, geht jeder seines Weges, und damit hat sichs, einverstanden?« Und ich akzeptierte, ohne zu mucksen, denn Malena ist keine Frau, die ein *Aber* gelten lässt. Doch dann hätte ich es fast vermasselt, weil ich so dumm war, festzustellen, dass ich zwar keine Zweifel an ihrer Weiblichkeit hätte, ihre Philosophie aber eher männlich fände. In jener Nacht war sie zum Streiten aufgelegt und warf mir beinahe ein Bild von Salma an den Kopf, ihrer Angorakatze, die auf einer Truhe lag und uns beobachtete. Wenn Salma und Malena zusammen waren, was eigentlich immer der Fall war, wenn ich mich dort aufhielt – die Katze hasste mich und war höllisch eifersüchtig, ihr Nackenfell sträubte sich schon, wenn sie mich nur durch die Tür kommen sah –, verschmolzen sie zu einer Einheit. Sie schmiegte sich liebevoll an das Tier – nun war ich der Eifersüchtige – und ließ es auf ihrem Schoß liegen, bis es wie eine Verlängerung ihres Körpers wirkte. Vier runde Augen, die dich streichelten, dich einschüchterten, dich verführten, dich herausforderten. Ich glaube bis heute, dass es nicht der Gedanke an meinen Kopf war, sondern der Wert des Fotos, der sie davon abhielt, es mir an den Kopf zu schleudern: »Was für ein blöder Machokommentar, Ricardo, typisch für einen ausgemusterten Zuchthengst. Von dir hatte ich eigentlich was Geistreicheres erwartet. Was ist los mit dir? Glaubst du etwa auch, ihr Männer seid die Einzigen, die wirklich Lust haben? Und wir Frauen sind natürlich Romantikerinnen, die Sex nicht von Liebe trennen können? Da bist du ganz schön auf dem Holzweg, du Idiot!«

Ihr Ärger überraschte mich. Ich hatte sie noch nie so hinterhältig erlebt, sie noch nie aus diesem zweifelhaften Blickwinkel gesehen. Ihr Ärger überraschte mich, und ich wusste nicht, wie ich reagieren sollte. Und ich ritt mich noch weiter hinein, machte es noch schlimmer: »Nein, nicht doch, das denke ich ja gar nicht, aber man sagt doch immer, dass der Mann beim Tauschhandel der Leidenschaften Liebe gibt, um Sex zu bekommen, während die Frau Sex gibt, um Liebe zu bekommen. Das ist nichts, was man wissenschaftlich beweisen könnte, aber so sind nun mal die Statistiken.« Ihr Ärger überraschte mich, und dieses Mal entkam ich der Katze nicht, bekam sie voll ins Gesicht, während der Bilderrahmen am Boden zerschellte. Mir blieb keine Zeit, dem Himmel zu danken, denn auf ein veilchenblaues Ei auf der Stirn und eine verärgerte Kriegerin Malena folgten ein liebevoller Eisbeutel und eine verärgerte Liebesgöttin Malena, und da war mir der zweifelhafte Blickwinkel plötzlich völlig schnuppe, weil Malena zwei Stunden lang meine Frau fürs Hier und Jetzt war, meine Einstein-Frau, meine Ausnahme-Frau, mein Mannweib, das wie ein geschickter Alchimist die Liebe vom Sex trennte und die Liebe mit Vehemenz zur Seite schob und sich so kompromisslos an den Sex klammerte, als sei er der letzte Wille einer vom Teufel Besessenen. Von da an folgte auf jeden

Streit mit ihr ein erbarmungsloser Kreuzzug im Bett oder auf dem Sofa oder auf der Küchenanrichte, denn Malena schreckte, was mir nur recht sein konnte, vor keinem Gelände zurück, spielte im Haus ebenso wie im Freien, auf Rasen genauso wie auf Erdboden, auf weichem ebenso wie auf hartem Untergrund. So verbrachte ich den Winter damit, ihr zu widersprechen, bis sie meinen gemeinen Trick durchschaute und sich verweigerte: »Lassen wir das Spielchen. Du willst sowieso nur vögeln, und ich falle immer wieder darauf herein. Du hattest hier lange genug das Kommando, du denkst, du hast die Zügel in der Hand, nicht wahr? Nun, jetzt ist Schluss mit lustig, von jetzt an fange ich hier den Streit an.« Woraufhin die Schlachten seltener wurden und das Beheben der Schäden immer langsamer vonstatten ging und wir in die Phase des Gleichgewichts eintraten, wie sie es nannte. Und in dieser Phase befanden wir uns noch, als mir meine Gedankenlosigkeit unterlief und sie deswegen sauer war und wir unser relativ ruhiges Wochenende in San Agustín verbrachten, in Zimmer 514 des Hotels Don Gregory mit dem obligatorischen Abendessen im La Liguria am Samstag.

5

Der dritte Tote erwischte uns im Bett von Zimmer 514. Malena war früher aufgestanden, hatte geduscht und sich angezogen und war losgegangen, um Zeitungen zu kaufen. Als ich aufwachte, hatte sie sich bereits wieder hingelegt und ihre Seite des Bettes in den Schreibtisch einer Journalistin verwandelt: Tageszeitungen jeder religiösen und politischen Tendenz, Wochenzeitschriften jeglicher Couleur, lachsfarbene Wirtschaftsbeilagen und farblose Feuilletons türmten sich auf der zimtfarbenen Wolldecke. Für Malena waren Sonntage dazu da, es sich mit Zeitungen auf dem Sofa gemütlich zu machen, nur aufzustehen, um die Kissen aufzuschütteln und dem Pizzaboten aufzumachen, zum Sofa zurückzukehren, um zu sehen, wo zum Teufel sich die Fernbedienung versteckt hatte, nachmittags Liebe zu machen und sich danach nur wieder aufzuraffen, um einem weiteren Boten die Tür zu öffnen, zum Beispiel dem vom Chinarestaurant, worauf wieder die Suche nach der verdammten Fernbedienung folgte, und, wenn ich Glück hatte, noch ein wenig Liebe.

Aber an diesem Sonntag lief alles aus dem Ruder, als mir Malena *La Provincia* ins Gesicht warf, damit ich munter wurde, »hier, lies auch mal was«, und ich mir an einer siedend heißen Schlagzeile die Wimpern verbrannte: »Weitere Leiche in Einfamilienhaus in der Calle García Morato aufgetaucht. Psychopath läuft immer noch frei herum.« Anscheinend deuteten die Indizien darauf hin, dass die Vorgehensweise des Mörders übereinstimmte. Der Mann war herausgeputzt gewesen wie eine Vorstadthure, als man ihn fand, mit Kabarettmieder und blauen Flecken am Hals. Nur, dass dieser Mann verheiratet war. Schon seit Jahren. Verheiratet mit einer Stewardess von Iberia, die, glücklicherweise oder unglücklicherweise, an diesem Freitag für die Strecke nach Rom über Madrid eingeteilt gewesen war. Die etwas konfuse Meldung war eine Mischung aus Sensationsjournalismus und einem Roman aus dem neunzehnten Jahrhundert, einige Tatumstände widersprachen sich. Ich wollte Malena nicht mit einer überstürzten Rückkehr das Wochenende verderben, zumal es ohnehin nichts gab, was ich in Las Palmas hätte tun können. Álvarez stand bestimmt von allen Seiten unter Druck und steckte bis zum Hals in Polizeiberichten, dem konnte ich sicher gestohlen bleiben. Ich ließ es also ruhig angehen. Allerdings rief ich am Mittag Lola an, um mich davon zu überzeugen, dass sie von der Meldung wusste, und um sie nebenbei zu fragen, was sie am Freitagabend gemacht hatte. Natürlich wisse sie von nichts, sie stehe sonntags nie vor Mittag auf. Natürlich sei sie am Freitag im Kino gewesen, was könne man auch sonst an einem Freitag tun? Natürlich habe sie mehrere Zeugen, die mit ihr im Royal den Film *Sprich mit ihr* gesehen und später im Géiser mit ihr Cuba Libres getrunken hätten und zum Schluss mit ihr in einer Spelunke voller Schwulen und Lesben in der Calle Portugal gelandet seien, wo sie sich über die Tequilabestände hergemacht hätten. Am Samstag sei sie am frühen Nachmittag neben ihrem Freund Héctor Melián aufgewacht, bei dem sie, nach drei Versuchen, ihn zu verlassen, wieder einmal schwach geworden sei: »Aber er sieht nun mal so gut aus, Señor Blanco, er hat so eine hübsche Nase und so sinnliche Zähne, und er schreibt so wunderschöne Gedichte; das passiert mir nur bei ihm, das schwöre ich, es ist einfach stärker als ich.« Lola wollte außerdem wissen, ob die Sache nach dieser neuen Leiche besser oder schlechter für sie aussah, worauf mir nichts anderes einfiel als: »Ich rufe dich morgen an, nachdem ich mit Álvarez gesprochen habe. Zerbrich dir nicht den Kopf darüber. Über die Sache mit Héctor? Nein, über die auch nicht.«

Wir aßen in einer einfachen Fischerkneipe in Arinaga zu Mittag. Malena vertilgte wie immer ihre Portion und einen

Teil von meiner gleich dazu. »*Carajo,* keine Ahnung, wo du das alles hinsteckst, du musst ja einen Bandwurm von eineinhalb Metern Länge haben.« Worauf sie strahlend antwortete: »Du regst halt meinen Appetit an, mein Schatz. Ernsthaft: Bevor ich mit dir ausging, habe ich wie ein Vögelchen gegessen, aber jetzt verbrauche ich viel Energie, weil ich zwischen Fitnesscenter und dir massenhaft Kalorien verbrenne. Ich muss also wieder zu Kräften kommen. Wieso? Gefällt es dir nicht, dass es mir schmeckt?« Und ich: »Was redest du da, ich sehe dir unheimlich gern beim Essen zu. Da entdecke ich sogar meinen Glauben wieder. Und natürlich, wenn ich dich nackt sehe.« Sie war geschmeichelt: »Sieh an, sollte sich am Ende etwa herausstellen, dass du hier der Sentimentale bist? Wo hast du denn deine Theorien über Sex und Liebe gelassen?« Ich leerte meinen Weißwein: »Ich habe diesbezüglich keine Theorien, und wenn ich sie jemals hatte, habe ich sie vergessen, als ich dich kennenlernte. Dich und Salma.« Sie fragte: »Wie soll ich denn das verstehen?« Und ich antwortete: »Als Kompliment, natürlich.« Woraufhin sie sich über den Tisch reckte, um mir einen Kuss zu geben, der nach Eischnee und Nougateis schmeckte: »Kaum zu glauben, wer dich nicht kennt, kauft dir das sogar ab. Du alter Schmeichler hast wohl immer irgendein Kompliment parat, ich will gar nicht wissen, wie viele du schon mit dieser Methode beglückt hast.« Und ich: »Verdammt, warst du nicht diejenige, die gesagt hat, dass die Vergangenheit nicht existiert? Und jetzt wirst du mir plötzlich eifersüchtig?« Ihr Lachen schallte über die karierte Tischdecke hinweg zu mir herüber: »Das würde dir so passen. Tatsache ist, dass es schon etwas gibt, was mir an unserer Beziehung nicht gefällt: Du erzählst nie von deiner Arbeit, dabei muss die doch wahnsinnig interessant sein. Ich meine, jetzt zum Beispiel: Wenn mich mein Gefühl nicht trügt, bist du in diese Seifenoper mit den Morden verstrickt, aber ich habe keine Ahnung, was du darüber denkst. Muss man sich deswegen Sorgen machen?« Ich spielte die Geschichte herunter: »Nur, wenn man ein alleinstehender Mann ist. Sieht aus, als wären sie die Zielscheibe, auch wenn dieser letzte Typ verheiratet war, was alles wieder offenlässt.« Malena ließ sich Zeit mit ihrer Interpretation der Tatsachen: »Mm, ich habe das Gefühl, dass da eine Frau im Spiel ist oder ein gehörnter Ehemann. Ich weiß nicht, irgendetwas Schlüpfriges. Warum sonst diese verrückte Idee mit den Frauenverkleidungen?« Mein spöttisches Lächeln konnte sie nicht einschüchtern. Während der Rückfahrt nach Las Palmas grübelte sie weiter über die Sache nach. Sie legte mir alle möglichen fantastischen Überlegungen dar, bastelte sich die ganze Geschichte auf eigene Faust zusammen, drehte und wendete jedes Detail, um auf eine überzeugende Antwort zu kommen: »Diese Typen müssen irgendwas gemeinsam haben, und komm mir jetzt bitte nicht damit, dass sie alle drei traurig wirkten. Nein, die hatten irgendein gemeinsames Laster, dafür lege ich meine rechte Hand ins Feuer.«

»Merkst du jetzt, dass das alles gar nicht so einfach ist? Nicht einmal du bist dir deiner Sache sicher.«

»*Caramba,* wie kommst du denn darauf?«

»Weil du Linkshänderin bist.«

Ich grübelte die ganze Nacht über die Sache mit den gemeinsamen Lastern nach. Malena hatte normalerweise ein gutes Gespür für alle möglichen Dinge, und vielleicht, nur vielleicht, hatte sie ja recht. Das Problem war, dass weder Mario Bermúdez noch Carlos Ventura ein Laster zu haben schienen. Vielleicht gab uns das neue Opfer einen Hinweis. Der Neue war ein gewisser Lucas Travieso, der, nach dem Gesicht zu urteilen, das Álvarez bei meiner Ankunft am Montag zog, alles noch komplizierter machte. Der Polizist saß am Schreibtisch, gab sich seiner letzten Zigarette hin und versuchte, die Farben eines Zauberwürfels auf die jeweils richtige Seite zu bringen. Immer wenn er über etwas nachgrübeln wollte, schnappte er sich den Würfel und fing an, ihn auseinander- und wieder zusammenzubauen. Manche sind gut darin, Kreuzwort- oder Silbenrätsel zu lösen. Er war eben geschickt darin, mit diesem irritierenden Ding herumzuhantieren. Was gar nicht so einfach ist. Weil der Würfel bei ihm so gut funktionierte, hatte ich ihn auch einmal als Beruhigungsmittel ausprobiert und mich bald geschlagen geben müssen, weil er nicht etwa meine Nerven beruhigte, sondern mich im Gegenteil noch nervöser machte. Álvarez war so vertieft in seine Überlegungen, dass er mich nicht kommen hörte und sich fast zu Tode erschreckte, als ich einen Stuhl an seinen Schreibtisch heranrollte. »Scheiße, Ricardo, schleich dich gefälligst nicht so an, fast hätte ich einen Herzinfarkt gekriegt. Was gibts? Du hast es schon mitgekriegt? Die Sache wird immer unheimlicher, dieses Mal geht es um einen Mann, dessen frisch geschwängerter Frau wir Beruhigungsmittel geben mussten, weil sie einen Schock bekam. Das passt nicht zusammen, mein Freund, diesmal sind sie eindeutig zu weit gegangen.«

Er setzte mich über die aktuelle Lage ins Bild. Lucas Travieso war in seiner Jugend mit Vorsicht zu genießen gewesen, aber er war ein guter Sportler und spielte heute noch Basketball in der zweiten Liga. Er war der große, gut aussehende Siegertyp, dem die Hälfte der weiblichen Bevölkerung zu Füßen lag. Angeblich ging er nie zweimal mit der Gleichen ins Bett, angeblich ödete es ihn an, ein bekanntes Gesicht unter oder über sich zu haben, angeblich war das Kopfende seines Bettes mit Kerben übersät wie der Revolver von Jesse James. Er war ein Schürzenjäger, wie er im Buche steht. Bis er bei einer Mannschaftsreise nach Sevilla Raquel Calvo kennenlernte. Es muss wohl kaum erwähnt werden, dass Lucas ihr sofort Avancen machte. Er legte es darauf an, ihr zu gefallen, etwas, was ihm sonst offensichtlich nicht besonders schwer fiel. Er legte es darauf an, die Aufmerksamkeit dieser so kleinen und zerbrechlichen Stewardess zu erregen. Raquel beachtete ihn nicht weiter, und als die Sache anfing, unangenehm zu werden, weil Lucas nicht glauben wollte, dass sie nicht sofort seinem Charme erlag, musste sie den Chefsteward rufen, damit er den Quälgeist von Basketballspieler in die Schranken wies. Der junge Mann schäumte vor Wut. Und verliebte sich, wie das so oft passiert, in die einzige Frau, die ihm je einen Korb gegeben hatte. Seine Durststrecke dauerte zwei Jahre, bis es Raquel leid war, ihn ständig abzuweisen, und sie, gerührt von seiner Beharrlichkeit, endlich bereit war, mit ihm auszugehen. Wie sie erzählte, hatte sie einfach Mitleid gehabt, als dieser Riese eines Abends mit angespanntem, schweißüberströmtem Gesicht vor ihr gestanden und um ihre Hand angehalten hatte. Sechs Monate nach ihrer ersten Verabredung heirateten die beiden in der Pfarrgemeinde Santa Isabel de Hungría, an einem Nachmittag im Oktober, an dem das Thermometer auf solch absurde Höhen kletterte, dass mehr als einer der Gäste Probleme mit der Hitze bekam und medizinisch versorgt werden musste.

Inspector Álvarez hatte recht. All dies passte nicht zum bisherigen Verhalten des Mörders. Er hatte eine Menge riskiert, denn hier genoss er nicht, wie in den anderen beiden Fällen, eine gewisse Immunität. Señora Travieso hätte mittendrin hereinplatzen können, und dann hätte es ihn alle Mühe gekostet, sich aus dieser verzwickten Lage herauszuwinden. Außerdem war da die Sache mit der Körpergröße: Diese beiden mehr oder weniger handlichen Männchen umzubringen, war eine Sache, sich einem Schrank wie Lucas entgegenzustellen, eine ganz andere. Álvarez musste zu seiner Beerdigung gehen, um mit der Witwe zu reden. Die Drecksarbeit war mal wieder an ihm hängen geblieben. Als er mich fragte, ob ich mitwollte, lehnte ich ab, so höflich ich konnte. Teils, weil mir Beerdigungen Zahnschmerzen verursachten, teils, weil ich glaubte – und die Erfahrung gab mir recht –, dass Raquel Calvo keine große Hilfe sein würde. Die Ehefrau oder der Ehemann sind normalerweise die Letzten, die etwas von den Aktivitäten ihres Partners erfahren, und was diese Sache anging, hatte Raquel bestimmt keinen blassen Schimmer. Also zog ich es vor, auf einen Sprung beim Sportzentrum vorbeizuschauen, wo Traviesos Mannschaft trainierte.

Das Training war eine Verlängerung der Trauerfeier: Elf deprimierte, schwermütige Kolosse, die wie Zombies ihre Runden um den Sportplatz zogen, dirigiert von einem niedergeschlagenen Trainer, der alle halbe Minute eine Pfeife ertönen ließ, damit seine Spieler sich bückten, fünf Kniebeugen machten und ihren monotonen Lauf wieder aufnahmen. Danach übten sie Würfe und Angriffe auf den Korb, und mir kam es so vor, als alberten sie nur herum, denn sie trafen kein einziges Mal. Es war mehr als offensichtlich, dass keiner von ihnen mit den Gedanken bei der Sache war. Die Blicke verloren sich irgendwo hinterm Korb, und die Stille wurde nur vom hohlen Geräusch des Balls und den quietschenden Tritten der Turnschuhe unterbrochen. Eine halbe Stunde dauerte dieses Scheintraining, bis der Typ mit der Pfeife – er hieß Jesús Corrales und trainierte die Mannschaft seit sechs Jahren, eine wahre Heldentat – einen Schrei losließ und die Spieler unter die Dusche schickte. Ich nutzte die Gelegenheit, mit ihm zu reden, und stellte mich als Mitarbeiter der Polizei vor. Corrales erzählte mir, dass Lucas Travieso – ich hatte es nicht anders erwartet – ein Anführer innerhalb der Gruppe gewesen sei, dass er zu den Besten gehörte, die er je hätte trainieren dürfen, dass er das alles gar nicht glauben und sich einfach nicht an den Gedanken gewöhnen könne: »Es kommt mir wie ein böser Traum vor. Sie haben die Jungs ja gesehen.

Scheiße, die sind am Boden zerstört, vor allem Charlie, der Amerikaner, der war sein bester Freund. Ich weiß nicht, was jetzt mit ihm passiert. So ein Wahnsinnsspieler, wenn die anderen Klaviere wären, wäre er der Flügel, und das nicht nur, weil er schwarz ist. Tut mir leid, ein geschmackloser Scherz, ich weiß, aber was wollen Sie, irgendwie müssen wir ja mit der Tragödie zurechtkommen. Der Schwarze ist jedenfalls ein eindrucksvoller Spieler, aber sehr labil, und er hat sich stark an Lucas orientiert. Als er nach Las Palmas kam, hatte er Eingewöhnungsschwierigkeiten, und wenn Travieso ihm nicht in seiner Wohnung politisches Asyl gegeben hätte, wenn er ihm nicht die Stadt gezeigt und ihm beigebracht hätte, dass es auch noch was anderes gibt als Hamburger und Pizzas – das war nämlich das Einzige, was Charlie aß –, dann wäre er keine drei Wochen später nach New Jersey zurückgekehrt und wir hätten ihn verloren. Wenn Sie also etwas über Lucas erfahren wollen, müssen Sie mit Charlie reden, die beiden hatten keine Geheimnisse voreinander.«

So gesagt, klang es ganz einfach, aber mir schwante, dass dieses zwei Meter zwölf große und hundertfünfzehn Kilo schwere menschliche Ungeheuer nicht leicht zu knacken sein würde. Zunächst einmal hatte der Kerl keine große Lust zu reden, auch wenn sein Spanisch ganz passabel zu sein schien. Er misstraute Gott und der Welt und schien ein leicht aufbrausendes Temperament zu haben. Aber es waren seine Hände, die mich am meisten beeindruckten. Sie waren riesig, sehnig und kräftig, und packten einen Basketball, als wäre er ein Tennisball. Mit diesem Burschen legte man sich besser nicht an. Aber ich hatte nichts zu verlieren, und so erwartete ich ihn am Ausgang der Umkleiden und erklärte ihm langsam mein Anliegen, ließ ihn wissen, dass ich nicht die Absicht hatte, irgendjemandem zu schaden, am allerwenigsten seinem toten Freund, und dass unser Gespräch unter uns bleiben würde. »Genau wie im Fernsehen?« »Richtig, genau wie im Fernsehen. Stellen Sie sich einfach vor, ich wäre Ihr Ironside. Wer Ironside ist? Ah, klar, Sie sind noch sehr jung, na ja, dann stellen Sie sich vor, ich wäre einer dieser Anwälte aus der Fernsehserie. Jedenfalls bleibt alles, was Sie mir sagen, unter uns, falls nicht, wird mir die Lizenz entzogen.«

Und als er sich dann mit Namen vorstellte, fing ich an zu protzen. Es gelang mir sehr viel besser als erwartet, ich berührte sogar seine sentimentale Ader. Ich war so überzeugend, dass ich anfing, ihn zu duzen, so als wären wir alte Kumpel: »Parker? Du heißt Charlie Parker? Verarsch mich nicht! Hat dir dein Vater diesen Namen verpasst? War er ein Fan von gutem Jazz? Schön für deinen Vater. Du weißt ja nicht, mit wem du redest, für mich ist Charlie der König, *the best* und *the beast* in einer Person, der ultimative King, vor ihm das Nichts, nach ihm die Stille. Ich schwöre dir, ich habe ein ganzes Regal voll mit seinen Platten. Kennst du *Parker's Mood?* Und *Ko-Ko?* Scheiße, dann hast du keine Ahnung vom Blues, ich kann dir Aufnahmen von ihm vorspielen aus der Zeit mit Miles Davis, oder sogar vorher, seine ersten Gehversuche mit Tiny Grimes. An diese Aufnahmen kommt man hier nicht mal im Traum ran, die habe ich in den Staaten gekauft. Ich glaube, es war im Sommer 1990, da wollte ich eine Weltreise machen, die in Chicago anfangen sollte und in Chicago auch wieder endete, weil mein Geld nicht weiterreichte. Ich ging nämlich in einen Plattenladen und kam erst wieder heraus, als ich einen ganzen Koffer voll mit Platten hatte. Das Geld, das ich dabeihatte, um hoch nach Kanada zu fahren und auf der anderen Seite der Erdkugel wieder zurückzureisen, reichte für so viele Platten, dass mein Rückflugticket wegen Übergepäcks beinahe das Doppelte gekostet hätte. Verdammt noch mal, der gute alte Charlie, Charlie Parker, freut mich wirklich, dich kennenzulernen.«

Bis hierhin hatte ich mich noch zurückgehalten. Die wenigen, die mich wirklich kennen, wissen, dass die Geschichte wahr ist und meine Gefühle echt sind. Aber dann übertrieb ich es gewaltig, die Sache mit der Reinkarnation ging, ich gebe es zu, ein bisschen zu weit. Ich verklickerte Basketball-Charlie doch tatsächlich, dass ich mich jahrelang für die Wiedergeburt von Blues-Charlie gehalten hätte, weil ich 1955 geboren worden sei, im Jahr seines Todes. In Wirklichkeit wurde ich erst drei Jahre später geboren, aber das brauchte er ja nicht zu wissen. Am Ende erinnerten wir uns an seinen Vater, der von Sklaven abstammte und Farmer in Albany, im Herzen Georgias, war, und stießen in einer waschechten Bogart-Szene sogar fünfmal mit Bourbon auf ihn an, in Rose's Café, einer Pianobar hinter dem Gerichtsgebäude, wo ein tauber Mulatte in die Tasten haut, der mehr als hundertzwanzig Kilo wiegt und Marcelo Trinidad heißt.

Charlie Parker erzählte mir von seiner Kindheit in Albany, von seiner Familie, die religiös war bis ins Mark, von seinem Onkel, der Prediger war, seinem Bruder, der Prediger war, von seinem Neffen, der Fernsehprediger war, die Zeiten änderten sich eben. Und er erzählte mir von seiner frühen Leidenschaft für Basketball, von den Problemen, die ihm von jeher seine Körpergröße bereitete, davon, dass es am schwierigsten war, Schuhe und eine Freundin zu finden, ihm war einfach alles zu klein. Natürlich erzählte er mir auch von seiner Ankunft in Las Palmas und glücklicherweise auch von Lucas Travieso, von einer Freundschaft, die auf Raufereien gründete, einer Freundschaft, die nur diejenigen verstehen können, die Basketball oder Baseball oder Fußball oder eine beliebige andere Mannschaftssportart spielen, denn es ist nicht leicht, sein Leben in kalten, traurig beleuchteten Hotelzimmern mit steifen Betten zu verbringen. In dieser Isolation verwandelt sich dein Mannschaftskollege in den Mittelpunkt der Welt, es geht sogar so weit, dass du nicht eine verfluchte Entscheidung ohne ihn triffst. Charlie kannte dieses Gefühl gut, aus Atlanta, wo er als elfter Mann unter ferner liefen für die *Hawks* gespielt hatte: »Dort teilte ich mein Zimmer mit Steve Coleman, einem Spielmacher von der UCLA, der den Sport später wegen einer Knöchelverletzung aufgeben musste, echt schade um ihn. Na ja, jedenfalls war ich es, der ihm Marcia vorstellte, seine Frau, und ich musste ihn fast dazu drängen, ihr endlich seine Liebe zu gestehen. Später war ich dann sein Trauzeuge, und einer seiner Söhne, der Kleinste, heißt Charlie nach mir. Lucas hat das Gleiche getan, als ich nach Las Palmas kam, er hat mich in seiner Wohnung aufgenommen und mir Spanisch beigebracht. Er war ein toller Kerl, mein Bruder, ich verstehe nicht, wie ihm das passieren konnte.«

Ich versuchte die Situation zu nutzen, um Zwietracht zu säen: »Hat Lucas nicht vielleicht irgendeine Liebesaffäre gehabt? Ihr Spieler habt doch immer einen Haufen Verehrerinnen, vielleicht hat er ja irgendein hübsches Mädchen mit einem eifersüchtigen Freund kennengelernt, der ihn auf dem Kieker hatte.« Charlie Parkers Gesicht verdüsterte sich, es war unverkennbar, dass er diesen Kommentar kein bisschen lustig fand. »Was redest du da, Mann? Hast du eine Ahnung, wie anstrengend Reisen von Las Palmas aufs Festland sind, von Madrid einmal abgesehen? Hast du schon mal sechs Stunden zwischen Taxis, Flughäfen und Flugzeugen verbracht? Bist du schon mal einen ganzen Tag lang in einem unbequemen Bus in verlassene Dörfer gefahren, die aussehen, wie im *Far West*? Und die Trainings? Und die Spiele? Und die Interviews? Nein, Mann, das Einzige, was du danach noch willst, ist nach Hause kommen in dein eigenes Bett, zu deiner Frau und deinen Kindern.« Und ich antwortete: »Das sehe ich ja ein, Charlie, aber in den ersten Saisons war Lucas noch nicht verheiratet, vielleicht stammt das Problem ja noch aus der Zeit.« Und er entgegnete halsstarrig: »Nein, lass es einfach, was du da sagst, gefällt mir nicht. Ich weiß zwar nicht, wer dir von ihm erzählt hat, bestimmt irgendein nachtragender Mistkerl, aber der kannte ihn nicht so gut wie ich, und ich versichere dir, dass Lucas zwar seine Fehler hatte, aber so schlimm war es auch nicht.«

Die Vehemenz, mit der der Koloss Travieso verteidigte, gab mir zu denken. Ich hatte weder Schlechtes noch Gutes über Lucas gehört, und selbst wenn dem so gewesen wäre, hat man sich an leichtfertige Schmeicheleien und nachtragende Kritik gewöhnt, wenn man so lange dabei ist wie ich, und weiß die Richtung, aus der die Schüsse kommen, richtig einzuschätzen. Es ist völlig klar, dass ein Typ wie Lucas Travieso jede Menge Bewunderung, aber auch jede Menge Neid erregt. Parker wollte nicht gegen das Gesetz der Umkleidekabine verstoßen – elitärer Sportlerquatsch wie »die schmutzige Wäsche wird zu Hause gewaschen« –, aber es hätte gereicht, wenn er meine Frage verneint hätte. Stattdessen wollte Charlie, der schwarze Riese, unbedingt überzeugend klingen. Zunächst hielt ich es noch für eine ganz logische Reaktion, schließlich war sein bester Freund kaum unter der Erde und die Erinnerung an ihn noch frisch, da war es vielleicht ganz normal, dass er sich mit jedem anlegte, der seinen Namen in den Dreck zu ziehen drohte. Aber nein. In seinem Gesicht las ich noch etwas anderes als Schmerz und Wut. Da war eine gewisse Verwirrung, ja sogar offener Zweifel zu sehen gewesen, als er von »seinen Fehlern« gesprochen hatte. Welche Fehler hatte Charlie gemeint? Was gibt es für Fehler, die groß genug sind, dass sie einen Mann das Leben kosten?

Als ich zu Hause ankam, grübelte ich weiter über die Sache nach und suchte in der Aussage des Amerikaners nach undichten Stellen. Und die größte war eben die Tatsache, dass es keine undichten Stellen gegeben hatte. Der Mann hatte auf alles eine Antwort parat gehabt, hatte auf jeden meiner Angriffe mit einer eleganten, besonnenen Verteidigung reagiert, ungewöhnlich für jemanden, der nicht perfekt Spanisch spricht. Es war, als hätte er seine Antworten einstudiert, als hätte sie ihm jemand diktiert, bevor er mit mir sprach. Aber wer? Und mit welchem Motiv? Diesen Gedanken hing ich nach, als das Telefon klingelte. Der Anruf kam aus dem Krankenhaus.

»Hallo?«

»Ricardo?«

»Am Apparat.«

»Ich bins. Ich werde hier festgehalten.«

»Verdammt, was redest du da, Colacho? Wo bist du?«

»Im Krankenhaus. Die halten mich hier fest. Ich bin nur gekommen, damit Goyo Cuyás mal einen Blick auf meine Brustbeschwerden wirft, aber es hat sich herausgestellt, dass er gar nicht hier ist. Stattdessen hat mich einer untersucht, der genauso angezogen ist wie Goyo, und der hat gesagt, dass ich hier bleiben muss. Ich wollte schon meinen Anwalt anrufen, bis mir eingefallen ist, dass ich gar keinen habe.«

»Fahr zur Hölle! Gib mir mal jemand in deiner Nähe.«

»Hier liegt nur so ein Alter, dem aus allen Löchern Schläuche hängen. Sogar den Hintern haben sie ihm versiegelt.«

»Ach du Scheiße. Großvater, warte auf mich, ich komme.«

Er war ins Krankenhaus gegangen, um sich durchchecken zu lassen, und man hatte ihn wegen seiner überhöhten Zuckerwerte gleich dabehalten. Angerufen hatte er aus seinem Zimmer im Hospital Insular, und auch wenn er derselbe Witzbold wie immer zu sein schien, merkte man ihm seine Erschütterung deutlich an. Colacho Arteaga war nicht an Krankenhäuser gewöhnt, er hatte in seinem ganzen Leben nicht mal eine einfache Erkältung gehabt, und wenn ihm doch einmal etwas wehtat, wartete er, bis es von allein heilte. Er hatte eine Abneigung gegen Ärzte und behauptete, er würde niemandem trauen, der sein Geld damit verdiente, nicht existierende Krankheiten zu finden. Aber seit dem Tod von Großmutter Sara war sein Widerstand schwächer geworden. Mithilfe von Drohungen brachte ich ihn dazu, sich alle sechs Monate von dem Kardiologen Goyo Cuyás durchchecken zu lassen, einem alten Schulfreund von mir. Und bei einer dieser Untersuchungen war ein Prädiabetes festgestellt worden. Der Alte machte sich über Goyo lustig: »Bei allem Respekt, Doktor, kommen Sie mir bloß nicht mit so was, in meinem Alter hat man nichts mehr, das mit Prä- anfängt. Ein post mortem würde ich Ihnen ja zugestehen, irgendetwas Postoperatives auch, und wenn Sie wollen, sogar eine postkoitale Depression, aber Prädiabetes bedeutet, dass ich bald Diabetes haben werde, und mir bleibt nun wirklich keine Zeit mehr, Krankheiten zu vertagen.« Cuyás lachte einen ganzen Nachmittag lang über Colachos Witz und sagte, während er ihn abhorchte: »Sie haben noch mehrere Bürgerkriege vor sich, Señor, das meine ich ernst. Kann sein, dass Sie morgen sterben, weil Sie unters Auto kommen oder Ihnen ein Blumentopf auf den Kopf fällt oder Sie am Strand von Las Canteras ertrinken, das will ich ja gar nicht ausschließen, aber was Ihre Gesundheit angeht, haben Sie nicht nur Prädiabetes vor sich, sondern auch noch Diabetes und zwei Stadien von Postdiabetes.«

Als ich im Krankenhaus ankam, zerriss es mir fast das Herz. Colacho Arteaga war, ich sagte es bereits, kein Mann für Kliniken. Er war völlig eingeschüchtert von dem ganzen Treiben aus grünen Kitteln, Bluttransfusionen und Infusionsbeuteln und war um zehn Jahre gealtert, als ich sein Zimmer betrat: »Hol mich hier raus, Ricardillo, bitte, lass nicht zu, dass ich an einem so traurigen Ort sterbe, mein Kleiner.« Ich versuchte es mit einem Lächeln, aber nach seiner Wirkung auf meinen Großvater zu urteilen, war es wohl nicht sehr überzeugend. »Verdammt, reiß dich zusammen, Colacho, und mach kein Drama draus, morgen schläfst du wieder zu Hause, das versichere ich dir. Der Arzt hat gesagt, dass es sich um eine reine Vorsichtsmaßnahme handelt und sie dich nach vierundzwanzig Stunden wieder rausschmeißen, weil Betten hier so dringend gebraucht werden wie die Luft zum Atmen. Außerdem haben sie mir erlaubt, bei dir zu bleiben, du wirst schon sehen, morgen warten wir die erste Morgenvisite ab, ziehen uns an und gehen dann zum Frühstück ins Casa Pablo.« Mein Großvater bekam wieder etwas Luft, und in seinen Pupillen ging ein winziges Licht auf, genau wie wenn er mir Geschichten aus dem Krieg erzählte: »Schwörst dus, Kleiner?« Sein Blick gab mir die Ruhe zurück: »Ich schwörs bei Gott, morgen lade ich dich auf deinen Milchkaffee, dein Brötchen mit Schweinshaxe und deinen Rum ein. Na ja, das mit dem Rum wird wohl noch warten müssen, denn ich glaube nicht, dass sie mir in nächster Zeit erlauben, dich mit deinem Prädiabetes zu alkoholischen Getränken einzuladen.« Worauf er antwortete: »Zur Hölle mit dir, zwischen dem Rum und mehr Lebenszeit entscheide ich mich ganz klar für den Rum.«

Die Nacht war eine Katastrophe: Ich schlief nicht, aus Angst, der Alte könnte mich brauchen, und er schlief nicht, aus Angst, nicht wieder aufzuwachen. Das Ganze wurde zum grotesken Totentanz, denn auf jede seiner Bewegungen, um die Krankheit zu verscheuchen, folgte eine Bewegung von mir, um zu sehen, ob er noch atmete, sodass wir bei Einbruch der Dämmerung noch kein Auge zugetan hatten und völlig erschlagen waren. Goyo kam um Viertel nach acht und entschuldigte sich für seine Abwesenheit am Tag zuvor: »Tut mir sehr leid, aber einmal pro Woche halte ich Sprechstunde auf Lanzarote, aus Versicherungsgründen, und gestern musste ich operieren. Ich konnte deinem Großvater nicht Bescheid geben, weil er kein Telefon hat, also habe ich den diensthabenden Kollegen gebeten, ihn zu behandeln. Der Mann ist ein exzellenter Arzt, auch wenn seine Methoden ein wenig drastisch sind und er etwas zu pessimistisch ist für meinen Geschmack. Und weil er keine klare Diagnose stellen konnte, hat er ihn sicherheitshalber hier behalten, bis ich ihn mir heute ansehe.« Das verstanden wir, ganz ohne Zweifel. Er hatte uns zwar einen Heidenschreck eingejagt, aber wir verstanden es. »Natürlich ist es besser, vorsichtig zu sein, als sich hinterher zu beklagen. Du brauchst dich nicht zu entschuldigen, Goyo, das fehlte noch. Kann ich ihn jetzt mitnehmen? Gut, dann suchen wir unsere Siebensachen zusammen und sind in fünf Minuten hier weg. Muss ich irgendwas unterschreiben? Nichts? Und die Rechnung? Auch nicht? Goyo, verdammt noch mal, es reicht, dass du mir einen Gefallen getan hast, lass mich wenigstens das Finanzielle mit der Klinik regeln.« Cuyás sah mich verschmitzt an, schon auf dem Gymnasium hatte er nichts lieber getan, als für Aufruhr zu sorgen: »Auf gar keinen Fall, Ricardo, das ist überhaupt nicht nötig. Heute tue ich was für dich, morgen tust du was für mich. Ich habe mir gerade ein Häuschen in Los Lentiscos gekauft, und man weiß ja nie, ob ich da nicht deine Dienste in Anspruch nehmen muss, weil jemand bei mir einbricht oder mir den Hund vergiftet oder mir die Frau ausspannt, die ist nämlich ein bisschen leichtfertig und treibt sich nachts zu viel herum. Lucía? Nicht doch, Alter, das war meine erste Frau, ich bin inzwischen bei der dritten. Nach Lucía kam Ernestina, aber das hat auch nicht funktioniert, und vor zwei Jahren habe ich dann eine Medizinstudentin geheiratet. Du wirst es nicht glauben, aber sie heißt Gwendolin, ja, genau wie mans spricht. Dabei ist sie gar keine Amerikanerin. Sie ist halt erst zweiundzwanzig, und du kannst dir nicht vorstellen, auf was für durchgeknallte Namen die heutzutage abfahren. Aber was willst du, ihre Mutter war ein Fan von Julio Iglesias, übrigens eine sehr anständige Frau, meine Schwiegermutter, ein bisschen rustikal zwar, aber ein herzensguter Mensch. Ich habe mich jedenfalls auf den ersten Blick bis über beide Ohren in sie verliebt. In meine Schwiegermutter? Scheiße, natürlich nicht, in Gwendolin, dabei ist die Mutter auch zum Anbeißen, wenn du willst, stelle ich sie dir mal vor.«

Ich verabschiedete mich von dem guten Goyo Cuyás, bevor er mir seine Frau Schwiegermutter aufschwatzen konnte, die offensichtlich in unserem Alter und ledig war. Für seine Großzügigkeit Colacho gegenüber war ich ihm von Herzen dankbar. Wer vor der Hölle wohnt, muss eben den Teufel zum Freund haben. Genau das erzählte ich meinem Großvater, während wir zum Casa Pablo gingen, um mein Versprechen einzulösen. Der Alte redete auf der ganzen Strecke kein Wort, er musste sich erst von dem Schrecken erholen. Als er doch endlich den Mund aufmachte, hielt er mir eine Standpauke: »Warum hast du dir nicht die Telefonnummer von der Schwiegermutter deines Freundes aufgeschrieben? Glaub ja nicht, dass du das nicht nötig hättest, mein Junge, so eine Frau kann man immer brauchen. Die ist bestimmt kräftig und fleißig, und du weißt ja, was man von denen sagt.« Ich unterbrach ihn: »Ja, ja, ich weiß, such dir eine dicke Frau, damit sie dich im Winter wärmt und dir im Sommer Schatten spendet. Scheiße, Colacho, ich kenne da eine Frau, wenn die dich eben gehört hätte, hätte sie dir eine geknallt, dass du noch zwei Wochen später ihre Fingerabdrücke im Gesicht gehabt hättest. Hast du nicht mitgekriegt, dass die Zeiten sich geändert haben?« Und er: »So? Was ist denn heute anders? Dass die jungen Frauen nicht mehr Carmela oder Pepa Juana oder Conchita heißen, sondern Gwendolin? Komm mir bloß nicht damit, Ricardo. Wie auch immer sie heute heißen, sie wollen genau das, was Frauen schon immer wollten: glücklich sein und an der Seite ihres Mannes alt werden. Und was ist so schlecht daran? Sieh dir Cuyás an. Wie alt ist der? Vierzig? Na gut, einundvierzig. In diesem Alter hat er schon dreimal geheiratet, und dabei wird es nicht bleiben, denn du glaubst doch wohl nicht, dass das mit der Medizinstudentin von Dauer ist, oder? Zweiundzwanzig ist das Mädchen, das darf doch nicht wahr sein! In zehn Jahren, wenn sie in voller Blüte steht, wird sie eines Tages neben einem einundfünfzigjährigen Typen aufwachen, der zwar Geld hat, aber älter und grauer ist als der Stutzen von meinem Onkel Olegario. Geld wärmt nun mal nicht das Bett, lass dir das von einem gesagt sein, der aus der Kälte kommt.«

Im Café auf der Calle Juán Rejón kehrten Colacho Arteagas Lebensgeister zurück, es ging doch nichts über ein gutes Frühstück, um wieder zu Kräften zu kommen und den Schock zu vergessen, den wir gerade durchgemacht hatten. Er gewann seine Gesichtsfarbe, sein Lächeln und sogar seine Gelassenheit zurück, wollte wissen, was mein Leben machte, meine Arbeit: »Du warst nämlich schon seit zwei Wochen nicht mehr hier, Ricardo, seit Monatsanfang, als du das mit dieser verflixten Rente für mich geregelt hast. Und mit was beschäftigst du dich jetzt gerade? Mit dieser blöden Verbrechensserie, von der alle reden?« Der Alte hatte recht, das letzte Mal, als wir uns gesehen hatten, hatte ich mich mit der Bank angelegt, wegen einer Verspätung seiner Zahlung und der damit verbundenen Zinsen. Wenn zu deinen Lasten Zinsen fällig werden, sind sie sofort zur Stelle, um sie einzutreiben, aber wenn sie bei der Bank anfallen, kennen sie dich plötzlich nicht mehr.

»Woher weißt du das mit den Verbrechen, wo du doch keine Zeitung liest?«

»Na, weil es seit zehn Tagen das verdammte Diskussionsthema Nummer eins im Casinillo ist.«

»Und was sagen die Weisen des Domino dazu?«

»Dass an der Sache was schwul ist.«

»Wie kommen die auf die Idee?«

»Wir können halt eins und eins zusammenzählen. Zwei Männer in den Dreißigern, die allein leben und in Stickerei und Strumpfbändern tot aufgefunden werden. Das stinkt nach warmen Brüdern. Die hat bestimmt ein Stricher umgebracht, weil die Typen ihm nicht genug zahlen wollten. Das ist so klar, als sähe ich es vor mir.«

»Und wie erklären sich deine Kumpels den letzten Fall?«

»Welchen letzten Fall?«

Mein Großvater hatte noch keine Zeit gehabt, den Tod von Lucas Travieso mit seinen Dominobrüdern im Casinillo zu diskutieren, einem vom städtischen Sozialamt zur Verfügung gestellten Raum, in dem sich die Rentner des Viertels trafen, um Kaffee zu trinken und Karten zu spielen. Meine Neuigkeit traf ihn völlig unvorbereitet, er hatte noch nicht einmal mitbekommen, dass es eine weitere Leiche gab. In groben Zügen erklärte ich ihm, wie sich die Situation verändert hatte, seitdem man den Basketballspieler ermordet hatte, einen verheirateten Mann und zukünftigen Vater, der von Kopf bis Fuß vor Männlichkeit strotzte, was bei seiner Körpergröße durchaus ein schwerwiegendes Argument gegen die Schwulenthese war. Ich erzählte ihm von meinem Gespräch mit Charlie Parker und davon, wie verärgert der Amerikaner reagiert hatte, als ich ihn nach dem Intimleben des Toten gefragt hatte. Colacho bestellte einen halben Rum – ich war der Letzte, der ihm den verbieten würde – und runzelte die Stirn. Nach dieser Geste folgte wie immer eine Lektion des alten Schiffszimmermanns: »Hör mir bloß damit auf, Junge. Du wirst doch wohl in deinem Alter nicht mehr glauben, dass der Storch die Babys bringt. Als ob es keine adoptierten Schwuchteln gäbe, mit Frau, Kindern und einer ernsthaften Arbeit. Du solltest dich nicht wundern, wenn dieser Trapero … Wie? Na gut, also wenn dieser Travieso etwas mit seinem Mannschaftskollegen gehabt hätte, du weißt schon, was man über Schwarze sagt.«

Nach allem, was ich im Leben gesehen habe, ist es nicht leicht, mich wütend zu machen, aber Colacho Arteaga hatte sowohl die Fähigkeit als auch das Talent dazu, mein Blut zum Kochen zu bringen: »Verfluchte Scheiße, hast du eine Ahnung, was für ein Idiot du bist? In nur einer Stunde hast du alle Vorurteile ausgepackt, die man nur haben kann. Vorhin warst du der Macho, jetzt bist du nicht nur rassistisch, sondern auch noch homophob. Fehlt nur noch, dass du auf die Armen schimpfst, dann hast du dir deinen Platz im Himmel redlich verdient. Tu mir einen Gefallen: Sag niemandem, dass du mein Großvater bist, das wäre mir nämlich peinlich.« Colacho schmunzelte, nahm einen Schluck aus seinem Glas und setzte seine Schlussfolgerungen ungerührt fort: »Statt dich für deinen armen Großvater zu schämen, solltest du lieber auf mich hören. An dieser Geschichte stinkt irgendwas. Wie? Nein, ich meine nicht nur die drei Kadaver, du Trottel. Die Frauenkleidung ist der Schlüssel. Such nach einer versteckten Perversion, und du findest die Lösung.« Und ich: »Schon gut, mein Freund, du kommst mir vor wie der Druide aus *Asterix,* nur dass du weniger Haare hast. Jedenfalls kannst du nicht völlig danebenliegen, Großvater, weil irgendwie alle in diese Richtung denken. Du bist schon der Dritte, der mir was von undurchsichtigen Machenschaften erzählt, nur dass die eine sie Laster nannte und der andere Fehler.«

6

Bevor ich in meine Wohnung zurückkehrte, um mich dort mit einer erquickenden Dusche ins Leben zurückzuholen, beschloss ich, Álvarez Hallo zu sagen. Seit meinem Interview mit Parker und seinem mit der Witwe Travieso hatten wir unsere Ermittlungen nicht mehr abgeglichen. Zu meiner Überraschung fand ich ihn gut gelaunt vor. Er hatte sich ein Sandwich und ein Bier aus der Bar kommen lassen und studierte Papiere, die wie Telefonrechnungen aussahen und im unverkennbaren Blaugrün der Telefongesellschaft Telefónica gehalten waren. »Ich traue meinen Augen nicht, Ricardo. Und ich dachte schon, du hättest den Fall ganz allein gelöst und wolltest den Ruhm nicht mit mir teilen. Wo hast du gesteckt? Ich habe dich ein halbes Dutzend Mal im Büro und zu Hause angerufen und mich schon mit deiner Sekretärin angefreundet. Junge, was fur eine hübsche Stimme, wie Samt und Seide, muss toll sein, in ihrer Nähe zu arbeiten.« Ich setzte mich auf den einzigen freien Stuhl in der Nähe seines Schreibtischs. »Glauben Sie das bloß nicht, Álvarez, mit Inés ist es wie mit diesen Radiosprecherinnen: Man verliebt sich in sie wegen ihrer Stimme und erschreckt sich dann vor ihrem Schweigen. Na ja, jetzt tue ich ihr Unrecht, sie ist eine Frau aus der Wirklichkeit, eine aus Fleisch und Blut, vielleicht mehr aus Fleisch als aus Blut, und mit Sicherheit das einzig Echte an unserem so literarischen Beruf. Jedenfalls habe ich mich nicht versteckt, es gab da nur einen kleinen Zwischenfall mit meinem Großvater. Er war etwas unpässlich, und ich bin lieber über Nacht bei ihm geblieben.« Álvarez sah mich schief an: »Scheiße noch mal, du hast einen Großvater?« Und ich: »Nein, Inspector, ich bin in einem Raumschiff auf die Erde gelangt und stamme eigentlich vom Planeten Uranus, und wie Sie ja wissen, pflanzen wir uns dort durch Sporen fort.«

Und er daraufhin: »Nicht doch, Mann, jetzt sei nicht gleich eingeschnappt, ich meinte einen Großvater, der noch lebt. Ich dachte, du hast keine Familie mehr.« Und ich: »Ich bin doch gar nicht eingeschnappt. Der alte Mann ist das Einzige, was mir noch bleibt. Ich glaube, es gibt noch ein paar Cousins von meinem Vater, die in Tafira oder Santa Brígada wohnen, aber die haben wir schon vor vielen Jahren aus den Augen verloren. Sie müssten Colacho Arteaga mal kennenlernen, ich bin mir sicher, dass Sie beide glänzend miteinander auskommen würden.« Álvarez bemühte sich, das Unrecht wieder auszubügeln, das er begangen zu haben glaubte: »Hör zu, sobald wir diesen Fall abgeschlossen haben, lade ich euch beide zu mir nach Hause ein, auf einen von meiner Frau zubereiteten kanarischen Eintopf. Habe ich dir von Susanas Eintopf erzählt?« Dankbar für die erste Geste der Verbrüderung, die mir der Inspector in all den Jahren entgegenbrachte, antwortete ich: »Ja, ich glaube, das hatten Sie mal beiläufig erwähnt, und ja, wir würden uns beide sehr freuen, bei Ihnen zu essen, sobald wir diese Geschichte gelöst haben. Aber ich sage Ihnen gleich, dass mein Großvater ein Mähdrescher ist, der isst für sechs, da käme es billiger für Sie, ihm einen neuen Anzug zu kaufen.« Und er: »Siehst du, der Alte gefällt mir jetzt schon. Ich misstraue nämlich Menschen, die nicht essen.« Und ich: »So ein Zufall, genau wie Bogart, nur dass er Menschen misstraute, die nicht trinken.«

Wie mir Inspector Álvarez erzählte, war bei seiner Konfrontation mit Raquel Calvo nichts herausgekommen, hätte mich auch gewundert. Die Frau wirkte die ganze Zeit, als hätte sie nicht alle Tassen im Schrank, weil man sie mit Beruhigungsmitteln vollgestopft hatte. In ihrem benommenen Zustand litt sie mit ihrem ungeborenen Kind, wie sollte sie ihm nur erklären, was passiert war, was würde es über seinen Vater denken, wenn ihm die Sache bewusst wurde? Die Menschen sind so grausam, und früher oder später würde ihm jemand in der Schule, im Gymnasium oder im Stadtviertel ins Gesicht spucken: »Dein Vater war ein Perverser, der ist als Flittchen verkleidet gestorben.« Ihr selbst war es egal, sie war eine starke Frau und konnte das ertragen, aber wer weiß, was ihr Kind alles würde durchmachen müssen. Wie mir der Inspector erzählte, konnte sich die Witwe nicht erklären, was passiert war. Lucas sei ein guter Mann gewesen, seit ihrer Hochzeit habe er sich geändert, er sei nicht mehr ausgegangen, außer wenn er mit dem Team unterwegs gewesen sei. Es sei schon richtig, dass sie wegen ihrer Arbeit und seines Berufs viel Zeit getrennt verbracht hätten, aber wenn sie zusammen gewesen seien, sei er ein wahrer Schatz gewesen, aufmerksam und liebevoll, und habe die Geburt seines Kindes kaum erwarten können. Traviesos Geschwister bestätigten natürlich Raquels Version. Die Mutter des Sportlers war untröstlich und vermutete, religiös wie sie war, dass diese Tragödie die Strafe für einstige Sünden sei, denn Lucas sei zwar ein guter Mensch, aber als junger Mann ein wenig wild gewesen, habe schlechten Umgang gepflegt und sich auf die schiefe Bahn bringen lassen. Die arme Frau hatte sich schon am Ziel ihrer Wünsche gesehen, als ihr Sohn zur Vernunft gekommen war und die Stewardess geheiratet hatte, aber um die Wahrheit zu sagen, habe sie immer Angst gehabt, dass ihm etwas in der Art zustoßen könne: »Wenn man so viel mit dem Teufel getanzt hat, läuft man Gefahr, dass der alte Gehörnte zurückkommt, um abzukassieren.«

Der Polizist kam völlig erledigt von der Totenwache zurück und ging zu Hause vorbei, um sich umzuziehen und den Geruch von toten Blumen loszuwerden. Seine Frau bestand darauf, dass er sich zu Tisch setzte, aber er brachte kaum mehr als ein wenig Hühnerbrühe und einen Toast mit Schinken herunter. Dann schlief er ein paar Stunden auf dem Sofa im

Wohnzimmer, stand verkatert auf und kehrte wieder ins Büro zurück, um nach einem Anhaltspunkt zu suchen. Nachdem er einen halben Tag zwischen medizinischen Gutachten und Polizeiberichten verbracht hatte, bekam er Besuch. Sandra Amador lebte Tür an Tür mit den Traviesos. Obwohl ihr fleißiger, sparsamer Mann ihr nach seinem Tod eine beträchtliche Rente hinterlassen hatte, schlug sie der Langeweile ein Schnippchen, indem sie für einige Modegeschäfte schneiderte, Hosensäume kürzte, Röcke enger nähte und Jacken mit Schulterpolstern versah. Sie arbeitete also von zu Hause aus und hatte so die Gelegenheit, die Gewohnheiten ihrer Nachbarn zu studieren. Sie war wirklich keine Klatschbase, aber seit einigen Wochen krächzte der Aufzug wie ein Rabe. Sie war keine Klatschbase, aber auch die Lichter im Hausflur machten Lärm, wenn sie angingen. Sie hatte sich schon bei mehreren Eigentümerversammlungen darüber beschwert, aber die Auswechslung der Bremszüge am Aufzug und die Renovierung der Lichthöfe hätte Zusatzausgaben bedeutet, die keiner hier bereit war zu zahlen, auch wenn sie alle wohlhabend waren. Sie war keine Klatschbase, deshalb hatte sie den Beamten, die sie am Tag nach dem Mord befragt hatten, auch nichts gesagt. Aber als sie Álvarez so verloren in der Leichenhalle gesehen hatte, hatte sie solche Gewissensbisse bekommen, dass sie sich nach Traviesos Beerdigung dazu durchgerungen hatte, aufs Kommissariat zu kommen, um eine Geschichte loszuwerden, die ihr auf der Zunge brannte wie höllisch scharfer Pfeffer.

Sandra Amador hatte ein Geheimnis, aber sie wollte Raquel Calvo nicht schaden, die eine reizende junge Frau war und noch dazu herzensgut, wenn auch blind wie ein Maulwurf. Daher nahm sie Álvarez das Versprechen ab, das, was sie ihm erzählen würde, vor niemandem und an keinem Ort zu wiederholen. Das Mädchen hatte schließlich schon genug zu erdulden, ein Kind, das niemals glücklich werden würde, ein kleiner Engel, der, »stellen Sie sich das nur mal vor«, leiden würde wie ein Hund, welch eine Schande, so einen lasterhaften Vater zu haben, denn dass Lucas Travieso sich seit der Hochzeit geändert hatte, glaubte nun wirklich kein Mensch. Lucas brachte andere Frauen mit nach Hause, wenn Raquel auf Reisen war. Sandra hatte mehr als eine Orgie in seiner Wohnung mit angehört, sie hatte zwar nicht viel Erfahrung in Liebesdingen, aber sie erkannte, wie jemand stöhnte, wenn er einen Orgasmus hatte, und Orgasmen waren im Hause Travieso an der Tages- und Nachtordnung, zumindest wenn Traviesos Frau nicht zu Hause war. »Denn ich wiederhole es noch einmal, ich bin wirklich keine Klatschbase, aber ich kannte die zarten, gedämpften Lustschreie von Raquel, einer Frau, die sogar noch im Bett anständig war. Das hatte nichts mit dem Gejaule der anderen zu tun, *carajo,* man hätte meinen können, sie würden umgebracht, und dann war es am Ende der große Ehebrecher, der umgebracht wurde, wer hätte es gedacht? Ich wünsche wirklich niemandem was Schlechtes, Comisario, Verzeihung, Inspector, aber es war unvermeidlich, dass diesem Mann irgendwann so etwas passieren musste, bei all diesen Flittchen, die er mit ins Bett nahm. Woher ich weiß, dass es Flittchen waren? Sie hätten sie mal sehen sollen, Inspector, wenn Sie mich fragen, hat er die per Telefon gemietet, ich verstehe zwar nicht viel davon, aber schauen Sie sich die Telefonrechnungen an, dann werden Sie schon sehen. Der hat bestimmt Unsummen für diese Sex-Hotlines ausgegeben, die frühmorgens im Fernsehen laufen. Woher ich das weiß? *Caramba,* unsereiner sieht schließlich auch fern.«

Als ich mich ihm gegenübersetzte, hatte Álvarez bereits Traviesos Telefonrechnungen auf dem Schreibtisch und verschlang mit wiederhergestellter guter Laune sein Brötchen:

»Ich habe seit eineinhalb Tagen nichts mehr gegessen, Ricardo, in der Leichenhalle gibts nur Automaten mit Keksen und Schokoriegeln, echt ekelhaft. Aber im Deenfrente machen Sie unglaublich leckere Brötchen mit Schinken und Tomate, willst du, dass ich dir eins bestelle? Ah, du hast schon mit deinem Großvater gefrühstückt, dann vielleicht später. Wie liefs denn eigentlich bei dir in der Sporthalle?« Ich erzählte ihm von meiner verbürgten Erfahrung mit dem Basketballer Charlie Parker – die vorgetäuschte Erfahrung mit dem Musiker Charlie Parker verschwieg ich lieber, Álvarez, der sich partout nicht von Omara Portuondo oder *La Sonora Matancera* abbringen ließ, hätte es nicht verstanden – und ließ ihn an meinen ersten Schlussfolgerungen teilhaben. Die teile ich sonst nicht gerne vorzeitig, aber wenn ich etwas über seine Ermittlungsfortschritte erfahren wollte, musste ich ihm im Gegenzug etwas anbieten, *Trumpf gegen Trumpf,* wie wir in der Schule sagten, wenn wir Fußballbildchen tauschten. Rifé gegen Velázquez, Ufarte gegen Solsona, und Juanito Guedes war drei andere Spieler wert. Der Inspector hörte mir sichtlich desinteressiert zu, ohne mit dem Essen aufzuhören, ich glaube, er dachte, dass nichts, was ich ihm erzählte, seine Ermittlungen mit der Nachbarin der Traviesos übertreffen könnte. Dann schob er mir die Auszüge zu, die er bei meiner Ankunft ausführlich studiert hatte, und erhob sich mit der Entschuldigung: »Gib mir eine Sekunde, Ricardo, ich gehe nur schnell für kleine Jungs und wasche mir die Hände. Wirf hier mal einen Blick drauf, mal sehen, was deine Meinung dazu ist.«

Meine Meinung dazu war, dass es sich dem Anschein nach um eine stattliche Ausbeute handelte. Stattlicher als meine natürlich. Lucas Traviesos Telefonrechnungen bestätigten die Aussage von Sandra Amador, allerdings nicht so, wie sie vermutet hatte. Von Sex-Hotlines keine Spur, dafür eine lange

Liste von Anrufen an einige Handynummern, neben denen Álvarez den Buchstaben *B.* notiert hatte. Später vertraute er mir an, was ich längst vermutet hatte: dass es sich um zwei Bordelle handelte, die diskret Studentinnen an Geschäftsmänner auf der Durchreise vermittelten. Álvarez hatte alle Nummern angerufen, die sich mehrmals wiederholten, und sich als geschäftsführender Direktor einer Autofirma ausgegeben, die Zerstreuung für ihre Vorstände aus Tokio suchte. Zwei Männer hatten ihm mit wüsten Beschimpfungen geantwortet: »Wenn ich dich erwische, kriegst du eine in die Fresse, du Riesenarschloch!« Eine Frauenstimme drohte, die Polizei zu rufen, wenn er sie noch einmal belästigte. Und die beiden mit *B.* gekennzeichneten Nummern lasen ihm die Preisliste vor, nachdem sie sich vergewissert hatten, dass es sich nicht um einen Scherz handelte. Um ihr Vertrauen zu gewinnen, hatte der Inspector als Referenz eine in Las Palmas bekannte Firma angegeben, von der er wusste, dass sie solche Dienste in Anspruch nahm.

Der Haken an dieser neuen Spur war, dass der letzte Anruf von Ende Januar stammte – inzwischen war es Ende April – und in den vergangenen Tagen kein einziger mehr auftauchte. Klar war jedoch, dass sich nun wieder alle Opfer derselben »Sekte« zuordnen ließen, eine Terminologie, die Malena für reife, alleinstehende Männer verwendete. Denn Travieso war zwar verheiratet, trat aber ganz offensichtlich als Junggeselle auf. Mein Großvater pflegte zu sagen, dass ein alter Esel auch keine neue Sprache mehr lernt, und dieser Lucas schien dem Alten unbedingt recht geben zu wollen: Nicht einmal jetzt, wo er mit einer Traumfrau wie Raquel Calvo verheiratet war und sein erstes Kind erwartete, hörte er auf, die Rute zu schwingen. In diese Gedanken war ich vertieft, als der Inspector mit einem Gesichtsausdruck zurückkam, als hätte er im Lotto gewonnen. »Und? Was hältst du davon? Ich glaube, das ist schon mal ein Anfang. *Carajo,* und ich hatte schon Angst, dass dieses Klo keinen Abfluss hat.« Und ich daraufhin: »Scheint eine nützliche Information zu sein. Haben Sie schon die Rechnungen der anderen beiden Toten angefordert?« Und er: »Das war das Erste, was ich getan habe. Verdammt, was denkst du eigentlich? Dass wir Polizisten alle Volltrottel sind? So ist das nur in Büchern. Die Telefongesellschaft hat mich gerade angerufen, die Rechnungen müssten jeden Moment kommen. Bis wir einen Kaffee getrunken haben, liegen sie auf meinem Tisch.«

Die Eitelkeit des Inspector wurde befriedigt, als uns ein Beamter die Papiere brachte, noch bevor die Kaffeemaschine zwei kleine Milchkaffees ausspuckte. Zu seiner Verblüffung gab es jedoch keine einzige Nummer, die auf allen drei Auflistungen übereinstimmte. »Scheiße, Scheiße, Scheiße.« Ich versuchte, ihm Mut zu machen: »Jetzt geben Sie nicht so schnell auf, Mann, es war ja nur ein Versuch. Wäre ja auch zu viel des Glücks gewesen, auf Anhieb die Nummer des Mörders zu finden. Mit einer Spur ist es wie mit Geld: Sie macht zwar nicht glücklich, aber sie hilft verdammt viel weiter. Sehen Sie hier, Travieso hat nach einem regelmäßigen, fast wöchentlichen Rhythmus vor zweieinhalb Monaten aufgehört, Mädchen zu bestellen. Warum?« Der Inspector hatte sich noch nicht vom Schlag in den Magen erholt, den ihm das Lesen der Rechnungen beschert hatte. Wie betäubt schwamm sein Blick im Cappuccino, also musste ich ein wenig nachhelfen: »Teufel noch mal, dann suchen wir uns eben einen Abfluss für dieses Klo! Mal sehen. Welche Gründe könnte es für das veränderte Verhalten des Basketballspielers geben? Erstens, ihm ist die Lust am Vögeln vergangen … ausgeschlossen, niemandem vergeht die Lust daran und dem Typen schon gar nicht. Zweitens, ihm ging das Geld aus … davon kann keine Rede sein, Lucas hatte Geld wie Heu, man muss sich nur mal das Haus ansehen, in dem er lebte, und das Auto, das er fuhr. Drittens, seine Frau hat ihn auf frischer Tat ertappt … nicht im Traum, Raquel ist keine Frau, die so etwas mitmacht, die hätte ihm die Koffer vor die Tür gestellt und das Schloss ausgewechselt. Was kann sonst noch passiert sein?«

Mein Begleiter dachte eine Weile nach und warf dann eine Hypothese in die Runde: »Vielleicht hat er sich bei einer seiner Bettgeschichten einen Tripper eingefangen, wer weiß. Es ist zwar nicht sehr wahrscheinlich, weil man so etwas nur schwer verbergen kann, aber es ließe sich durch einen Besuch beim Mannschaftsarzt beweisen.« Unter Vorbehalten ließ ich die Theorie des Polizisten gelten: »Könnte sein, mein Freund, aber eine Gonorrhö löst unser Problem auch nicht. Abgesehen davon würde ich gern mal sehen, wer dem Arzt dieses Geständnis aus der Nase zieht. Nein, das würde nur dazu dienen, das Andenken des Basketballspielers noch weiter in die Scheiße zu ziehen, dabei stinkt es auch jetzt schon gewaltig. Warum geben wir uns mit einem mickrigen Kompromiss zufrieden, wenn wir einen vorteilhafteren herausholen können?« Der Polizist begann ungeduldig zu werden: »Ricardo, lass es raus, verdammt, du bist doch kein verklemmtes kleines Mädchen. Welchen Mist hast du jetzt wieder ausgeheckt?« Sein Wutanfall überraschte mich, von den Metaphern mal abgesehen. Fast hätte ich den Kaffee auf dem Tisch verschüttet, was bei der ungenießbaren Plörre eine Erleichterung gewesen wäre. »Tut mir leid. War nur so eine zusammenhanglose Idee, aber ich hatte gehofft, sie mit einer von Ihren Ideen verknüpfen zu können, weil ich wissen wollte, ob wir beide zum gleichen Schluss gelangen. Aber anscheinend entfernen wir uns nur immer weiter voneinander. Es geht um Folgendes: Die Nachbarin hat erklärt, dass die Frauen Travieso auch im Februar, März und April weiter besuchten, aber für diesen Zeitraum gibt es keine Anrufe. Warum? Die einzige Erklärung, die ich dafür finde, ist, dass Lucas vielleicht einen anderen Weg gefunden hat, um an schnellen, sauberen Sex zu kommen – wenn man bei dieser Form des Anbandelns überhaupt von sauber sprechen kann. Ich spreche von etwas, das einen größeren Reiz ausübt, so als würde man die Dosis der Erregung erhöhen.« Álvarez begann in meiner Mannschaft zu spielen, er bekam ganz glänzende Äuglein: »Willst du damit sagen, dass Travieso keine Lust mehr hatte, für die Frauen zu zahlen, und beschloss, sich ins Internet einzuloggen oder beim Radio anzurufen?« Und ich: »Zum Beispiel, oder noch simpler, vielleicht hat er einfach beschlossen, auf eine Anzeige zu antworten.«

Es war nur eine Intuition, aber ich nahm mir vor, ihr auf den Grund zu gehen. An diesem Nachmittag würde ich ins Perpetuo Socorro fahren, die Klinik, in der Carlos Ventura gearbeitet hatte, um dort ein wenig mit seinen Kollegen zu plaudern. Weil ich im Fall Mario Bermúdez nur über die verschwommenen Eindrücke verfügte, die mir Lola vermittelt hatte, als sie mich beauftragte, hielt ich ihn für eine Sackgasse. Manchmal erliegt man eben den eigenen Widersprüchen: Gerade noch hatte ich Álvarez den Kopf gewaschen, hatte von vorteilhaften Kompromissen und ähnlichen Nichtigkeiten geredet, und im nächsten Augenblick gab ich mich selbst mit dem erstbesten Kuhhandel zufrieden. Damals wusste ich es natürlich noch nicht, aber wenn ich zuerst zu Lola gegangen wäre, hätte ich mir die eine oder andere mehr als unangenehme Situation erspart. Nach einem leichten Mittagessen, einem richtigen Kaffee und der Dusche, die ich am Vorabend aufgeschoben hatte, fuhr ich zur Klinik, um zu sehen, ob ich vielleicht etwas entdeckte, was der Polizei entgangen war. Laut Álvarez' Notizen hatte die Polizei Íñigo Lozano befragt, den besten Freund von Ventura, sowie Cristina Santiago, eine Exfreundin, die er anscheinend mit einer Nachtklubtänzerin betrogen hatte. Jeder hatte seine eigene Version der Geschichte parat: Für Íñigo war Carlos ein Heiliger, und Cristina wollte am liebsten gar nicht über ihn reden. Sie war sehr betroffen, schließlich waren sie trotz allem einige Monate zusammen gewesen. Die Beamten gaben sich mit den Aussagen zufrieden. Es sah nicht so aus, als hätten diese beiden etwas mit dem Mord zu tun, und man wollte ihnen nicht grundlos den Tag vermiesen. Ich fand es zwar absurd, noch einmal den gleichen Ermittlungsschritt durchzuführen, aber ich wollte den beiden die Gelegenheit zu einer würdigen Kapitulation geben.

Íñigo Lozano und Cristina Santiago hielten jedoch dreist an ihrer ersten Version fest und beschränkten sich darauf, noch einmal dasselbe zu antworten: »Ich habe der Polizei doch schon alles gesagt, was ich weiß. Mehr kann ich Ihnen auch nicht sagen, keine Ahnung, was mit ihm passiert ist. Lassen Sie uns in Ruhe, was glauben Sie eigentlich, wer Sie sind?«, und so weiter und so fort. Ich versuchte ihnen zu erklären, dass uns jedes Detail, so klein es auch sein mochte, weiterhelfen konnte. Dass sie es nicht für mich, der ich letztlich nur ein einfacher Ermittler war, tun müssten, sondern an die nächste Leiche denken sollten. Lozano versuchte ich damit einzuschüchtern, dass er sich ebenfalls im Visier befinden könnte: »Ich weiß nicht, ob es Ihnen klar ist, aber Sie erfüllen alle Voraussetzungen: Sie sind männlich, ledig und leben allein. Haben Sie keine Angst? Was mit mir ist? Natürlich habe ich auch Angst, genau deshalb bin ich ja daran interessiert, dieses verflixte Rätsel so schnell wie möglich zu lösen.« Der Krankenpfleger ließ sich nicht aus der Ruhe bringen. Wie ein Westernheld beim Duell bewahrte er Haltung und zuckte nicht mit der Wimper. Stattdessen schüttelte er den Kopf von einer Seite zur anderen und antwortete: »Tut mit leid, aber mehr habe ich nicht zu sagen. In der Notaufnahme wartet eine Menge Arbeit auf mich, entschuldigen Sie mich bitte.« Ich fühlte mich einsam und verlassen, genau wie der gebrechliche, übel riechende Bettler, der gerade meinen Hausflur bewohnte. So sehr der Mann mit seinem zahnlosen Mund auch bettelte, um wieder auf den richtigen Weg zu kommen (wie er sagte), um etwas zu essen zu kaufen (wie er sagte), um seine, zweifellos nicht existenten, Kinder zu ernähren (wie er sagte), die Leute sahen durch ihn hindurch und zuckten die Schultern und griffen mit einer Geste vorgetäuschten Bedauerns in die Tasche: »*Caramba,* ich habe gerade kein Kleingeld bei mir, tut mir leid, vielleicht nächstes Mal.« Um beim nächsten Mal wieder dasselbe zu sagen.

Ich drehte eine Runde durch die Klinikflure, weil ich Zeit gewinnen wollte, um Plan B aufzustellen. Plan B war, das muss wohl nicht gesagt werden, ein Plan der Verzweiflung, ein letzter Versuch. Ich würde die beiden miteinander konfrontieren, würde sie auf die Probe stellen, würde die Radiologieassistentin und den Krankenpfleger gegeneinander aufhetzen. Und eine halbe Stunde später kehrte ich noch einmal zurück mit meiner ewig gleichen Leier und erwähnte beiläufig vor Cristina, während ich so tat, als würde ich einige Notizen durchgehen, die ich nie geschrieben hatte – zumindest nicht in diesem Fall: »Wissen Sie, Señorita, Íñigo Lozano behauptet, dass Ventura ein toller Typ war und, so sagt er jedenfalls, wenn auch nicht genau mit diesem Wortlaut, die Sache erst anfing, als Sie ihn verließen. Er behauptet, dass Sie es von Anfang nicht ernst meinten mit Carlos und die Sache mit dem Junggesellenabschied und der Tänzerin nur als Vorwand dafür nahmen, ihn hängen zu lassen. Stimmt es, dass Sie damals schon in Ihren aktuellen Freund verliebt waren?« Und Íñigo gab ich zu verstehen, während ich ein völlig leeres Blatt in meinem Notizblock betrachtete: »Ich weiß nicht, ob Sie wissen, dass Cristina Santiago der Polizei erzählt hat, Carlos hätte sich verändert, seit er sich mit seinen Freunden zusammengetan hätte, vor allem mit Ihnen, dem Frauenheld. Stimmt es, dass Sie ihn zur Hurerei verführt haben, während seine Freundin Nachtdienst hatte?«

Plan B erwies sich als rettender Engel. Als Racheengel nämlich. Zwischen der Radiologiestation und der Notaufnahme zog ein Gewitter auf, das die Fundamente des Perpetuo Socorro erschütterte: »Was? Das hat der Hurensohn gesagt?« »Diese fiese Sau hat mir die Schuld gegeben?« »Dabei hat er sich sogar an mich rangemacht, als ich mit Carlos zusammen war!« »Dabei war die doch eine völlige Niete im Bett, er hat fast geheult, als er mir das erzählt hat!« »Fragen Sie doch das Arschloch von Íñigo, wer dem armen Carlos die Idee mit den Anzeigen in den Kopf gesetzt hat!« »Fragen Sie doch diese eingebildete Kuh, warum er überhaupt auf Kontaktanzeigen angewiesen war!« »Gleich geh ich runter und erzähl diesem Scheißkerl, was ich von ihm halte!« »Sobald meine Schicht zu Ende ist, zeig ich dieser Tante, wer Íñigo Lozano ist, die kann mich mal!« Wenn die Kiste mit Feuerwerkskörpern erst mal offen ist, ist es nicht leicht, sie wieder zu schließen. Aber ich hatte keine Zeit, abzuwarten, was passierte. Ich hatte gehört, was ich hören wollte.

Die Puzzleteile begannen zusammenzupassen. Cristina und Íñigo sangen im Duett von Venturas plötzlicher Vorliebe für den *Heißen Draht*, eine Anzeigenseite mit Telefonkontakten in den Kategorien Er sucht Sie, Sie sucht Ihn, Er sucht Ihn, Sie sucht Pärchen, Pärchen sucht Sie für flotten Dreier und so weiter bis zur Erschöpfung. Die Zeitung hatte diese Seite seit einigen Monaten im Programm, und wenn man vom Zuwachs ausging – von einer halben Seite am Wochenende auf eine ganze Seite täglich –, dann handelte es sich um ein florierendes Geschäft, was unsere Arbeit enorm erschweren würde. Aber es fehlte noch eine Kleinigkeit. Als ich ins

Büro kam, rief ich Lola an. Sie war etwas beunruhigt, weil sie seit dem Wochenende nichts mehr von mir gehört hatte und schon versucht hatte, mich zu erreichen. Dass Mario Bermúdez erotische Telefonkontakte pflegte, hatte sie nicht gewusst, sie hatte nie mit ihm darüber geredet. Es bestand allerdings kein Zweifel daran, dass Bermúdez jeden Tag im Café, in dem er frühstückte, *La Provincia* las: »Ich glaube, das hatte ich Ihnen erzählt. Ja, genau, wegen der Zeitung habe ich ja auch zum ersten Mal mit Mario gesprochen, erinnern Sie sich? Ich wollte wissen, ob meine Babysitteranzeige veröffentlich worden war. Und jetzt, wo Sie fragen, Don Ricardo, könnte ich schwören, dass damals er, oder jemand anders, einen Kringel um eine Nachricht gemacht hatte. Ich kann Ihnen allerdings nicht sagen, um welche, oder ob es sich überhaupt um diesen *Heißen Draht* handelte, aber ich bin mir sicher, dass auf einer der Seiten mehrere Kringel waren. Tut mir leid, dass ich Ihnen nicht mehr sagen kann. Aber was hat das alles mit seinem Tod zu tun?«

Ich fasste die Geschichte für sie zusammen: »Und du brauchst dir jedenfalls keine Sorgen mehr zu machen, Mädchen. Die Polizei sucht dich nicht mehr, weil sie nun eine andere Spur verfolgt, die anscheinend mit einer Anzeige zu tun hat. Ich habe mit dem Zuständigen für diesen Fall gesprochen, und du hast nichts zu befürchten. Aber ich halte dich, was die Ergebnisse angeht, auf dem Laufenden, ja? Die Rechnung? Die schicke ich dir schon noch, keine Sorge. Was du zahlen musst? Ach, *wann* du zahlen musst. Na ja, wenn ich den Fall gelöst habe, natürlich, was glaubst du denn? Dass ich dir was berechne, ohne den Mörder gefunden zu haben? Kommt gar nicht in Frage, ich werde nach Ergebnis bezahlt, nicht nach Stunden. Wir sprechen uns noch.«

Auch wenn ich eigentlich von der Wahrheit geradezu besessen bin, gibt es gewisse Lügen, die ich vergöttere, besonders, wenn sie niemandem schaden. Ich fühle mich dann als besserer Mensch. Lola konnte ich einfach kein Honorar abknöpfen wie einer normalen Kundin, das arme Mädchen stand ohnehin an jedem Monatsende vor einem Abgrund, und ich würde bestimmt nicht derjenige sein, der ihr den letzten Stoß gab. Malena hatte wohl doch recht: Ich war ein sentimentaler Spinner. Meinen ersten soliden Ermittlungsfortschritt feierte ich, indem ich sie anrief, um sie zum Abendessen einzuladen. Aber sie war nicht da, anscheinend hatte sie schon eine Verabredung mit ihren Arbeitskollegen. Da zeigten sich die Nachteile einer Beziehung, die so verwegen war, so spontan wie die unsere. Ich hatte also den Abend frei. Nachdem ich Inés nach Hause geschickt hatte, schloss ich das Büro ab und fuhr zum Strand. Zu einer bestimmten Ecke des Strandes, um genau zu sein. Zu der Ecke von Colacho Arteaga. Mal sehen, wie es meinem Großvater heute ergangen war.

Wie immer blickte er aufs Meer. Versunken in Gedanken, die aus einer anderen Zeit zu stammen schienen. An die noch ungeöffnete Kiste gelehnt, in der er sein Schiffszimmermannswerkzeug aufbewahrte. Neben einem halb restaurierten Fischerboot. In La Puntilla. Und wie immer hörte er mich kommen: »Was gibts Ricardo? Kommst du, um zu sehen, ob heute Abend dein Erbe fällig wird?«

»Verdammt, bist du brutal!«

»...«

»Außerdem beschütze ich nur meine Geldanlage.«

»Tja, läuft nicht gut für dich, ich spende nämlich alles dem Fischerverein von La Isleta.«

»Ach ja? Wenn du endlich das Zeitliche segnest, wird es keinen Verein mehr geben und auch keine Fischer. Du solltest beten, dass es dann La Isleta noch gibt. Komm ich im falschen Moment?«

»Es ist nie der falsche Moment, um siebzig mal sieben Scheine einzutreiben.«

Colacho Arteaga war tief verletzt. Er hatte einen Blick auf des Teufels Schwanz erhascht, und weder Ort noch Zeit hatten ihm sonderlich gefallen. Er rieb die knochigen, von der Sonne gegerbten Hände aneinander und starrte auf die Linie zwischen Meer und Himmel, als erhoffte er von ihr eine Erklärung. Selten hatte ich ihn derart verzweifelt erlebt. Ich schmiegte mich in seinen Arm und fragte: »Hast du schon was gegessen? Sollen wir zum Argentinier gehen und uns zum Abendessen ein Rindersteak gönnen?« Er presste seinen Ellenbogen so fest an meinen Körper, dass es fast wehtat. Dann lockerte er seinen Griff langsam wieder, vielleicht schämte er sich für dieses Anzeichen von Schwäche bei einem so starken Mann. Aber er ließ seinen Arm, wo er war. »Ein Steak? Willst du zu Ende bringen, was der Arzt gestern Abend begonnen hat? Du weißt genau, dass ich nicht zu Abend esse.« Es stimmte. Colacho Arteaga vertrat die britische Philosophie: Frühstücke wie ein König, iss zu Mittag wie ein Fürst und abends wie ein Bettelmann. Das hatte ich jedenfalls nicht von ihm geerbt. Ich frühstücke selten mehr als einen schwarzen Kaffee und esse ansonsten jederzeit, auf was ich gerade Lust habe. Und für ein gutes Abendessen verkaufe ich meine Seele an den erstbesten Pfandleiher. Die sicherste Art, jung zu sterben, ich weiß. Also schlug ich etwas anderes vor: »Dann gehen wir halt irgendwohin, wo es mehr Auswahl gibt. Dann kannst du einen Salat oder ein bisschen Gemüse essen, nachdem du ja sicher den ganzen Tag gefastet hast, und mein Magen bekommt pünktlich, was ihm zusteht.« Wir landeten schließlich im Il Maccaroni, einer italienischen Kneipe an der Promenade, die köstliche, *al dente* gekochte Pasta mit Langusten serviert. Colacho redete nicht viel während der Vorspeise. Und ich ließ ihn in Ruhe. Als meine Ravioli kamen, warf er einen mürrischen Blick darauf: »Igitt, wenn du so weitermachst, bin ich derjenige, der deine Wohnung und deine Möbel erbt. Ich freue mich schon auf diese berühmte Jazzsammlung, mit der du immer so angibst.« Ich probierte die erste Gabel von meinem Gericht: »Das Einzige, womit ich angebe, ist mein Großvater, das weißt du doch. Mm, ist das lecker! Das solltest du mal probieren, dafür lohnt es sich zu sterben.« Colacho stieg die Zornesröte ins Gesicht: »Warum wechseln wir nicht das Thema? Weißt du nicht, dass es von schlechten Manieren zeugt, bei Tisch über Geld oder den Tod zu reden?«

Ich gebe zu, dass ich in Kampfstimmung war: »Mach keine Witze, Colacho, du wirst mir doch nicht erzählen wollen, dass du mit deinen paar Haaren tatsächlich noch Respekt vor dem Tod hast? Ich dachte, du bist längst per Du mit ihm.« Der Alte legte sein Besteck auf den Teller, wischte sich mit der Serviette den Mund ab und sah mich an: »Natürlich duze ich ihn. Ich lache sogar über seine Witze, die sind wirklich lustig. Es ist nicht der Tod, vor dem ich Angst habe, sondern ein direkter Verwandter von ihm, das Alter. Das ist tausendmal hinterhältiger und lästiger. Gestern Abend hatte ich nur eine unbedeutende Unpässlichkeit, aber es war ein Symptom. Ich habe schon zu oft gesehen, was das Alter mit einem anstellt, und das ist kein Witz mehr. Es fängt damit an, dass du vergisst, wo du die Brille gelassen hast, und hört damit auf, dass du dich selbst vor dem Spiegel nicht mehr erkennst. Was willst du tun, wenn du mich besuchst und ich dich Cristóbal nenne und dir in die Schuhe pinkle und dich frage, wie es deinem Großvater geht? Nein, mein Junge, ich habe keine Angst davor, heute oder morgen zu sterben. Was mir Angst macht, ist das genaue Gegenteil: zu lange am Leben zu bleiben.«

Mir vergingen die Scherze und sogar der Hunger. Ich wusste nicht, was ich antworten sollte. Bei jedem anderen wäre ich auf einen Zusammenbruch eher vorbereitet gewesen als bei ihm. Dieser alte Mann war mein Held. Ich erinnere mich noch genau, dass in meiner Kindheit alle Fußballer oder Astronaut spielten, oder Filmstar, damit sie Kim Novak küssen konnten, das Nonplusultra, von dem man nur träumen konnte. Ich hingegen wollte Colacho Arteaga sein, weil ich mir sicher war, dass es dann nur noch eine Frage der Zeit wäre, bis ich den Mond betrat und Kim Novak küsste. Als mein Großvater merkte, dass er meinem Gemüt einen empfindlichen Riss zugefügt hatte, strich er die Segel: »Jetzt zieh nicht so ein Gesicht, es reicht völlig, wenn einer in der Familie Angst hat. Ich brauche dich schließlich noch, damit du mir hilfst, das Boot zu vertäuen. Vergiss nicht, dass du der einzige Poller bist, den ich habe.« Mehr um seinet- als um meinetwillen gewann ich sofort die Fassung zurück und täuschte ein Lächeln vor: »Na, da hast du dir ja einen schönen Poller ausgesucht. Außerdem kannst du deine Brille nicht verlegen, weil du gar keine trägst, und jedes Mal, wenn ich mich an etwas erinnern muss, komme ich zu dir mit deinem Elefantengedächtnis. Du stirbst auf gar keinen Fall, Unkraut vergeht nicht.« Während er sich wieder über sein gebratenes Gemüse hermachte, fragte er: »Übrigens, was macht der Fall mit dem Junggesellenmörder? Hast du irgendwas Brauchbares vorzuweisen?«

Ich war noch nie so erpicht darauf gewesen, mit meinem Großvater über einen Fall zu sprechen. Alles war besser als dieses grässliche Gespräch über Alzheimer. Also ließ ich mich genüsslich über die unbedeutendsten Details aus, wie hübsch Lola, meine ungewöhnliche Klientin, war, unter welchem politischen Druck Álvarez, mein neuer »Partner«, stand, was für ein Gesicht Carlos Venturas Exfreundin und sein Kumpel gezogen hatten, als ich die beiden gegeneinander aufgehetzt hatte. Mein Bericht nahm das ganze Dessert, den Kaffee, einen Digestif und sogar eine Zigarre in Anspruch, die ich bestellte, um meine Fortschritte in diesem undurchsichtigen Fall zu feiern. Colacho staunte über die neuen Flirtmethoden: »Heilige Scheiße, so viel Technik und wissenschaftlicher Fortschritt, da muss man ja einen Kurs belegen, um zum Schuss zu kommen. Zu meiner Zeit gab es Frauen, die dir dabei halfen, dich zu kratzen, wenn es dich irgendwo juckte. Wir nannten sie Huren. *Frau Hure,* wenn man noch sehr jung war und die Dame schon ein paar Lenze auf dem Buckel hatte. Respekt ist schließlich eine Zierde, ganz besonders in fremden Betten. Und was soll eigentlich dieser Quatsch mit Er sucht Ihn, wo soll das noch alles hinführen? *Carajo,* das fehlte gerade noch! Ich hoffe nur, dass dein blödes Singledasein nicht eines Tages so endet. Keine Ahnung, wie ich meinen Freunden aus dem Casinillo erklären soll, dass mein Enkel die Mutter meines Urenkels durch eine Kontaktanzeige kennengelernt hat.«

Dann fragte er mich, ob ich irgendeine Vermutung hätte. Die Sache mit dem *Heißen Draht* passte immer noch nicht in sein Konzept. Ich antwortete: »Die Wahrheit ist, Colacho, dass uns all diese Hypothesen nicht weiterbringen. Es hätte jeder sein können: ein frustrierter Ehemann, ein ernüchterter Freund, eine Verrückte oder ein geistesgestörtes Pärchen, das eine Anzeige als glückliches, aber unbefriedigtes Ehepaar aufgegeben hat und einen Singlemann für eine Orgie suchte. Wer weiß das schon? Vielleicht haben die Opfer aber auch selber inseriert. Das Einzige, was klar zu sein scheint, ist, dass der Mörder zu allen dreien mittels dieser Seite Kontakt aufgenommen hat.« Colacho rümpfte die Nase: »Was es nicht alles gibt, oder? Denn nach dem, was du mir erzählt hast, waren das doch ganz normale Männer, Männer ohne Defekte, Männer, denen es nicht schwerfallen sollte, abends in eine Bar zu gehen und dort ein nettes Mädchen kennenzulernen, das sie mal ranlässt. Und gerade der Sportler, der zuletzt umgebracht wurde, war doch ein Typ, um den sich die Frauen nur so rissen. Was haben die sich dabei gedacht, als sie sich auf so eine hirnrissige Geschichte eingelassen haben?«

Ich nahm einen langen Zug von der Zigarre und füllte den Raum zwischen uns mit grauem, bleiernem Qualm. Als sich der Nebel lichtete, erzählte ich ihm von den neuen Zeiten, von den Formen des zwischenmenschlichen Kontakts, die sich als Folge eines flüchtigen, schwindelerregenden Lebensstils durchgesetzt hatten: »Weißt du, woher das kommt, Colacho? Die Leute haben immer weniger Zeit füreinander, traurig, aber wahr. Und wenn sie sich dann doch mal kurz von ihren Terminplänen, Sorgen und Verpflichtungen frei machen können, sehen sie fern, gehen ins Kino, hören Musik oder surfen im Internet, Hauptsache, sie müssen nicht zu viel denken. Denn wenn sie denken, kommen sie zu der Erkenntnis, dass sie ein Scheißleben führen. Das Problem ist, dass sie keine Zeit für Eroberungen haben: In eine Bar gehen, ein Mädchen kennenlernen, eins, das dir gefällt, dem du gefällst, nach Gemeinsamkeiten suchen, Übereinstimmungen finden, Charakterfehler ausschließen, die die Beziehung gefährden könnten, das alles verlangt viel Zeit und Energie, die viele nicht vergeuden wollen. Also suchen sie bequemere, schnellere, keimfreiere Methoden, die sie ohne diese ganzen Umwege ans Ziel bringen. Denn das ist natürlich das Erste, was man in eine Anzeige schreibt: Hallo, ich bin so und so und suche eine Frau, die so und so ist, mir gefällt dies und ich will nicht das, bitte nur ernst gemeinte Zuschriften. Verstehst du? So sparst du eine Menge Papierkram, es ist, wie erklär ichs dir, als würde man Liebe (oder wie auch immer diese Leute es nennen) *á la carte* bestellen. Scheiße, ich kenne sogar Pärchen, die sich auf diese Weise kennengelernt haben und heute glücklich sind. Erinnerst du dich an Chago Lemes? Wie? Ja, genau, der Sohn von dem mit der Lottoannahmestelle, den Chago meine ich. Also, der hat vor ein paar Monaten Luz Marina geheiratet, ein reizendes Mädchen aus Teneriffa, auf das er über eine Anzeige aufmerksam wurde. Sie hatte die Nase gestrichen voll davon, sich nachts von unverschämten Betrunkenen anbaggern zu lassen, und hat sich für eine Zeitschrift mit persönlichen Kontaktanzeigen entschieden. Was? Keine Ahnung, was sie reingeschrieben hat, ich fand es geschmacklos, sie danach zu fragen. Verdammt, was willst du eigentlich? Chago hat ihr jedenfalls geantwortet, und sie haben sich an einem Samstagmittag in einem Café verabredet, wo er eine Zeitung und sie eine *Cortefiel*-Tüte tragen sollte, also nichts mit roten Rosen und solchem Kitsch. Und sie gefielen einander. Luz hat mir eines Abends erzählt, dass sie sich nur eine einzige Bedingung dafür gesetzt hatte, den Mann zu akzeptieren: Sie wollte ihm seine Nervosität anmerken können, sie wollte keinen harten Kerl, der vor Selbstbewusstsein strotzte, das erschien ihr als schlechtes Zeichen, sie zog jemanden vor, der sich auch mal was gefallen ließ. Die Sache ist die, dass Chago beim Warten sein Bier verschüttete und sich die ganze Hose nass machte, und er deswegen die ganze Zeit unbehaglich hin- und herrutschte. Sie wusste natürlich nichts von dem Bier, aber dank dieses bescheuerten Irrtums sind sie nun ein beneidenswert glückliches Ehepaar. So sind halt moderne Liebesgeschichten.«

Colacho war nicht überzeugt von meinem Plädoyer. Er war eben ein Mann der alten Schule, aufrecht und redlich, und an seinen wenigen moralischen Grundsätzen hielt er eisern fest. Das war es, neben vielem anderen, was mir so an ihm gefiel. Das war der Grund, warum ich ihn bewunderte. Warum ich ihn liebte. Bedingungslos. Falschheit war ihm fremd. Er schüttelte noch einmal den Kopf: »Was soll ich dazu sagen, Ricardillo? So wie die Dinge stehen, weiß ich gar nicht, ob ich Lust habe, so lange zu leben, wie du dir das vorgestellt hast.« Ich versuchte ihn zu beruhigen: »Mach dir keine Sorgen, keiner zwingt dich, das Spielchen mitzumachen, nicht jeder passt sich an. Schau mich an: Warum, glaubst du wohl, sammle ich Schallplatten? Weil es ein guter Ersatz für die Sex-Hotline ist und dazu noch billiger, wenn du mich fragst.» Der Alte nutzte meine Unachtsamkeit blitzschnell aus: »Apropos, mein lieber Enkel, wie läufts mit den Frauen? Seit der, der du die Schrammen am Herzen verdankst, der von dem Fall mit dem Snob, wie hieß sie noch gleich? Maracha, genau, Maracha Manrique, die Nichte von diesem Politiker, also seit der hat man dich nicht mehr mit einer Frau gesehen. Triffst du jemanden?«

Nur widerwillig erzählte ich ihm von meiner letzten, kurzen Liebesgeschichte: »Es gibt da schon eine, eine, die mich interessiert, *ma non troppo,* eine unkomplizierte Sache ohne großes Risiko. Malena, sie heißt Malena und arbeitet bei der Postbank als Wirtschaftsprüferin. Sehr hübsch, na ja, mir gefällt sie jedenfalls sehr. Ich habe sie im Fitnessstudio kennengelernt. Was? Nein, ich gehe nicht ins Fitnessstudio, keine Sorge, ich werde dir doch mit so etwas nicht noch mehr Schande machen. Aber Malena geht in das Studio bei mir unten im Haus, und eines Tages bin ich mit ihr zusammengestoßen, als sie gerade kam, und so läuft das bis heute. Die Frau will nicht zu viele Zukunftsperspektiven, sie lebt lieber im Hier und Jetzt. Und weil ich mir im Moment auch nicht viel mehr erlauben kann, könnte man von einer Symbiose reden.«

»Malena heißt sie also.«

»Ja.«

»Was hast du eigentlich für eine komische Vorliebe für Frauen, die mit *M* anfangen: Maracha, Malena. Gabs nicht in deiner Jugend mal eine Marta?«

»In meiner Jugend? Du Kotzbrocken, tu nicht so, als wäre ich schon ein alter Knacker. Aber du hast recht. Es gab eine Marta. Marta Elena, *die Bettpfanne* nannten wir sie. Heute lebt sie in London, soviel ich weiß. Scheiße, wie zum Teufel kannst du dir so was merken, wo ich es selbst längst vergessen hatte?«

»Mir entgeht nichts.«

Auf der Rückfahrt ging mir unser Gespräch nicht mehr aus dem Sinn. Immer wieder dachte ich an das, was der Alte über das *M* gesagt hatte. Und wenn das eine Spur war? Es wäre schon lustig, wenn der Mörder genau wie Zorro am Ort des Verbrechens sein Markenzeichen hinterließ. Gegen halb zwölf kam ich zu Hause an. Es war zwar schon spät, aber ich hätte sowieso nicht schlafen können, ohne mir dieses Gewicht von der Brust zu schaffen. Also wählte ich Inés' Privatnummer: »Inés? Entschuldige die späte Stunde, aber es ist dringend: Ich bin gerade über etwas gestolpert, vielleicht kannst du mir ja aus der Patsche helfen. Hör zu, in der Wohnung von Carlos Ventura, ja genau, der zweiten Leiche, gab es etwas Seltsames, was mich an dich erinnert hat. Nein, du stehst nicht unter Mordverdacht, das hättest du wohl gerne, sensationslüstern, wie du bist. Also, es geht um die Einrichtung: Die Gegenstände auf den Tischen, auf der Anrichte, überall, waren so angeordnet, dass sie aussahen wie ein *M*. Du machst doch das Gleiche im Büro, nur dass du kein *I*, sondern eine Art *P* formst, oder irre ich mich da? Ich frage nur, weil es vielleicht gar nichts mit Namen zu tun hat.«

Inés schöpfte neuen Mut. Falls ich sie geweckt hatte, hatte sie sich jedenfalls blitzschnell erholt. Für sie war das Ganze ein Abenteuer, und so erzählte sie mir haarklein von den neuesten Trends in Sachen Wohndesign. Anscheinend war es gerade Mode, der Wohnungseinrichtung eine persönliche Note zu verleihen: »Du bist so altmodisch, Ricardo. Also, manche verwenden zum Beispiel für alle Accessoires dasselbe Material (Porzellan, Mahagoni, Metakrylat, Pappmaschee), andere kaufen alles beim selben Designer, und wieder andere haben, so wie ich und anscheinend auch der Mörder, kein Geld für solche Kunstfertigkeiten und begnügen sich daher damit, Gegenstände auf bestimmte Weise zu arrangieren. Das habe ich letzten Sommer bei einem Handarbeitskurs gelernt.«

Für ihr *P* gab es eine einfache Erklärung: Wer würde schon auf die Idee kommen, Gegenstände nach einem Namen anzuordnen, der mit *I* anfing, wäre doch lächerlich, oder? Aschenbecher und Vasen hintereinander aufgereiht, als bereiteten sie sich auf einen Angriff vor. Sie hatte sich daher ihres anderen Namens bedient. Und auf diese Weise erfuhr ich Inés' am zweitbesten gehütetes Geheimnis nach ihrem Kaffee: dass sie in Wirklichkeit Patricia Inés hieß (»Wenn du das weitersagst, verpasse ich dir eine Tracht Prügel, ich bringe dich um!«) und das »Patricia« verheimlichte, weil es ihr nicht gefiel. Den Namen hatte man ihr zu Ehren einer Tante mütterlicherseits gegeben, die schließlich aus Liebe verrückt geworden war und sich umgebracht hatte. Seit diesem Vorfall nannte sie sich nur noch Inés. In Sachen Wohndesign kam ihr dieses Patricia allerdings wie gerufen.

Es war ein zweiter Schritt. Und vielleicht genauso wichtig wie der erste. Ich bedankte mich bei meiner Sekretärin für ihre Hilfe: »Dafür bin ich dir was schuldig, Inesilla, erinnere mich daran, dass ich dir eine Gehaltserhöhung gebe.« Und sie: »Ach ja? Ich glaube nicht, dass ich das noch erlebe, knauserig wie du bist.« Ich verabschiedete mich von ihr und vertrieb mir eine Weile die Zeit damit, die Accessoires im Wohnzimmer in *R*-Form anzuordnen. Danach ging ich ins Bett, um mich von einem überaus anstrengenden Tag zu erholen.

7

Aber mein Glück sollte natürlich nicht von Dauer sein. Ich war gut gelaunt aufgestanden, mit einem Wohlbefinden, von dem ich schon fast vergessen hatte, wie es sich anfühlte. Und das trotz des lästigen, monotonen Bleihimmels, der sich über der Stadt festgesetzt hatte. Während ich mich rasierte, ertönte aus dem Radio eine herrliche Version von *Honeysuckle Rose* aus der Zeit, als Reinhardt und Grappelli mit dem *Quintette du Hot Club de France* auftraten. Dann duschte ich, zog mich an – inzwischen spielten sie *Sweet Georgia Brown* – und machte mich auf den Weg in das Café in San Bernardo, in dem ich gewöhnlich meinen ersten Schluck Kaffee zu mir nehme. Dort erwartete mich der Trubel, der in jeder Bar um diese Zeit herrscht. Es ging um die üblichen Themen: Fußball, der neueste Skandal in der kanarischen Politik, die törichte Fernsehsendung vom Vorabend, mit Vollstriptease und allem Drum und Dran. Ich fand es immer schon seltsam, dass sich die Stammkundschaft wegen eines nackten Hinterns im Fernsehen echauffiert, aber sofort Feuer und Flamme ist, wenn eine Frau im Café detailliert beschreibt, welchen Körperteil sie an ihrem Mann am meisten mag und was sie nachts so richtig heiß macht. Aber diese Unterhaltung würde meiner guten Laune nichts anhaben. Noch war ich der Meinung, dass mir nichts den Tag vermiesen konnte.

Ich hatte nicht mit den Zeitungsnachrichten gerechnet. Als ich die Zeitung aufschlug, war ich wie vor den Kopf gestoßen. In einem doppelseitigen Artikel erschien ein ungemein ausführliches Interview mit dem Sekretär des Regierungsabgeordneten, einem gewissen Rojas Álamo, der nicht nur dumm und hässlich war, sondern auch noch unfähig, stümperhaft und pressegeil. Da war er also und verkündete stolz wie Oskar die hoffnungsvollen Fortschritte im dreifachen Mordfall: Die Angelegenheit sei so gut wie aufgeklärt, und wie die Polizei vermutete, sei eine Seite mit Kontaktanzeigen in einer bekannten Zeitung der Schlüssel zur Lösung des Falls, denn alle drei Toten hätten direkt oder indirekt damit zu tun gehabt. Um eine derartige Aussage zu machen, muss man schwachsinnig sein – oder Politiker. Dieser gottverdammte Rojas Álamo hatte auf einen Schlag den Fall, die Ehre von Lucas Travieso – die anderen beiden hatten ja niemanden, dem sie hätten treu sein müssen – und meinen gesamten Vormittag versaut.

Als ich im Büro ankam, kochte ich vor Wut. Gott sei Dank war Inés noch nicht da, weil heute ihr wöchentlicher Banken- und Zahltag war. Ich packte das Telefon so heftig, dass ich es fast entzweiriss, und rief Álvarez an, um ihm zu sagen, wo er sich seine mit Füßen getretenen Toten hinstecken konnte. Am anderen Ende der Leitung meldete sich ein Álvarez, der noch wütender war als ich. Nicht einmal auf die Polizei konnte ich schimpfen, weil er mir zuvorkam und mich gar nicht erst zu Wort kommen ließ: »Gottverdammte Scheiße, dieser Vollidiot von Rojas, der muss einen an der Waffel haben! Jetzt sind wir am Arsch, Ricardo, dieser Wichser hat uns verraten. Ich schwöre dir bei Gott, wenn es noch einen Toten gibt, stecke ich ihn in den Kerker und setze seine Eier unter Strom, bis ihm die Augen aus den Höhlen treten, Scheiße noch mal!« In so einer Situation bringt es gar nichts, noch mehr auszurasten als der andere. Ich biss mir also auf die Zunge und spielte stattdessen den Moderator: »Also, Álvarez, was zum Teufel ist eigentlich passiert? Woher wusste Rojas das mit den Kontaktanzeigen?« Der Polizist beruhigte sich ein wenig: »Der Witz ist ja, dass ich es ihm gesagt habe, Ricardo. Die sind mir so damit auf die Nerven gegangen, dass wir nichts vorweisen konnten, dass sich die Bevölkerung auflehnen könnte und all das, also habe ich ihnen erzählt, wir wür den allmählich Licht am Ende des Tunnels sehen und hätten eine Spur, die vielleicht etwas taugte. Woher hätte ich denn ahnen sollen, dass dieser geistig Zurückgebliebene mit der vertraulichen Mitteilung gleich an die Öffentlichkeit gehen würde? Gerade habe ich mit dem Regierungsabgeordneten gesprochen, und der hat mir bei seinen Kindern geschworen, dass Rojas eigenmächtig vorgegangen ist und er ihn an den Pranger stellen wird. Der schafft es jedenfalls erst mit seiner Todesanzeige wieder in die Zeitung. Und was jetzt? Keine Ahnung, Junge. Jetzt weiß ich auch nicht mehr weiter.«

Ich versuchte den Inspector zu beruhigen: »Tja, bei so was weiß man nie. Der Mörder ist zwar jetzt so gut wie sicher auf der Hut, aber das kann genauso gut von Vorteil wie von Nachteil sein: Von Nachteil ist es, weil er weiß, dass wir hinter ihm her sind, und von Vorteil, weil er vielleicht nervös wird und bald einen Fehler begeht. Wir sollten einfach weitermachen wie bisher.« Álvarez änderte seinen Tonfall. Er war nicht mehr sauer, sondern aufrichtig besorgt: »Einverstanden, wir machen weiter, aber heute ist Mittwoch, Ricardo, und wenn der Mörder seine Freitagsroutine beibehält, haben wir nur noch achtundvierzig Stunden, um den vierten Mord zu verhindern. Die Zeit spielt gegen uns.«

Er hatte recht. Der Mörder war immer freitags in Aktion getreten. Vielleicht eine Marotte. Oder Aberglaube, ein weiterer Charakterzug des Fetischismus. Oder vielleicht ganz einfach, weil es dann leichter war, sich mit dem Opfer zu verabreden. Am Wochenende sind mehr Menschen auf der Straße, und man fällt nicht so auf. Wir mussten schnell etwas unternehmen. Ich führte ein kurzes Telefongespräch mit Lola, hinterließ meiner Sekretärin eine Nachricht und stürzte aus dem Haus, um einer Gefühlseingebung zu folgen. Der Vormittag hatte sich verschlechtert. Nicht nur, was unsere Perspektiven, sondern auch, was das Wetter betraf. Am Himmel waren Gewitterwolken aufgezogen, und es hatte angefangen zu regnen, in diesen Breiten ein untypisches Aprilwetter. Von einem Augenblick zum nächsten hatte sich Las Palmas in London verwandelt. Ich erreichte das Gebäude, in dem Mario Bermúdez gewohnt hatte, und wurde dort von meiner jungen Klientin mit den Schlüsseln zu seiner Wohnung erwartet. Als ich sie fragte, wie es ihr ginge, antwortete sie, dass sie jetzt ruhiger sei, seit sie in der Zeitung gelesen habe, dass wir auf der richtigen Spur seien. Ich wollte ihr nicht die Hoffnung nehmen und schickte sie wieder nach Hause, nicht ohne ihr vorher zu versichern, dass ich in der Wohnung nichts kaputt machen und die Schlüssel nach meinem Besuch im Kommissariat abgeben würde. Damals ahnte ich noch nicht, dass ich keins der beiden Versprechen würde halten können.

Ich fuhr mit dem Aufzug hoch, kroch unter dem Band durch, mit dem die Tür versiegelt war, und ging hinein. Die Wohnung war dunkel, die Jalousien halb heruntergelassen. Alles schien seine Ordnung zu haben. Álvarez hatte mir von der Badezimmerepisode mit Santa Ana, dem Gerichtsmediziner, erzählt. Also betrat ich das Bad und schaltete das Licht ein. Es stank entsetzlich nach altem Schwefel. Der Tod hatte sich hier eingenistet und schien nicht die Absicht zu haben, das Zimmer je wieder zu verlassen. In der Badewanne waren noch Spuren des ersten Verbrechens zu sehen, blutige Schlieren an den hellblauen Kacheln, vereinzelte Haare, die Handtücher im Wäschekorb. Alles wirkte eingefroren wie auf einer Daguerreotypie. Hinter der Tür befand sich, genau wie Lola ausgesagt hatte, ein Haken, an dem die junge Frau ihre Kleider aufhängte, nachdem sie sich umgezogen hatte. Im Wohnzimmer achtete ich auf die Anordnung der Gegenstände, und da lachte es mir wieder höhnisch entgegen, das verfluchte *M*. Aber das war es nicht, was ich zu finden hoffte. Zwar hatte die

Polizei bereits alles inspiziert, doch hatte ich ihr etwas Entscheidendes voraus: Ich wusste, wonach ich suchte. Bermúdez' Küche war wenig mehr als eine Rumpelkammer. Es gab eine kleine Arbeitsfläche und eine Spüle mit nur einem Becken, in der das Abspülen zum Kunststück wurde, wenn man größer als einen Meter sechzig war. Der Küchenschrank hing sehr niedrig und war so gut wie leer: Neben dem Steingutgeschirr vegetierten lediglich eine Dose Thunfisch, eine Dose Erbsen, eine offene Tüte Reis, aus deren Öffnung eine Ameisenstraße flüchtete, ein ungeöffnetes Paket Zucker und eine Flasche grünes Olivenöl vor sich hin. Der Kühlschrank, schmal wie alles an diesem Ort, war leer bis auf eine Flasche Mineralwasser, eine ungeöffnete Büchse Kondensmilch und ein Viererpack holländisches Bier. Der Rest des Zimmers bestand aus einem winzigen, an der Wand festgeschraubten Tisch und einem hohen Hocker. Ich stellte mir vor, wie der arme Kerl hier morgens hastig und lustlos sein Frühstück herunterschlang, allein und ohne sich hinzusetzen.

Mutlosigkeit machte sich in meiner Brust breit, als ich die Küche wieder verließ. Der Tod ist nie gerecht, er kommt immer im falschen Moment. Aber im Fall des Haushaltsgerätevertreters war er eine Riesensauerei. Der Mann hauste in der absoluten Armut, unglücklich und allein. Sein einziges Verbrechen hätte vielleicht darin bestehen können, mit der Provision zu knausern, die er seinen Kunden zahlte. Aber wenn man sich seine »Villa« so ansah, wurde schnell klar, dass er nicht einmal dabei ein glückliches Händchen bewiesen hatte. Ich ging ins Schlafzimmer, um zu sehen, ob sich die Wolken dort verzogen, aber mein Eindruck blieb finster: Auf dem Nachttisch – es gab nur Platz für einen – stapelten sich das Telefon, zwei Bücher, die Bermúdez vermutlich gleichzeitig las, weil in beiden ein Lesezeichen lag, ein Wecker, eine Zigarrenkiste, die den wenigen Schmuck enthielt, den der Tote vermutlich geerbt hatte – ein Ring ohne Gravur, ein Paar silberne Manschettenknöpfe, eine vergoldete Krawattennadel mit einem Brillanten und eine Kette, die aus Gold zu sein schien –, und zu guter Letzt ein Sonnenbrillenetui. Im Kleiderschrank und auf dem Toilettentisch fand sich nur Männerkleidung.

Ich ging ins Wohnzimmer zurück. Zur Rechten stand ein mittelgroßer Tisch mit Fernseher und Stereoanlage, beide von guter Qualität und wahrscheinlich die besten Stücke der ganzen Wohnung, was sich durch Marios Beruf erklären ließ. Neben dem Tisch stand in der Nähe der Eingangstür ein Schirmhalter aus Messing mit einem einzigen Schirm und drei Spazierstöcken, einem, der in einer Marmorkugel endete, einem mit einem Jagdhundkopf und einem dritten, älteren, mit dunkel gewordenem Metallgriff. Zur Linken nahm eine dreiteilige Schrankwand die ganze Wand ein. Die beiden äußeren Teile des Möbelstücks dienten als Bibliothek: Hier stapelten sich unordentlich eine kleine Sammlung klassischer, aus dem Katalog bestellter Bücher, ein halbes Dutzend Schallplatten, einige Bilderrahmen mit alten Fotos und ein Duftsträußchen mit Blumen, die ihren Geruch längst verloren hatten. Das Regal in der Mitte wurde als Hausbar benutzt und enthielt ein Service Cognacgläser, ein halbes Dutzend hoher Gläser und eine leere Flasche Likör aus dickem, geriffeltem Glas. Es stand fest, dass Bermúdez nur gelegentlich las, nicht trank und einen miserablen Musikgeschmack hatte. Wie auch immer, in diesem Wohnzimmer fehlte etwas. Etwas, das ich dringend brauchte, um den Fall am Leben zu halten. Ich hatte den ganzen Raum auf den Kopf gestellt und die Hoffnung schon fast aufgegeben, als ich ihn endlich direkt hinter einer Säule neben dem Sessel der Sitzgruppe fand. Er war aus Korbgeflecht, hatte einen Messinggriff und war mit einer entsetzlichen indigoblauen Schleife geschmückt. Es war der kitschigste Zeitungsständer, den ich in meinem ganzen Leben gesehen hatte. Ich bückte mich, um ihn zu durchsuchen, und fand einige Wochenzeitschriften, das ein oder andere Sportmagazin und sogar ein Erotikmagazin mit einer überaus üppig bestückten Dame auf dem Titel. Und eine alte Zeitung von Ende März. Vielleicht enthielt sie, wonach ich suchte. Aber falls dem so war, bekam ich es nie zu Gesicht, denn als ich mich aufrichtete, um ausgiebig in meinem Fund zu schwelgen, tauchte hinter meinem Rücken eine Figur aus dem Schatten auf. Es war das Letzte, was mir von diesem Vormittag in Erinnerung blieb.

Am frühen Abend weckten mich die Schmerzen. Als ich die Augen öffnete, hatte ich keine Ahnung, wo ich war. Es war wie in diesen dunklen, bleiernen Träumen, aus denen man aufwacht, ohne das eigene Bett zu erkennen. Meine Augen mussten sich erst an das Dämmerlicht gewöhnen, was mir nicht viel nützte, weil ich Mario Bermúdez' Wohnzimmer aus diesem Blickwinkel nicht sofort erkannte. Ich versuchte mich aufzurichten, aber ein stechender Schmerz im Kopf holte mich in die Realität zurück. Also streckte ich mich wieder aus und nahm mir Zeit, bis ich wieder vollkommen bei Bewusstsein war. Jetzt wusste ich, wo ich war. Ich erinnerte mich, dass ich nach einer alten Zeitung gesucht hatte, weil Bermúdez darin vielleicht etwas notiert hatte, was mir nützlich sein könnte. Ich erinnerte mich auch, dass ich die Zeitung *La Provincia* in einem schrecklichen Zeitungsständer mit blauem Schleifchen gefunden hatte. Aber anscheinend war jemand sehr daran interessiert, dass ich sie nicht zu Gesicht bekam. Eine andere Erklärung gab es nicht. So hing ich auf dem Boden liegend weiter meinen Erinnerungen nach, bis mir plötzlich einfiel, dass auch ich vielleicht tot war. Also suchte ich meine Kleidung nach Anzeichen für weibliche Spitzenwäsche ab, aber ich war noch immer in der Aufmachung, in der ich die Wohnung betreten hatte. Ich ertastete den widerstandsfähigen Stoff meiner Jeans, die Feuchtigkeit meines T-Shirts und die unvermeidlichen Knitterfalten meiner alten Leinenjacke. Dann kam mir in den Sinn, dass der Mörder möglicherweise keine Zeit gehabt hatte, mich als Kameliendame zu verkleiden, und ich vielleicht trotzdem tot war. Aber ich verwarf den Gedanken sofort wieder, denn der stechende Schmerz im Nacken kehrte sofort zurück, als ich versuchte aufzustehen. Tote fühlen erwiesenermaßen nichts als absoluten Frieden, während ich ein wahrhaft monströses Martyrium durchmachte. Als ich mir an den Kopf fasste, spürte ich zunächst eine klebrige Flüssigkeit, die mir die Haare verschmierte, und fand dann eine daumengroße Wunde über dem Ohr. Ein Blick auf die Uhr – was für absurde Dinge einen beschäftigen, wenn man ins Leben zurückkehrt – zeigte, dass es sechs war. Dass es Abend war, schloss ich aus dem Licht, das durch die Zwischenräume der Jalousien ins Zimmer fiel. Wenn man davon ausging, dass nicht mehr als ein Tag vergangen war – mehr Zeit konnte es nicht sein, weil ich dann wie ein Schwein ausgeblutet wäre –, war ich also etwa sieben Stunden lang bewusstlos gewesen. Es beruhigte mich zu wissen, dass sich vermutlich noch niemand Sorgen um mich machte, ich konnte die Wunde also verarzten lassen, ohne jemanden zu benachrichtigen. Ich würde Pancho Viera anrufen, einen Quacksalber ohne Diplom oder Lizenz, den ich in Momenten wie diesen um Hilfe bat. Bei meinem letzten Besuch war ich zwischen zwei heruntergekommene Streithähne gegangen und hatte dabei mehrere Schläge eingesteckt. Maracha Manrique war damals bei mir, und ich glaube, ich hatte es getan, um sie zu beeindrucken. Wenn ich zu Viera ging, würde ich zum Abendessen wieder zu Hause sein, und keiner würde meine Abwesenheit bemerken. Und am nächsten Tag sähe alles schon ganz anders aus.

Mühsam erhob ich mich und stützte mich an der Säule ab. Dann wartete ich, bis ich das nötige Gleichgewicht hatte, um ein paar Schritte gehen zu können, ohne dass mir schwindlig wurde. Auf den ersten Blick sah Mario Bermúdez' Wohnzimmer genauso aus wie am Morgen. Lediglich einer der Spazierstöcke, der mit dem Jagdhundkopf, war aus dem Schirmständer verschwunden und lag nun zu meinen Füßen. Neben dem Knüppel fand ich meine Brieftasche wieder. Jemand hatte sie geöffnet und durchsucht, jedoch nichts entwendet. Wer auch immer mir das Andenken am Ohr verpasst hatte – ich würde eine Zeit lang ernsthafte Schwierigkeiten haben, eine Brille zu tragen –, war nur an der Zeitung interessiert gewesen. Im Schlafzimmer sah alles aus wie vorher, es gab keinerlei Anzeichen dafür, dass es im Anschluss an den Überfall durchsucht worden war. Im Bad hingegen, wo ich mir ein wenig Wasser ins Gesicht spritzte, vermittelte sich mir ein ganz anderer Eindruck. Obwohl alles an seinem Platz stand, war irgendetwas anders. Zunächst nahm ich es nicht wahr, weil ich noch zu betäubt war von dem Schlag, den ich abbekommen hatte. In der Überzeugung, dass irgendetwas nicht stimmte, verließ ich das Bad und trocknete mir die Hände ab. Ich ging wieder hinein, um das Handtuch zurückzubringen. Und diesmal fiel es mir sofort auf: Es roch nicht mehr nach Schwefel. Jedenfalls nicht so intensiv wie heute Mittag. Es roch nach Parfum, nach einer warmen, kunstvollen, holzähnlichen Essenz. In den übrigen Zimmern fiel sie nicht weiter auf, weil sie dort nicht gegen andere Gerüche ankämpfen musste. Im Badezimmer tobte hingegen ein offenkundiger Kampf zwischen dem Gestank des Todes und dem Geruch von unbehandeltem Holz. Am nächsten Tag würde ich, wieder einmal dank Inés, nach einer zweistündigen Schnuppertortur durch ihre Stammparfümerie, zu dem Schluss kommen, dass das gesuchte Parfum *Opium* hieß. Dass es sich dabei ganz offensichtlich um ein Frauenparfum handelte, war mir hingegen schon an dem Nachmittag klar, an dem man mich beinahe umgebracht hatte. Und das gab der Angelegenheit eine völlig neue Perspektive.

Ich fand Pancho Viera dort, wo er immer war, wenn er keinen Dienst hatte: in einer der Lasterhöhlen, die entlang dem Hafen wie Pilze aus dem Boden schießen. Als er mich so auftauchen sah – zerzaust, mit zerknitterter Kleidung und voller Blutspuren –, war er nicht etwa überrascht, sondern grinste von einem Ohr zum anderen: »Scheiße noch mal, Ricardo, ich warte auf den Tag, an dem du mich mal aus reiner Höflichkeit besuchen kommst. Komm hier rüber, Kumpel, ich stell dich meiner Cousine vor.« Pancho stand an der Bar und schmiegte sich an eine schlampig aussehende junge Frau, die heftig Kaugummi kaute, vor billiger Wimperntusche nur so triefte und nach Patschuli stank. Das Mädchen brach in grelles Gelächter aus, das in der Spelunke wie eine Fehlzündung widerhallte. Pancho war nüchterner, als er zu sein pflegte, wenn er gerade keinem Raufbold vom Hafenanleger das Gesicht flickte. Das kam mir sehr gelegen. Aber auch in betrunkenem Zustand war Doktor Viera der Beste, ein wahrer Künstler im Löcherflicken. Außerdem kannte er die dunkelsten Regionen meines Körpers in- und auswendig, weil er schon mehrmals darin herumgestochert hatte, um mich wieder instand zu setzen. Er hätte es auch mit verbundenen Augen gekonnt. Aber bevor er sich dazu herabließ, mich zu behandeln, musste ich mit ihm und seiner »Cousine« ein Gläschen trinken. In seiner Freizeit ließ er es äußerst gemütlich angehen und konnte stundenlang Geschichten aus der guten alten Zeit erzählen. Für mich in meinem Zustand war hingegen jede Sekunde eine Qual, und als ob das noch nicht genug wäre, schmeckte der Whisky auch noch nach Katzenpisse. Aber ich trank ihn, ohne zu protestieren, und das alles, um den frischgebackenen Doktor Viera bei Laune zu halten. Das Tageslicht war schon fast versiegt, als wir in seiner Praxis ankamen. Sie bestand aus einer kleinen Wohnung mit zwei Zimmern – das größere diente als Behandlungsraum, das kleinere als Wartezimmer –, einer Küchenzeile und einem mikroskopisch kleinen Badezimmer. Viera bedeutete mir, mich obenherum frei zu machen und auf den Bauch zu legen: »Keine Sorge, ich werde die Situation nicht ausnutzen, haha!« Er übergoss mich mit einer halben Flasche farbloser Flüssigkeit, die mich die Sterne sehen ließ, und wusch mir die Wunde aus: »Jetzt heul hier nicht so rum, du Jammerlappen, das ist doch nur magnetisiertes Wasser.« Und ich antwortete halb bewusstlos: »Scher dich zum Teufel, Pancho, wenn du eine Mutter hättest, würde ich dich jetzt Hurensohn nennen!« Und er: »Na ja, das mit dem Haben ist so eine Sache, ich schätze, ich hatte schon eine, aber sie wurde mir nie vorgestellt. Und jetzt hältst du undankbarer Kerl das Maul. Da verpassen sie dir ein Loch, das so groß ist wie die Schlucht von Guayadeque, und du beschwerst dich nicht, aber kaum tue ich dir den Gefallen, das Loch wieder zu flicken, heulst du wie ein Schlosshund, verdammte Scheiße! Mm, mal sehen, jetzt nicht bewegen, mja, das wars schon, perfekt! Es ist genau wie bei diesem Volkstanz mit der Weidenrute und dem Hinterteil: Sieht vielleicht nicht hübsch aus, aber man hat noch lange Freude dran. Willst du einen diskreten Verband, oder hast du vor, ein romantisches Feuerchen zu schüren? Also, du gehst jetzt schön nach Hause, schmeißt dir ein paar Aspirin rein, und dann würde ich mir an deiner Stelle den Rest der Woche frei nehmen. Was? Ja, ich weiß schon, dass du arbeiten musst, James Bond, mach ruhig weiter so und bilde dir ein, dass die Welt untergeht, wenn du deine Mission nicht erfüllst. Du wirst schon sehen, wie lange du auf diese Weise noch am Leben bleibst. Du bist wie eine Hyäne, Kumpel, so viel wie du frisst, so wenig wie du vögelst und so beliebt wie du bei deinen Mitmenschen bist. *Carajo,* ich weiß gar nicht, was es da zu lachen gibt! Ernsthaft: Ich verstehe nicht, wie du so leichtfertig Kopf und Kragen aufs Spiel setzen kannst. Du wirst schon noch sehen, was du davon hast.«

Nach dieser flammenden Strafpredigt von meinem Freund Pancho machte ich mich gekränkt davon. Über dem Ohr trug ich ein kleines Pflaster, das unauffälliger war als der komplette Verband, den mir Pancho verpassen wollte, um mich attraktiver zu machen: »Das ist total sexy, ich schwörs dir! Da schmelzen die Frauen nur so dahin. Wenn ichs dir doch sage!« Es war ungefähr halb elf, als ich nach Hause kam. Zum Glück begegnete ich niemandem, den ich kannte, Erklärungen deprimieren mich. Ich zog mich aus und stieg in die Dusche, um meiner Erschöpfung mit heißem Wasser den Garaus zu machen. Während das Wasser auf mich einprasselte, grübelte ich über den Vorfall in Bermúdez' Wohnzimmer nach. Ich hatte mich überrumpeln lassen wie ein Anfänger, und die Angreiferin hatte mich beim Schnüffeln erwischt, was den Fortgang der Ermittlungen erschweren würde. Eins stand zunächst einmal fest: Wir hatten es nicht mit einer unberechenbaren, aus dem Gleichgewicht geratenen Psychopathin zu tun, die grundsätzlich alle Männer hasste. Sie hätte mich problemlos um die Ecke bringen können, ein paar Hiebe mehr mit diesem Spazierstock und nicht einmal Pancho Viera hätte mich mehr zusammengeflickt. Aber sie hatte es nicht getan. Nein, ihre Wut konzentrierte sich auf einen einzigen Typ Mann: Auf den, der Anzeigen aufgab oder auf sie antwortete. Aus einem Grund, der sicher mit irgendeiner Form der Rache zu tun hatte, hatte sie sich vorgenommen, jeden umzubringen, der ihr zwischen die Finger kam. Und wenn ich verhindern wollte, dass sie ihre unheilvolle Vergeltungsmaßnahme fortsetzte, würde ich mich wohl für jemanden ausgeben müssen, der sich für dieses Geschäft interessierte.

Das Problem war nur, dass die Mörderin jetzt wusste, wer ich war. In der offenen Brieftasche waren meine Ausweispapiere, meine Karten und ein Foto, das mich mit Colacho Arteaga vor einigen Gläschen Wein und einem Teller gebratenem Fisch auf einer Strandterrasse zeigte. Die unsichtbare Frau hatte die Brieftasche in Augenschein genommen, aber nichts angetastet. Sie hatte mir einfach die Ausgabe von *La Provincia* stibitzt und war dorthin verschwunden, wo sie hergekommen war. Diese Zeitung spielte eine wichtige Rolle. Ich würde wohl auf einen Sprung im Zeitungsarchiv vorbeischauen müssen, um herauszufinden, was die Unbekannte so beunruhigt hatte, dass sie es riskierte, an den Ort des Verbrechens zurückzukehren. Als ich aus dem Badezimmer kam, sah ich, dass ich drei Anrufe auf dem Anrufbeantworter hatte: Einer war von Inés, die wissen wollte, ob mir ihre Information etwas genützt hatte; der zweite war von Inspector Álvarez, der sauer war, weil er den ganzen Tag nichts von mir gehört hatte und mit mir reden musste; und der letzte war von Malena: »Wo steckst du, mein Schatz? Ich habe dich schon hundertmal angerufen, hoffentlich kaufst du dir endlich ein Handy, damit man dich, verdammt noch mal, erreichen kann! Tut mir leid, dass ich dich gestern Abend im Stich gelassen habe, aber ich hatte einen langweiligen Termin mit den Leuten von der Bank. Ich war echt sauer, weil ich – und bild dir jetzt bloß nichts drauf ein – viel lieber mit dir ausgegangen wäre. Wenn du rechtzeitig nach Hause kommst, ruf mich doch einfach an, dann holen wir das heute Abend nach, ja? Dicker Kuss.«

Ich beantwortete nur den dritten Anruf, weil ich einfach keine Lust hatte, mit Álvarez zu diskutieren oder mit meiner Sekretärin zu tratschen. Es gab mehrere Stellen an meinem

Körper, die schmerzten, aber am meisten gelitten hatte mein Stolz. Ich war so nah dran gewesen, etwas zu erreichen, und nun verschwand der Fall wieder im Nebel. Ein paar nette Worte von Malena waren das Einzige, was den Tag noch retten konnte. Die Stimme am anderen Ende der Leitung klang undeutlich und schläfrig, Malena war vor irgendeiner blödsinnigen Fernsehsendung im Sessel eingenickt. Ich entschuldigte mich: »Tut mir leid, Malenilla. Ich bin gerade erst nach Hause gekommen und hatte einen schrecklichen Tag. Warum? Das erzähle ich dir morgen. Ich hatte nur Lust, eine bekannte Stimme zu hören, aber ich weiß nicht, ob mir deine Stimme da was nützt, du schlafwandelst ja schon. Also, schlaf ruhig weiter. Was? Nein, mir gehts gut, ernsthaft, ich bin nur ein wenig *vom Schatten verletzt, weil du nicht bei mir bist.* Aber ich leg mich jetzt einfach ins Bett und vergesse meinen Kummer. Wir treffen uns morgen, ja? Komm nach dem Fitnesscenter zu mir. Ja, ich koche irgendwas für uns, und dann machen wir eine Flasche Protos auf. Also, noch ein Kuss für dich.«

Als ich auflegte, überkam mich ein intensives Gefühl der Verlassenheit, das von den Kopfschmerzen noch verstärkt wurde. Ich nahm ein Schmerzmittel und blieb gleich auf dem Sofa liegen, weil ich es sowieso nicht mehr ins Bett geschafft hätte. Der Scheißkerl von Pancho Viera hatte recht mit seiner Schwarzmalerei: Es ließ sich durch nichts rechtfertigen, wie ein Hund in einer dunklen Gasse zu verrecken. Aber ich konnte nun mal nichts anderes. Ein Bürojob von acht bis drei mit freien Wochenenden und einem Monat Ferien pro Jahr hätte mich genauso umgebracht. Schlimmer noch, ich wäre einen langsameren Tod gestorben, und das ist noch viel grausamer. Ich hatte es versucht. Mehr als einmal hatte ich eine solche Arbeit angenommen und war keinen einzigen Tag glücklich gewesen. Tatsächlich hätte ich auch weiter bei Miguel Moyano in seiner Baufirma arbeiten können, dann wäre ich jetzt genauso wohlhabend wie er. Aber das war nichts für mich. Deshalb hatte mir Miguel, der zu allem Überfluss mein bester Freund ist, angeboten, die Sache mit dem Detektivbüro aufzuziehen. Das war irgendwann an Weihnachten, ich weiß es noch, als wäre es gestern. Wir hatten uns fürchterlich betrunken, und Miguel sah mir ins Gesicht und platzte plötzlich heraus: »Ricardo, du weißt, dass du für mich wie ein Bruder bist, oder? Du bist Einzelkind und ich habe nur Luisa, die wirklich toll ist, aber mit der kann ich nicht so reden wie mit dir. Du weißt schon, bestimmte Dinge kann man jemandem, der einen BH trägt und alle achtundzwanzig Tage fast verblutet – wie eklig, nicht wahr? – einfach nicht anvertrauen. Genau, also dich liebe ich neben meiner Familie eben am meisten, und ich weiß, dass du dich in der Baubranche nicht wohlfühlst, der Bauhelm steht dir einfach beschissen. Also pfeife ich aufs oberste Gesetz jedes Geschäftsmanns … Welches das ist? Na, dass man nie Geschäfte mit einem Freund machen soll, weil man, wenn es gut läuft, entweder sein Geschäft oder seinen Freund verliert, fast immer jedoch beides. Also, ich mache dir einen Vorschlag: Ich habe da ein geeignetes Sümmchen, das ich ungern den Mistkerlen vom Finanzamt überlassen würde, die überall ihre Nase drin haben. Also habe ich zu mir selbst gesagt, Miguel, habe ich mir gesagt, warum streust du deine Geschäfte nicht ein bisschen weiter? Ich habe es mir gut überlegt, denk ja nicht, dass ich besoffen bin. Zugegeben, ich bin besoffen, aber das habe ich mir überlegt, als ich nüchtern war. Wann? Die Sache geht mir schon eine ganze Weile durch den Kopf. Ich habe mit meiner Alten darüber gesprochen, und sie findet es gut, sie sagt, auf die Weise werde ich deinen schlechten Einfluss los. Ja, sie denkt, dass ich mich zu sehr von dir beeinflussen lasse, typisch Frau. Und warum eigentlich nicht, verdammte Scheiße, könnte doch ganz amüsant werden, mal ein Risiko einzugehen. Es wäre das erste Mal, dass ein Moyano was anderes macht als Häuserbauen, also denk dir was ganz anderes aus, etwas, was dir Spaß macht und die Kosten deckt. Es geht nicht darum, steinreich zu werden, irgendetwas Einfaches. Welche Arbeit würde dir denn gefallen? Entscheide dich schnell, bevor ich einen Kater kriege und es mir anders überlege. Dann sind wir also in Zukunft Geschäftspartner. Ich stelle die Knete zur Verfügung – aber übertreibs nicht, ein paar Tausender, mehr nicht – und du ziehst die Sache auf. Also, was brauchst du? Ein kleines Büro und eine Sekretärin. Du suchst dir einen nicht zu großen Raum, und ich leihe dir eins von den Mädchen aus meiner Firma, auf die Weise sparen wir ein weiteres Gehalt.«

Aus diesem gewaltigen Rausch heraus wurde also die Detektei Blanco & Moyano geboren. Wenn die Klienten ins Büro kommen und ich nicht da bin, fragen sie gewöhnlich nach Señor Moyano. Aber davon einmal abgesehen, funktioniert die Firma. Miguel bezahlt Inés, und ich komme für die Miete und alle weiteren Kosten auf. Was übrig bleibt, ist mein Einkommen. Viele sind der Meinung, dass es bei Weitem nicht genug ist, um mich für all die Wehwehchen und Schreckensmomente zu entschädigen. Aber mir reicht es. Besser als klauen zu müssen, wie der Autowäscher von der Plaza de los Platos sagen würde. An Tagen wie diesem Mittwoch wäre ich allerdings liebend gerne Bankräuber gewesen.

8

Am Donnerstag kam die Sonne heraus. Als ich am späten Vormittag aufstand, war ich völlig erschlagen. Die Wirkung der Schmerzmittel hatte nachgelassen, und in meinem Ohr spielte ein ganzes Grillenquartett auf. Mit geschlossenen Augen wusch ich mir das Gesicht und putzte die Zähne. Ich hatte Angst davor, mich im Spiegel zu betrachten. Am liebsten wäre ich wieder ins Bett gegangen, aber ich hatte viel zu tun. Zuerst musste ich bei der Stadtbücherei vorbeigehen, um abgelaufene Zeitungen durchzublättern. Ich wärmte mir einen schwarzbraunen Kaffee in der Mikrowelle auf, weil ich nicht den Mut hatte, den anderen Stammgästen des Cafés in San Bernardo gegenüberzutreten. Prompt verbrannte ich mir die Zunge und verschüttete den Kaffee. Meine Scheibe Brot mit Öl und Salz aß ich nur zur Hälfte. Dann zog ich mich fertig an und verließ die Wohnung. Ich hielt es nicht für vernünftig, selbst zu fahren, und nahm daher ein Taxi ins Zentrum. Um halb zwölf betrat ich die Bibliothek. Der Lesesaal war bis oben hin voll mit Studenten, vermutlich war gerade Prüfungszeit. Ich verschaffte mir Platz zwischen einem jungen Mann, der es mit der Hygiene nicht ganz so genau nahm, nach Schweiß roch und ununterbrochen die Nase hochzog, und einem Mädchen, das, aus seinen Notizen zu schließen, Handelsrecht studierte und mich die ganze Zeit aus den Augenwinkeln beobachtete, so als erwartete es von mir jeden Moment irgendeine Unschicklichkeit. Ich lächelte ihr zu. Heraus kam wohl eine vage Grimasse zwischen Lächeln und Wehklagen, denn sie hob eine Braue und kehrte zur Rechtswissenschaft zurück. Ich ließ mir die Zeitungen vom März bringen. Es dauerte nicht lange, bis ich festgestellt hatte, dass die Seite mit den persönlichen Kontakten kaum variierte. Meine Vermutung war, dass die Leute so lange inserierten, bis ihnen jemand antwortete, und erst dann die Zahlung einstellten. Jede Woche kamen ein oder zwei Namen dazu. Ich wählte zwei Tage zwischen dem zwanzigsten und dreißigsten März, wobei ich mich vergewisserte, dass mir nichts entging, und beauftragte den Boten damit, mir doch bitte von jeder Ausgabe eine Fotokopie zu machen.

Da passierte plötzlich etwas völlig Überraschendes. Als ich auf einem Sessel im Foyer darauf wartete, dass der Beamte mit den Kopien zurückkam, hörte ich, wie sich jemand näherte und neben mich setzte. Es war die zukünftige Anwältin. In einer sorgfältig koordinierten Bewegung senkte sie Kopf und Stimme: »Entschuldige die Störung. Ich heiße Marieta und studiere Jura. Es ließ sich nicht vermeiden, auf dich aufmerksam zu werden. Bist du Ausländer? Du wirkst ein bisschen verloren.« Gut möglich, dass meine Antwort sie enttäuschte: »Nein, ich heiße Ricardo und bin von hier.« Sie ging mit fliegenden Fahnen zum Gegenangriff über: »Du stehst also auf Kontaktanzeigen?« Ich wich der Attacke aus, so gut ich konnte: »Na ja, äh, Marieta, oder? Hör zu, Marieta, ich bin Journalist und führe eine soziologische Studie über die Menschen durch, die auf solchen Seiten inserieren.« Sie machte wieder von ihrer hochgezogenen Augenbraue Gebrauch, es gelang ihr ausgezeichnet: »Aha, Journalist, okay. Genau das ist das Problem: Jeder belügt sich selbst und ist letztlich gezwungen, auf schriftliche Kontakte zurückzugreifen. Heute heißt das ja Chatten, dieser Internetwahnsinn. Ich sag dir was, Ricardo: Wenn du schon mit einer Lüge beginnst, wirst du nichts Lohnenswertes finden, weißt du, was ich meine? Ich weiß jedenfalls, wovon ich rede, ich habe auch schon ein paarmal Anzeigen aufgegeben.«

Jetzt war ich der Enttäuschte: »Du? Du suchst per Zeitungsannonce einen Freund? *Carajo,* es ist schlimmer, als ich dachte.« Marieta hatte sich den Giftpfeil bis zum Schluss aufgehoben: »Nicht doch, einen Freund habe ich schon, mit dem läuft alles prima. Nein, was ich suche, ist jemand anderes, mit dem ich mir ein bisschen die Zeit vertreiben kann, weißt du, was ich meine? Miteinander quatschen, etwas trinken gehen, und wenn mir der Typ gefällt, der Fantasie freien Lauf lassen. Aber mit so jemandem wie dir habe ich es noch nie gemacht. Du gefällst mir. Ich hab mir deinen Hintern angesehen. Du gefällst mir wirklich.« In diesem Moment kam als rettender Engel der Bibliotheksbote zurück und gab mir Zeit, zu reagieren. Ich bezahlte die Kopien und kehrte zum Stuhl der Studentin zurück: »Mein Hintern und ich bedanken uns für das Kompliment, Marieta, aber du solltest wirklich keinen Risikosport treiben. Ist dir nicht klar, dass ich auch ein Fiesling sein könnte? Und was passiert, wenn du mal an einen Geisteskranken gerätst? Außerdem kannst du das deinem Freund nicht antun, hast du nicht gesagt, dass es prima läuft? Und da fängst du was mit anderen an?« Mein Rat schien die junge Frau nicht sonderlich einzuschüchtern: »Hör mal, Alter, Predigten hält mir mein Vater schon genug, okay? Nur weil du mir gefällst, hast du noch lange nicht das Recht, dich in mein Privatleben einzumischen, weißt du, was ich meine? Ich kann das mit meinem Freund und das mit den anderen Geschichten sehr gut trennen. Das machen die Männer doch seit Anbeginn der Welt, und keiner wundert sich, aber sobald es eine Frau tut, ist sie entweder eine Nutte oder verrückt, verdammte Scheiße! Ich habe dir nur ein Angebot gemacht, entweder du nimmst es an oder du lässt es, und damit hat sichs, okay?«

Stolz und würdevoll, wie nur sie es konnte, stand Marieta auf und kehrte zu ihrem Platz am Studientisch zurück. Wenn sie ihre »Okays« und ihr ewiges »Weißt du, was ich meine« in den Griff bekam, würde sie bestimmt mal eine gute Anwältin werden. Sie hatte Feuer, man holte sich fast einen Stromschlag an ihr. Und sie war von dem überzeugt, was sie tat. Ich wollte schon umkehren und mich bei ihr entschuldigen, wollte irgendein Buch suchen, das ich ihr empfehlen konnte, aber dann sah ich, wie sie mit einer großen, blonden Frau redete, einer Art Kim Basinger alias Veronica Lake in *L. A. Confidential:* Seidenstrümpfe, hohe Absätze und Brille aus schwarzem Schildpatt, nur das Kopftuch fehlte. Sie lächelten sich an und sahen dreist zu mir herüber. Unter ihren Blicken fühlte ich mich unbehaglich, alt und lächerlich. Dann wandte sich Marieta wieder ihren eigenen Angelegenheiten zu. Die andere Frau konnte ihr Interesse jedoch nicht verbergen und beobachtete mich weiter über ihre Brillengläser hinweg, während sie so tat, als würde sie einen der Bände der *Encyclopædia Britannica* suchen. Dann verschwand sie hinter einem hohen Bücherregal, jedoch nicht, ohne mir einen letzten Blick zugeworfen zu haben.

Meine Kopfschmerzen erinnerten mich daran, dass Arbeit auf mich wartete. Ich verließ die Bibliothek und suchte mir eine Telefonzelle, um Inés anzurufen. Sie hatte sich schon Sorgen gemacht. Ich beruhigte sie: »Ich war mit dem dreifachen Mordfall beschäftigt. Dank deiner Enthüllung konnte ich Licht in einige dunkle Punkte bringen. Wie? Nein, ich kann jetzt nicht reden, ich bin ein bisschen in Eile, aber ich erzähls dir später. Andere Klienten? Ein Versicherungsfall? Scheiße, die zahlen gut, sag ihnen zu, aber halt sie hin, ich bin gerade verreist, ob sie noch bis nächste Woche warten können. Was? Nein, ich glaube nicht, dass der Fall bis dahin gelöst ist, aber wir müssen Zeit gewinnen. Was noch? Mein Freund, dieser Polizist, sucht mich? Ja. Er erwartet mich zum Essen? Ich soll ihn anrufen? Gut, okay. Wie? Nein, das Okay habe ich mir nicht gerade ausgeliehen. Hör zu, ruf Álvarez im Kommissariat an und sag ihm, dass ich im Café de Vegueta hinter dem Markt auf ihn warte, um halb drei, ja. Erklär ihm genau, wo er hinmuss, der geht sonst nur in seine Kneipen in Guanarteme, nicht dass er mir noch verloren geht. Alles klar? Gut, ich versuche, heute Nachmittag noch mal ins Büro zu kommen, wenn nicht, rufe ich dich später an, einverstanden.«

Ich wartete wieder auf ein Taxi, aber um diese Zeit waren alle besetzt, und das einzige freie fuhr vorbei, als hätte es mich nicht gesehen. Also beschloss ich, zu Fuß zur Postbank zu gehen, um die schönste Frau von ganz Las Palmas für ein Weilchen zu entführen. Auf dem Weg betrat ich einen Geschenkladen und kaufte ihr eine Buchstütze aus Majolika, die ich im Schaufenster gesehen hatte. Malena liebte die Mythologie und behauptete immer, in einem früheren Leben Terpsichore, die Muse des Tanzes, gewesen zu sein: anmutig, heiter, flink. Genau wie sie. Deshalb ging sie in diesem Leben in ein Fitnessstudio und liebte Blumenkränze. Ich suchte eine Figur aus, die Pan darstellte, wie er im Schatten eines Baumes, ich glaube, es war eine Kiefer, auf seiner Flöte aus sieben Rohren spielte. Die Verkäuferin wirkte nervös. Sie kontrollierte mehrmals die Unterschrift auf meiner Kreditkarte und schien überrascht zu sein, dass das Lesegerät sie annahm. Als ich den Laden verließ, hatte ich das seltsame Gefühl, auf der Flucht zu sein, wie Doctor Kimble, bedroht und gejagt. Meine Terpsichore alias Malena war gerade in einer Arbeitsbesprechung. Ich schrieb ihr eine kurze Nachricht und bat ihre Assistentin, ein sehr hübsches Mädchen mit einem leichten Zungenbändchenproblem – wirklich schade drum – und viel zu viel Make-up, sie ihr zu geben. Das Mädchen wirkte einigermaßen überrascht. Ich weiß nicht, ob sie sich wunderte, dass ein Typ wie ich schreiben konnte oder dass ein Typ wie ich Malena kannte. Aber sie ließ sich nichts anmerken und verschwand für einige Minuten in einem breiten Gang hinter ihrem Schreibtisch. Als sie wiederkam, bat sie mich, in einem anderen Raum zu warten, einem hellen, geräumigen Büro mit großen Fenstern, von denen aus man das Meer sah: »*Señochita* Malena hat gesagt, dass Sie hier *wachten* sollen, sie *wichd* gleich hier sein. Möchten Sie etwas zu trinken? Kaffee? Tee?«

Ich wollte nichts. Außer mich vor die großen Fenster setzen, in den riesigen, weichen, schwarzen Ledersessel, von dem aus Malena die Welt regierte. Zwischen der Wärme des Sessels und der einlullenden Musik, die aus einem Lautsprecher in der Wand drang, muss ich wohl eingenickt sein, denn ich schreckte auf, als ich sie kommen hörte: »Hallo, mein Süßer, wie schön, dass du mich besuchen kommst!« Ich drehte den Sessel, und da war sie, überaus elegant und lächelnd, mit einem Notizbuch unter dem Arm. Und hier war ich, überaus gekrümmt und krank, mit einem Päckchen auf dem Schoß: »Das ist für dich, mein Schatz. Ich bin an diesem Geschäft auf der Calle Pérez Galdós vorbeigekommen, von dem du so viel erzählst, und konnte nicht widerstehen.« Mit weit aufgerissenen Augen sah sie mich an: »Was ist denn mit deinem Gesicht passiert? Wer hat dir das angetan?« Ich versuchte, die Sache herunterzuspielen: »Nicht der Rede wert, nur ein kleiner Zusammenstoß.« Und sie: »Ach ja? Etwa mit der Schranktür, die du versehentlich offen gelassen hast?« Und ich: »Woher weißt du das? Bist du Hellseherin?« Und sie: »Nein, aber das ist offensichtlich, du hast noch den Abdruck vom Türknauf am Auge. Hast du dich mal angeschaut?« Und ich: »Nein, ich habe mich nicht getraut. Ist es sehr schlimm?« Und sie: »Schlimm? Geh ins Bad und schaus dir selbst an.«

Da fiel es mir wie Schuppen von den Augen. Daher rührte also dieses ganze extravagante Verhalten. Nicht umsonst hatte mir Marieta versichert, dass sie es noch nie mit einem Typen wie mir gemacht hatte. Nicht umsonst hatte mich die hochgewachsene Frau so angestarrt – auch wenn hier etwas Verhängnisvolleres zugrunde lag, von dem ich noch nichts ahnte. Nicht umsonst war der Taxifahrer vorbeigefahren. Nicht umsonst hatte die Verkäuferin aus dem Geschenkladen meine Karte ein ums andere Mal geprüft. Und nicht umsonst hatte die Assistentin mit dem verschobenen Zungenbändchen so überaus erstaunt reagiert – auch wenn man ihr in der Ausbildung beigebracht hatte, ihre Gefühlsregungen unter Kontrolle zu halten. Ich hatte ja keine Ahnung gehabt, wie zerstört mein Gesicht war. Das Hämatom ging mir inzwischen fast bis zur Nase und glich einer Weltkarte: Um das Auge herum befand sich der bläuliche Küstenstreifen Kroatiens, während ein rosa Fleck von der Größe Bosniens meinen Wangenknochen zierte. Und das Ohr auf dieser Seite glich einem violetten Slowenien. Die andere Gesichtshälfte, wo eigentlich das neue Jugoslawien und Rumänien hätten liegen müssen, sah hingegen so aus wie immer. Mein Spiegelbild zeigte Dr. Jekyll und Mr. Hyde mitten in der Transformation: Der eine sah mir verwirrt, der andere verwirrend entgegen. Als ich ziemlich niedergeschlagen aus dem Badezimmer kam, hielt Malena schon einen Eisbeutel für mich bereit – sie verwandelte sich allmählich in eine erfahrene Krankenschwester: »Setz dich einen Moment und leg dir das aufs Gesicht. Ich glaube nicht, dass es noch viel hilft, aber schaden kann es auch nicht. Jetzt erzähl mal: Was zur Hölle ist eigentlich passiert?« Ich erzählte ihr, was passiert war, wobei ich die unangenehmsten Stellen wegließ: »Ja … und danach hat mir einer mit einem der Spazierstöcke eins übergezogen. Den Rest siehst du vor dir.«

Malena fand das gar nicht lustig: »Scheiße, Ricardo, weißt du eigentlich, wie knapp das war? Wenn du den Griff abgekriegt hättest, wären sie jetzt noch dabei, dir den Jagdhund aus dem Hirn zu operieren. Warum hat mir keiner gesagt, dass mein Freund 007 ist, verdammte Scheiße?! Tut mir leid, aber dafür bin ich nicht gemacht. Ich mag Abenteuer, aber ich will dabei einen Adrenalinstoß kriegen und nicht gleich einen Herzinfarkt!« Ich versuchte sie zu beruhigen: »So schlimm ist es jetzt auch wieder nicht, eine kleine Ohrfeige, weiter nichts. Wenn ich Arzt wäre und Nachtdienst hätte, müsste ich doch auch damit rechnen, dass mich irgendein Gauner vermöbelt. Und die Taxifahrer? Was glaubst du, wie es bei denen zugeht? Und die Leute, die in den Vorstadtapotheken arbeiten? Wenn man danach ginge, dürfte man das Haus überhaupt nicht mehr verlassen, könnte ja sein, dass man eines Tages im Lotto einen Schlag auf den Kopf gewinnt.« Aber Malena kam mir keinen Deut entgegen, es war offensichtlich, dass ihr die Show kein bisschen gefallen hatte: »Erzähl mir doch nicht so eine Scheiße! Hältst du mich für völlig blauäugig? Ich habe dich nackt gesehen, erinnerst du dich? Und du hast mehr Narben als das Eselchen von Tejeda. Abseits gewisser Stellen gleicht dein Körper einer Zielscheibe. Nein, mein Lieber, du hast zu viele Lose für diesen Schlag auf den Kopf gezogen, und ich habe nicht den Mumm, dazusitzen und abzuwarten, bis es so weit ist.« Ich nahm den Beutel vom Gesicht und sah sie aus dem kroatischen Auge mit der stark erweiterten Zagreb-Pupille an: »Warum riecht das hier so verdammt nach Abschied? Hör zu, du hast viele Filme gesehen und machst dir Sorgen, und ich bin jetzt leider zum Essen verabredet. Wir reden heute Abend darüber, einverstanden?« Sie hatte nicht die Kraft, mich anzusehen. Stattdessen ging sie zum Fenster zurück und starrte wie hypnotisiert aufs Meer, während ihr Atem die Scheibe beschlagen ließ. Dann verabschiedete sie sich mit sehr leiser, aber fester Stimme von mir: »Ich weiß noch nicht, ob ich heute Abend kann, die Versammlung geht noch bis spät, wir planen eine Sommerkampagne, um neue Kunden zu gewinnen. Ich ruf dich an, *adiós.*«

Ich verabschiedete mich von ihrem Spiegelbild im Fenster: »Gut, auf Wiedersehen also. Ach: und danke für das Eis, es brennt jetzt weniger, wirklich.« Aufgewühlt verließ ich das Büro. Malenas Reaktion machte mich sprachlos, und ihr Verhalten schmerzte mehr als der Schlag mit dem Spazierstock. Und für dieses Brennen gab es keinen Eisbeutel. Aber ich hatte keine Zeit, mir die Wunden zu lecken. Ich erledigte ein paar Anrufe – mal sehen, ob mir das Glück ausnahmsweise hold war – und ging dann zum Mittagessen. Álvarez erwartete mich im Café de Vegueta, um dort mit mir die Ermittlungserfolge auf den neusten Stand zu bringen. Dieses Mal hatte ich mehr dazu beizutragen. Vor einem Endiviensalat mit Roquefort, einem Thunfischsalat mit Paprika und einem Brett mit einheimischem Käse und Jabugo-Aufschnitt lauschte der Inspector aufmerksam meinen Neuigkeiten. An einem Punkt meines Berichtes hörte er auf zu kauen und ballte die Faust über seiner Serviette: »Bist du wahnsinnig, oder was? Was glaubst du, wer du bist? Der einsame Cowboy? Ist dir nicht klar, dass du mit deiner Neugier vielleicht alles kaputt gemacht hast? Die Frau kennt dich jetzt, und du wirst nicht länger in dem Fall ermitteln können. Wen zum Teufel soll ich jetzt damit beauftragen? Außerdem hat sie ein Beweisstück mitgenommen, das vielleicht ausschlaggebend ist.«

Álvarez hatte schon immer ein Faible für dramatische Szenen gehabt, er liebte das Theater. Mit der unversehrten rumänischen Gesichtshälfte, der, die noch nicht schmerzte, lächelte ich ihn an: »Scheiße, Álvarez, was solls? Sie hätte es auf jeden Fall mitgenommen, zumal in-diesem-Scheiß-Haus-keine-einzige-Wache-war, drücke ich mich verständlich aus? Wir sind jetzt näher dran als vorher. Wir wissen, dass es eine Frau ist. Ich kenne ihr Parfum auswendig. Wir wissen, dass sie eine Zahnfleischentzündung hat, und wir kennen ihre

Blutgruppe. Möglicherweise kennen wir sogar den Anfangsbuchstaben ihres Namens, *M.* Mein Gesicht wird ihr nicht viel nützen, nachdem sie mich so zugerichtet hat. Ich werde mir wohl einen Bart wachsen lassen müssen, schließlich kann ich mir schlecht nur das halbe Gesicht rasieren, oder? Es reicht also, wenn ich mir eine andere Frisur verpassen lasse. Außerdem war das Zimmer dunkel, und ich glaube nicht, dass sie lange stehen geblieben ist, um mich in Augenschein zu nehmen, schließlich musste sie befürchten, dass in der Zwischenzeit jemand hereinkam. Die hat sicher nur kurz in meiner Brieftasche herumgeschnüffelt und dann gemacht, dass sie wegkam. Ich bin nicht besonders fotogen, und Fotos werden mir nicht gerecht, das hat meine Mutter schon immer gesagt. Chacho – ja, sie nannte mich von klein auf *Chacho* – Chacho, sagte sie also, wenn ein Bild mehr sagt als tausend Worte, dann ist deins ein einsilbiges Wort. Unglaublich, wie reizvoll du in natura bist und wie reizlos auf Fotos. Ja, lachen Sie nicht, ich schwöre, so ist es. Ich versichere Ihnen daher, dass diese Frau, wer auch immer sie ist, nichts in der Hand hat und wir zudem noch Zeit gewonnen haben. Denn ich glaube nicht, dass sie es wagt, diesen Freitag jemanden umzubringen, das wäre zu riskant.«

Der Polizist gewann sofort seinen Appetit zurück und spießte eine herrliche Scheibe Pata-Negra-Schinken auf. »Mmm. Tja, da hast du bestimmt recht. Sie weiß, was wir wissen, und wird nicht so blöd sein, so bald wieder in Aktion zu treten. Das gibt uns Spielraum und schafft mir diese nervigen Vorgesetzten vom Hals. Dieses Mal werde ich nicht mal vor dem Regierungsabgeordneten etwas rausrücken, nicht dass uns wieder jemand einen Strich durch die Rechnung macht. Wie ich dich kenne, hast du schon einen Plan, stimmts? Los, erzähl schon, aber gib mir vorher noch den Thunfisch, wenn du ihn nicht mehr isst.« Es machte Spaß, dem Inspector beim Essen zuzusehen, wenn ihm niemand die Suppe versalzen hatte. Ich legte das Besteck beiseite, um mich mit den Ellenbogen auf den Tisch zu stützen, verschränkte die Hände und legte mein Kinn darauf: »Es ist eigentlich eher eine Notlösung als ein Plan, Álvarez. Uns bleibt nichts anderes übrig, als das Spiel unserer unsichtbaren Freundin mitzuspielen. Ich habe gerade auf ein paar Anzeigen aus dem *Heißen Draht* geantwortet und mit einem Bekannten gesprochen, der bei dieser Zeitung arbeitet. Ich habe versprochen, ihm gewisse Informationen zukommen zu lassen, sobald wir den Fall gelöst haben. Im Gegenzug wird er für mich die Zuschriften entgegennehmen und mich informieren, wenn jemand auf den Aufruf reagiert. Ich setze mich also hin und warte.«

»Du hast *was* getan?«

»Sie haben mich schon verstanden. Wenn der Berg nicht zum Propheten ...«

»Scheiße, das ist kein Berg, das ist ein Vulkan! Und zwar einer, der brodelt.«

»Ich bin ja auch nicht der Prophet. Und was Besseres haben wir nun mal nicht.«

»Und was wirst du jetzt tun? Mit einem Haufen verzweifelter Frauen ins Bett hüpfen, bis dir eine vorschlägt, dich als Hure zu verkleiden?«

»Ich glaube nicht, dass das nötig sein wird, schließlich werde ich sie am Geruch erkennen, Sie erinnern sich? Außerdem sind das keine verzweifelten Frauen. Wie ich heute Vormittag gelernt habe, liegt diesen Blind Dates durchaus eine gewisse Philosophie zugrunde.«

»...«

»Ich habe da so ein Mädchen kennengelernt, das sich über Zeitungsanzeigen mit Männern verabredet. Sie ist zwar ein bisschen speziell, aber bestimmt keine notgeile Hexe. Aus ihren Augen sprüht jedenfalls kein Feuer, und ein Spiegelbild hat sie auch.«

»Und wie willst du so ein spezielles Mädchen von einer Mörderin unterscheiden, du Trottel? Was willst du denn zu ihr sagen? Hallo, ich heiße Ricardo und suche eine Frau, der es gefällt, wenn sich ihr Kerl als Nutte verkleidet, oder wie hast du dir das gedacht?«

»Ich mache das schon, Improvisation ist mein zweiter Vorname.«

»Das merke ich.«

Nicht ganz überzeugt, aber doch erleichtert setzte mich der Inspector in meinem Büro ab. Er musste wieder an die Arbeit, musste in die Manege, um die Raubtiere zu bändigen, und ich hatte ihm die passende Melodie dazu geliefert. Inés war noch nicht da, ich war etwas zu früh dran. Ich schaltete den Computer ein, was sich zu einem regelrechten Ritual entwickelt hatte: Kaum hatte ich das Büro betreten, ging ich um meinen Schreibtisch herum, fuhr den PC hoch und legte eine CD ein, noch bevor ich tagsüber die Jalousien hochzog, um die Sonne hereinzulassen, oder nachts das Licht anschaltete. Damit verscheuchte ich das Unwohlsein und hielt die Einsamkeit in Schach. Aber an diesem Nachmittag wog der Körper schwerer als die Nostalgie. Ich legte mich aufs Sofa, um der rauchigen Stimme von Cassandra Wilson auf einer CD zu lauschen, die mir Malena von einer ihrer Reisen mit der Bank mitgebracht hatte, aus Edinburgh glaube ich. Jedenfalls trug sie folgende Widmung: »Eine Wahnsinnsstimme. Ich hoffe, sie gefällt dir genauso gut wie mir. Ich vermisse dich. Schottland 00.« Das Letzte, an das ich mich erinnere, ist Blue in Green von Miles Davis. Dann schlief ich ein. Ich hatte einen fürchterlichen Traum, in dem ich mich mit einem Mädchen an der Theke einer Bar verabredete, die genauso aussah wie die, in der ich Pancho Viera angetroffen hatte. Die

Spelunke war dunkel und roch ranzig, nach schnellem Sex und billigem Tabak. Da kam plötzlich sie, Malena. Sie trug ein weißes Kleid und eine braune Tasche und setzte sich auf einen Barhocker, um einen Wodka pur mit Eis zu bestellen. Ich winkte ihr zu, aber sie ignorierte mich. Als ich mich näherte, um mit ihr zu sprechen, zog sie eine Pistole und schoss. Ich verstand überhaupt nichts mehr. Ich fühlte auch nichts außer einer leichten Benommenheit, so als hätte die Sache gar nichts mit mir zu tun. Die Schüsse schlugen in meiner Brust ein, aber das Blut floss bei ihr. Ihr Kleid verwandelte sich rasch in eine klebrige, ockerfarbene Leinwand. Sie schrie wie verrückt, tötete mich mit ihren Blicken. Ihre Hände verformten sich, bis sie zu Krallen wurden. Als sie mit dem Schießen aufhörte, versuchte sie es mit Faustschlägen, mit Kratzen, mit Flaschenhieben. Zum Glück kam in diesem Moment Inés und erlöste mich von diesem Albtraum. Ich hörte, wie sie mich rief: »Ricardo, he, Ricardo!« Und wachte vor einer dampfenden Tasse Kaffee und dem erstaunten Gesicht meiner Sekretärin auf. »Was ist denn mit dir passiert? Ich bin gerade erst gekommen und habe als Erstes die Musik gehört. Jag mir doch nicht so einen Schrecken ein! Und dann komm ich hier rein und sehe dich und dein Frankensteingesicht, glücklicherweise hast du geschnarcht, sonst hätte ich geschworen, dass du tot bist. Donnerwetter, ist diese neue Freundin, die du da hast, Boxerin oder was? Jetzt trink das erst mal, damit du wach wirst.«

Ich war ihr aus tiefstem Herzen dankbar dafür, dass sie mich gerettet hatte, und trank den Kaffee, ohne auf ihre Scherze zu reagieren. Als ich zum Waschbecken ging, um mir Wasser ins Gesicht zu spritzen, blickte mir aus dem Spiegel wieder die Mutter aller Schlachten entgegen, die sich um mein Auge herum ausgebreitet hatte. Es war kaum besser geworden. Ich feuchtete einen Handtuchzipfel an und versuchte, das Kriegsgebiet ein wenig zu säubern, woraufhin sofort die Schmerzen zurückkehrten. Also suchte ich in der Hausapotheke nach einem Schmerzmittel und fand ein Dolalgial, besser als nichts. Ich brauchte ein paar Minuten, um ganz zu mir zu kommen. Dann sah ich auf die Uhr. Es war drei Minuten vor sechs. Da fiel mir der Holzgeruch in Mario Bermúdez' Badezimmer wieder ein, und ich ging zu Inés hinüber. So gut ich konnte, schilderte ich meiner Sekretärin die Szene. Und nachdem ich in die Luft geschnuppert und die Augen halb geschlossen hatte, um mich besser erinnern zu können, fällte Inés ihr Urteil: »Es könnte von Verino sein oder Armani oder die neue Palette von Cacharel. Auf jeden Fall will die Frau hoch hinaus, bei all diesen Parfums kostet schon der kleine Flakon um die vierzig Euro, Donnerwetter!« Ich stand auf, zog mich fertig an und schaltete den Computer aus. »Gehen wir. Wir müssen ihn herausfinden, bevor ich ihn vergesse.« Inés war begeistert: »Genial, ich gehe mit meinem Chef zum Shopping! Hör mal, das könnte man aber nicht als sexuelle Belästigung interpretieren, oder? Ich muss Amalia, fragen, die Sekretärin vom Notar gegenüber, die kennt die gesetzlichen Bestimmungen am Arbeitsplatz auswendig.« Ich musste sie bremsen, bevor sie weiter wirres Zeug redete: »Jetzt sei aber ruhig, sexuelle Belästigung, so ein Schwachsinn! Dazu wäre ich nun wirklich nicht in der richtigen Verfassung. Raus mit dir, auf gehts, und versuch bitte, gleich beim ersten Mal ins Schwarze zu treffen, denn Parfums kann ich nicht lange ertragen. Also entweder wir finden es sofort, oder ich kotze der Besitzerin deiner Parfümerie die Endivien ins Schaufenster.«

Es stellte sich heraus, dass es tatsächlich *Opium* war. Daran gab es keinen Zweifel. Obwohl es an Inés' Handgelenk milder roch, war es das gleiche Parfum. Die Verkäuferin erklärte uns, dass das häufig vorkam: »Kein Parfum riecht gleich, weil jeder seinen individuellen Körperduft hat. Der Trick besteht darin, das Parfum zu finden, das sich am besten an den eigenen Körper anpasst.« Sie erzählte uns auch etwas über dieses spezielle Parfum: »Es verkauft sich unheimlich gut, weil die Duftessenz lange anhält. Außerdem ist es kein bisschen aufdringlich und passt sowohl im Sommer als auch im Winter, was uns natürlich nicht viel nützt, weil wir hier ja keinen richtigen Winter haben, stimmts?« Später nahm sie Inés mit der Entschuldigung beiseite, ihr die neusten Produkte zeigen zu wollen. Die beiden Frauen rotteten sich schließlich in einer Ecke des Ladens zusammen, und ich merkte, wie sie auf den Ort deuteten, wo ich mir gerade vorstellte, welches Parfum sich am besten an Malenas Hals anpassen würde. Ich wusste nicht, ob die Verkäuferin an mir interessiert war oder ob sie Inés ausquetschte (»mit wem hat sich denn dein Chef gestern Abend geprügelt, dem haben sie ja ganz schön das Gesicht verunstaltet«). Vielleicht sogar beides, denn es passierte mir in letzter Zeit öfter, dass sich seltsame Frauen von meinen Kriegsverletzungen angezogen fühlten. Ich erinnerte mich an Marieta im Foyer der Bibliothek und bekam plötzlich Gewissensbisse.

Als wir gingen, fragte ich Inés nach ihrem Schwätzchen mit der Parfümerieverkäuferin, und sie antwortete: »Mach dir keine Hoffnungen, Ricardo, Belén steht nicht auf Männer, sie ist lesbisch. Ja, schon immer, da kann nichts und niemand was dafür, das hat sie sich ganz allein so ausgesucht. Ich weiß schon, dass sie sehr interessant ist und eine unglaublich tolle Figur hat, aber ich kenne auch eine Menge Schwule, die einfach zum Anbeißen sind, und da beschwere ich mich auch nicht. Na gut, ich beschwere mich schon, aber ich beherrsche mich. Belén hat mir erzählt, dass sie im Laden ein paar getönte Cremes hat, mit denen du vielleicht die Striemen an deinem Auge verdecken könntest. Diese Cremes bewirken heutzutage Wunder. Sie sagte, sie kenne da eine Stadträtin aus dem Rathaus, vergiss es, ich sag dir ihren Namen nicht. Also, diese Stadträtin ist jetzt anscheinend mit einem Typ zusammen, der ihr manchmal ein wenig zu stürmisch seine Zuneigung zeigt, und Belén musste sie dieses Jahr schon ein paarmal notfallmäßig schminken. Lach ruhig, aber ich habe dir eine von diesen Salben gekauft, keine Angst, es war die billigste. Nimm sie mit, und wenn du morgen immer noch wie Boris Karloff aussiehst, trägst du ein bisschen davon auf. Schaden kann es auf keinen Fall, da sind Inhaltsstoffe drin, die vor Infektionen schützen.«

Als ich mich von Inés verabschiedete, packte mich eine leichte Melancholie – ungewöhnlich, ja anachronistisch bei einem privaten Ermittler, der was auf sich hält –, und ich bekam Lust, einen Spaziergang zu machen, um in meiner Sehnsucht nach Malena zu schwelgen. Eine schlechte Idee, denn an diesem Abend hatte mich die ganze Welt auf dem Kieker. Immer wieder fiel mir auf, wie sich der Gesichtsausdruck der Menschen veränderte, je näher sie an mich herankamen. Während sie mein bosnisches Auge anstarrten, lag in ihrem Blick zunächst Interesse, dann Mitleid und zuletzt so etwas wie Abscheu. Der Höhepunkt war erreicht, als ein kleiner Junge von sieben Jahren mit einem offenkundigen Faible für Süßigkeiten mit seinem weißen, pummeligen Finger auf mich zeigte: »Schau mal, Mama, der Mann da hat nur ein Auge, der hat nur ein … Igitt!« Woraufhin er ein Eis erbrach, das dem Aussehen nach Vanille mit Macadamiastücken gewesen sein musste. Die Mutter zog ein Taschentuch aus der Tasche und wischte dem kleinen Jungen den Mund sauber: »Verflixt, Iván, was für eine Sauerei! Ich habe dir doch gesagt, dass du langsamer essen sollst.« Dann bekam ich mein Fett weg: »Und Sie könnten ruhig dieses ekelhafte Auge bedecken, hier sind schließlich kleine Kinder!« Ich war drauf und dran, ihr eine impertinente Antwort zu geben, nach dem Motto, wie unratsam es sei, zwischendurch ständig Eis zu essen, wie wahrscheinlich es sei, dass Dicke vorzeitig einen Infarkt bekämen. Etwas in dieser Art: »Scheren Sie sich doch zum Teufel, Señora. Sie sollten dem Kind lieber mehr Obst und Gemüse geben und es nicht bis in die Puppen fernsehen lassen. Sie sehen doch, wie empfindlich es dadurch wird!« Aber ich zog es vor, die Sache auf sich beruhen zu lassen. Ich beschleunigte meine Schritte, senkte den Kopf und machte erst wieder halt, als ich zu Hause angekommen war.

Dort stürzte ich zum Telefon, weil ich hoffte, eine Nachricht vorzufinden. Aber der automatische Anrufbeantworter der Telefónica teilte mir mit: »Es liegt keine neue Nachricht für Sie vor. Zum Beenden drücken Sie bitte die Null …« Ich schaltete den Fernseher ein, um zu sehen, ob etwas über den Fall in den Nachrichten kam, und legte mich mit einer Flasche Mineralwasser und einem halben Dutzend in ein altes Küchentuch gewickelten Eiswürfeln aufs Sofa. Die Fernsehnachrichten kamen tatsächlich noch einmal auf den Fall des Serienmörders zu sprechen. Man befragte eine führende Person der Regionalregierung und den Polizeipräsidenten, die beide überaus umsichtig die Bürger baten, Ruhe zu bewahren, und die Journalisten ermahnten, die Arbeit der Polizei nicht zu behindern. Mikrofone eroberten die Straßen, um »die Stimmung in der Bevölkerung einzufangen«. Und diese Stimmung war im Großen und Ganzen pessimistischer, wehleidiger Natur. Keiner gab einen Cent darauf, dass der Fall gelöst wurde. Ein älterer Herr im Nadelstreifenanzug mit dunkler Brille und einem Schnurrbärtchen, das an General Franco erinnerte, beschwor die guten alten Zeiten herauf, in denen so etwas nicht passiert wäre. Dann äußerte er den gerne zitierten Satz von der vermeintlichen Freiheit und der damit einhergehenden Zügellosigkeit. In die Fernsehstudios hatte man den Chefredakteur der Zeitung eingeladen, in der die fragliche Seite mit den persönlichen Kontakten veröffentlicht worden war. Auf die Frage, ob er die Absicht habe, den *Heißen Draht* für eine Weile auszusetzen, antwortete er, dass diese Möglichkeit geprüft werde, dass die Presse jedoch Garant für Freiheit sei und sich politischem oder wie auch immer geartetem Druck nicht beugen dürfe. Meine Kopfschmerzen kehrten zurück. Ich nahm den Telefonhörer ab und wählte Álvarez' Nummer, um mich von ihm trösten zu lassen: »Jetzt glaub doch nicht alles, was im Fernsehen gesagt wird, Ricardo! Den haben wir uns längst vorgeknöpft, und wir sind übereingekommen, dass er wegen dieser Scheißseite nichts unternimmt, nebenbei erwähnt deswegen, damit dir genug Zeit für deine Aktion bleibt. Der Typ spielt sich nur vor den Kameras auf, auf die Weise steht er wie der Retter der Integrität da, auf solchen Blödsinn stehen die Leute eben. Du kannst also ruhig schlafen.«

Das war leicht gesagt. Aber das Schicksal wollte es nun mal, dass ich noch eine Zeit lang nicht ruhig schlafen würde. Ich schlafe nicht gut auf dem Rücken, und in meinem Zustand war es eine Qual, auf der Seite zu liegen. Auf dem Bauch zu liegen, versuchte ich gar nicht erst. Schließlich ging ich zum Sessel im Wohnzimmer und wartete dort darauf, dass mich die Müdigkeit überkam. Aber mein Wohnzimmer geht zur Calle Mesa y López hinaus, was genauso ist, als hätte man einen Jahrmarkt im Haus. Jedes Gespräch, so vertraulich es auch sein mag, bleibt wie ein Flugkörper an der Decke hängen und verweilt dort so lange, bis es von einem anderen Geräusch abgelöst wird. Zunächst erfreute ich mich an einem Streit zwischen einem verliebten Pärchen: »Ich hab keine Lust mehr, mit deinen Freunden auszugehen und mir die ganze Zeit Fußballgespräche anzuhören! Ich hab es satt, dass sie immer wieder dieselben alten Geschichten aus dem Internat hervorkramen.« Dann das besserwisserische Geplapper eines

Typen, der auf den Namen Néstor hörte und für den nichts über Max-Ophüls-Filme ging, vor allem nicht über *Madame de…*, und genauso schien es dem Armen auch mit den Frauen zu ergehen. Dann das Gezeter eines Mannes, der seinen Hund zur Eile antrieb: »Jetzt heb schon das Bein, *Golfo,* ich will verdammt noch mal endlich ins Bett!« Das wollte ich auch, aber wenn ich mein Bett nur ansah, bekam ich schon Schmerzen. Also machte ich die Stereoanlage an, legte eine Kassette mit Boleros ein und setzte genau in dem Moment den Kopfhörer auf, als Ibrahim Ferrer wieder einmal *Herido de sombras* anstimmte. Und sofort versank ich wieder in Erinnerungen an Malena: *Nur noch die Dämmerung ist mein Begleiter, denn nun, da ich deine Liebe verlor, wird es nie wieder Glück für mich geben.*

Um sieben peitschte mich ein Sonnenstrahl wach. Ein Bein war mir eingeschlafen, und es dauerte etwas, bis mein Hals wieder an seinem Platz war. Aber mein Auge tat nicht mehr so weh. Es war weniger entzündet, und nachdem ich ein wenig von der Salbe draufgeschmiert hatte, die Inés mir geschenkt hatte, sah es fast aus wie neu. Meine Laune besserte sich sofort. Ich bekam sogar Hunger und beschloss, auszugehen und mir eins von diesen königlichen Frühstücken zu gönnen, auf die Colacho Arteaga so schwört. Also ging ich hinunter in eine Konditorei und schlang zwei Kaffees, ein Sandwich mit Speck und geschmolzenem Käse und eine hausgemachte Madeleine herunter, die einen halben Teller einnahm. Wenn Malena mich nicht schon am Vortag verlassen hätte, wäre dieses Frühstück der perfekte Vorwand dafür gewesen, es jetzt zu tun. Danach beschloss ich, zu Fuß zur Arbeit zu gehen. Ich wollte wieder ein freier Bürger sein, wollte das Gefühl haben, durch meine Stadt laufen zu können, ohne dass die Leute mit dem Finger auf mich zeigten, ohne dass mich verweichlichte kleine Jungen mit Eis vollkotzten, ohne dass ich mich mit Müttern streiten musste, kurz, ohne dass mich alle anstarrten wie einen Außerirdischen. Ich ging hinunter bis zur Avenida Marítima und von da aus quer durch Las Palmas bis zum Busbahnhof. Ich nutzte die Gelegenheit, mir in der Calle Perojo die Haare schneiden zu lassen, wo mich Manolín wie immer mit der Sportzeitschrift *Marca* und einem Satz empfing, den er mal irgendwo gelesen und sich seither zu eigen gemacht hatte: »Wie hätte es der Herr denn gerne? *Mit oder ohne* Konversation?« Und wenn man dann, wie ich, um Konversation bat, fragte er mit schelmischem Lächeln und lebhaft blitzenden Augen: *»Dafür oder dagegen?«* Das war natürlich eine rein rhetorische Frage, denn Manolín hatte sich seit seiner Jugend, seit er das Geschäft beim Tod seines Vaters, Don Manuel Brito, geerbt hatte, darauf spezialisiert, aller Welt zu widersprechen. Was auch immer der Kunde dachte, er war grundsätzlich der gegenteiligen Meinung. Er wusste, dass wir alle früher oder später nachgeben würden, schließlich hatte er das Rasiermesser in der Hand und wir nur ein hellblaues Lätzchen um den Hals. Ich hatte schon erlebt, wie er an einem gewissen Samstagvormittag mit einem Kunden diskutierte, der die Todesstrafe bei terroristischen Straftaten befürwortete. Manolín berief sich auf die Heiligkeit des Lebens und darauf, dass niemand das Recht habe, es sich zu eigen zu machen. Er nannte den Kunden einen Despoten, einen Tyrannen, einen Oligarchen. Das mit dem »Oligarchen« hatte er am Vortag gelernt, als er dem Dichter Pedro Lezcano, mit dessen Freundschaft er sich gerne brüstete, den Bart rasierte. Der Verteidiger der Todesspritze verließ gedemütigt den Laden und fluchte, er werde nie wieder einen Fuß in diesen Friseursalon setzen. Der nächste Kunde, der zur Rasur kam, ein eleganter, distinguierter Herr, hatte die Polemik mit angehört, und weil er den Friseur nicht besonders gut kannte, beging er den Fehler, ihm zu seinem Bürgersinn und seiner Weltoffenheit zu gratulieren: »Die Todesstrafe ist wirklich durch nichts zu rechtfertigen.« Manolín Brito hielt mit dem Rasiermesser in der Luft inne und knirschte mit den Zähnen: »Todesstrafe? Was habe ich mit der Todesstrafe zu schaffen? Ich würde mir diese Scheißkerle vorknöpfen und ihnen zuerst die Eier abschneiden und sie dann zwingen, sie zu essen, bis sie an ihrem eigenen Blut ersticken. Die Todesstrafe ist für dieses herzlose Gesindel noch viel zu wenig, verdammt!« In einer knappen halben Stunde hatte der Friseur zwei Kunden verloren.

Als ich den Friseursalon verließ, war ich ein neuer Mann. Das raspelkurz geschnittene Haar und der Ansatz eines gepflegten Bartes gaben mir ein völlig anderes Aussehen. Ich kaufte mir die Zeitung und machte mich auf den Weg ins Büro. Inés war noch nicht da, also las ich, während ich auf sie wartete. Pablo Ferrera, mein Bekannter von der Zeitung, hatte meine Nachricht veröffentlicht: »Alleinstehender Herr, kultiviert, angenehm, gut aussehend, will endlich ebensolche Frau kennenlernen, um mit ihr die Einsamkeit zu vertreiben. Chiffre …« Pablo hatte die Losung befolgt, ein diskreter Text mit einigen Ködern, die geeignet waren, eine Mörderin aufzustacheln. Wenn die Frau so war, wie ich befürchtete, würde sie sich von dem *alleinstehend* ebenso angesprochen fühlen, wie sie sich über die angeberischen Attribute *kultiviert* und *gut aussehend* ärgern würde. Jetzt musste ich nur noch warten, bis sie anbiss.

Aber das Warten ist nicht gerade für mich erfunden worden, Lethargie liegt mir eben nicht. Nachdem ich einige alte Unterlagen und Presseausschnitte, die ich in meinem Büro aufbewahre – man weiß schließlich nie, wann man darauf zurückgreifen muss –, durchgegangen war, schickte ich Inspector Álvarez eine E-Mail und bat ihn um Informationen zu den Vergewaltigungsfällen und sexuellen Übergriffen der letzten drei Jahre. Eine Minute nachdem ich die Nachricht abgeschickt hatte, klingelte das Telefon. Es war Álvarez, wer sonst: »Hör mal, bist du verrückt, oder was? Willst du, dass ich entlassen werde? Dass meine Pension den Bach runtergeht? Denn genau das wird passieren, wenn ich mache, was du von mir verlangst. Ich kann dir doch nicht einfach diese Informationen …« Ich musste ihn bremsen: »Warten Sie, Inspector, warten Sie. Sie sollen ja kein Staatsgeheimnis ausplaudern, *carajo!* Ich will nur einen kleinen Faden, an dem ich ziehen kann, ein paar Namen und Daten, die doch bestimmt auch in den Registern jeder beliebigen Zeitung zu finden sind.« Am anderen Ende der Leitung herrschte Schweigen, ich hörte wie Álvarez auf die Tastatur seines Computers einhämmerte und dabei fluchend vor sich hinmurmelte: »Verflixt, Ricardo, verflixt und zugenäht. Himmel, du hast ja keine Ahnung, was du da von mir verlangst. Ich habe hier mindestens vierzig Namen und noch mal so viele Daten, Scheiße, das kann Jahre dauern.« Und ich: »Nicht, wenn wir zusammenarbeiten. Wissen Sie was, machen Sie mir eine Kopie von dieser Datei und schicken Sie sie mir, dann haben wir sie beide vor uns. Vier Augen sehen schließlich mehr als zwei. Ich verspreche Ihnen, dass ich sie wieder lösche, sobald wir alles analysiert haben.« Der Inspector zögerte einige Augenblicke, und ich beeilte mich, ihm den entscheidenden Anstoß zu geben: »Hören Sie, Álvarez, wir machen Folgendes: Zensieren Sie das Dokument, ja, streichen Sie die vertraulichsten Informationen raus und schicken Sie mir nur das Skelett. Dann kann niemand sagen, Sie hätten gegen irgendwelche Regeln verstoßen.«

Wenige Minuten später hatte ich drei Seiten mit teilweise ungelösten Fällen auf dem Bildschirm, in denen ich herumwühlen konnte. Ich rief Álvarez zurück und teilte meine Einschätzungen mit ihm: »Mal sehen, einige können wir gleich streichen. Beim dritten, siebten und achten Fall ging es um alte Frauen, sehen Sie das? Und die letzten drei waren Minderjährige, verabscheuenswert, sich an denen zu vergreifen. Wie dem auch sei, die können alle raus, die helfen uns nicht weiter. Weiter gehts. Mal sehen, lassen Sie uns auch die streichen, bei denen der Schuldige gefasst wurde, denn ich nehme mal an, dass die jetzt alle in Salto del Negro vor sich hin schimmeln, nicht wahr? Gut, also hat es keinen Sinn mehr, dass die Frau sich an weiteren Personen rächt. Wie bitte? Ja, ich weiß schon, dass hier überhaupt nichts mehr einen Sinn hat, natürlich nicht, aber irgendwo müssen wir ja anfangen. Ja, wenn Sie da anderer Meinung sind, gehen wir die Liste eben noch mal durch. Lassen Sie uns auch die Fälle ausschließen, die sich in den Vororten und Dörfern ereignet haben. Wie? Nein, Álvarez, ich fühle mich nicht plötzlich als was Besseres, verdammt, aber die Frau, die mir fast ein Auge ausgeschlagen hätte, benutzt ein Parfum, das nicht mal wir uns leisten könnten. Also gut, entschuldigen Sie, ich sollte vielleicht nur für mich selbst sprechen. Sie können Susana natürlich schon dieses Scheißparfum schenken. Überempfindlich zu sein, hilft uns jetzt aber auch nicht weiter. Also gut, dann müssen wir jetzt nur noch Gewalt in der Ehe ausschließen. Warum? Weil hier nichts von einer Frau steht, die ihren Mann umgebracht hat, weil er sie vergewaltigt hat. Das wäre doch der erste logische Schritt der Mörderin, erst danach würde sie vielleicht auch bei den anderen Männern weitermachen, richtig? Das verstehen Sie nicht? Schauen Sie, das ist doch ganz einfach: Wenn Sie eine Frau wären, die man brutal vergewaltigt hätte, würden Sie dann unbekannte Männer umbringen, obwohl Sie wissen, dass der Schuldige zwei Häuser weiter wohnt und sich ins Fäustchen lacht? Genau. Sehen Sie. Bleiben also nur noch drei Vorfälle übrig. Ja, mal sehen, was ist mit der, die auf einem offenen Feld vergewaltigt und liegen gelassen wurde? Wie? Ach, eine Bande von Jugendlichen, die gefasst wurde. Gut, und der Fall aus Ciudad Jardín? Was? Das Mädchen wurde halb nackt an eine Palme gefesselt gefunden, nachdem man es frühmorgens auf dem Nachhauseweg überfallen hatte. Sie war aus gutem Hause, und ihr Vater versuchte, den Skandal zu vertuschen. Was man sich nicht alles gefallen lassen muss, das hätte gereicht, um das friedlichste Mädchen auf die Palme zu bringen. Sie könnte es also gewesen sein, ja. Und die Nummer fünf? Hier steht nur, dass sie Anwältin ist, dass sie in ihrer Garage überfallen wurde und dass der Verdacht auf einen Dealer fiel, der schließlich auf Bemühen der Frau verurteilt wurde. Der Dealer hat die Tat von Anfang an bestritten. Also, ich weiß nicht, das passt doch alles überhaupt nicht zusammen. Wenn er sie umgebracht hätte, einverstanden, aber der Täter hat sie vergewaltigt, sie dann wieder angezogen und bewusstlos auf dem Rücksitz ihres eigenen Autos zurückgelassen. Glauben Sie das etwa? Álvarez? Hallo?!«

Eine seltsame Schweigsamkeit nahm vom anderen Ende der Leitung Besitz. Ich hörte die aufgeregten Atemzüge des Inspector, hörte sein Kettenraucherkeuchen, aber kein einziges Wort. Irgendetwas schien nicht in Ordnung zu sein: »He, sind Sie noch da? Was zum Teufel ist da los?« Álvarez schluckte plötzlich und räusperte sich: »Nichts, ich habe nur über das nachgedacht, was du gesagt hast. Ich weiß auch nicht, was ich darauf antworten soll. Mm, das Mädchen aus Ciudad Jardín erscheint mir verdächtiger. Sieh mal, die hat man gefesselt und gedemütigt, was vielleicht erklärt, warum die Leichen so grausam zugerichtet waren. Ich weiß nicht, ich weiß nicht, ich weiß nicht.«

Ich vermied es, ihn noch mehr zu bedrängen: »Na gut, dann werde ich mal versuchen, etwas über das Mädchen herauszufinden. Was aus ihr geworden ist und das alles. Ich rufe

Sie an, sobald ich etwas habe, einverstanden?« Es war das erste Mal, dass der Inspector mich anlog. Man musste nicht besonders aufgeweckt sein, um zu merken, dass er etwas verbarg. Er hatte sich überstürzt und ungeschickt verhalten, als der Fall mit dem letzten Opfer zur Sprache gekommen war. Ich nutzte die Tatsache, dass ich mich noch nicht aus dem Internet ausgeloggt hatte, um eine dieser digitalen Zeitungen anzuklicken, die jetzt immer mehr in Mode kamen. Nachdem ich das Datum des Garagenvorfalls eingegeben hatte, wartete ich, bis der Fall auf dem Bildschirm erschien. Und er erschien. Die Initialen der jungen Anwältin waren E.V.P., sie war neunundzwanzig und arbeitete in einer Familienkanzlei, die sich seit Anfang der Sechzigerjahre in der Calle de los Balcones in Vegueta befand. Eine piekfeine Adresse. Vielleicht täuschte ich mich ja, aber diese Leute kannten Dealer doch höchstens aus der Fernsehreportage. Es gab keinerlei Anhaltspunkte: Warum sollte ein krimineller Drogenhändler aus Rache eine Spezialistin für EU-Recht angreifen? Irgendetwas fehlte. Ich vergrößerte den Bildschirm, um zwischen den Zeilen zu lesen. Man hatte sie frühmorgens in ihrem eigenen Auto gefunden, sitzend, mit dem Kopf auf dem Lenkrad. Sie hatte das Bewusstsein verloren. Ihre Bluse war aufgeknöpft, aber sie war angezogen. So fand sie eine Nachbarin, als sie von ihrer Tanzstunde nach Hause kam, eine Frau, die den Krankenwagen rief und sich bis heute nicht von dem Schock erholt hatte. Plötzlich versetzten mir drei Wörter aus dem Text einen wütenden Schlag aufs gesunde Auge: *Frau eines Polizisten.* Frau eines Polizisten? Mein lieber Freund, das war ein anderes Paar Schuhe. Deshalb stank es auch so. Ein halb verhungerter Straftäter vergewaltigt die Frau eines Polizisten und liegt am nächsten Tag nicht mit gebrochenen Beinen im Graben? Das glaubte nicht einmal der heilige Petrus nach der Sache mit den drei Verleugnungen. Und Álvarez wusste das natürlich. In seinen Dateien stand bestimmt noch etwas, was er mir nicht per E-Mail geschickt, etwas, was ihn in Rage versetzt hatte. Deshalb war er vorhin an seinem Schreibtisch fast erstickt. Deshalb hörte ich mit an, wie er am Telefon ganz außer sich geriet. Und deshalb log er mich an.

Aber ich hatte außer meinem Inspector noch andere Kontakte bei der Truppe. Es gab da einen gewissen Cabo in einer Polizeiwache im Süden der Insel, der mir noch einen Gefallen schuldete. Nichts Weltbewegendes: Als ich vor einiger Zeit gegen mehrere Scheinfirmen ermittelte, die Geld aus dem Tabakschmuggel wuschen, stieg in mir der Verdacht auf, dass sich einige Polizisten bestechen ließen. Um ein Haar wäre auch der Cabo in den Schmutz gezogen worden. Ich habe nie erfahren, ob er wirklich in die Sache verwickelt war, aber es erschien mir unangebracht, Staub aufzuwirbeln. Der Mann hatte Familie und eine Hypothek, und sein Gehalt war so armselig, dass er nur mit Mühe und Not über die Runden kam. Er tat mir einfach leid. Wenn ich seither die Bestätigung irgendeines Gerüchts brauchte – was nicht besonders oft vorkam –, war er daher immer zur Stelle, rein inoffiziell natürlich. An diesem Morgen hatte Victoriano Moraleda Dienst, ein echter Glücksfall nach der Pleite, die ich gerade mit Álvarez erlebt hatte. Dessen ungeachtet hatte er eine Hundslaune. Anscheinend hatte es auf seiner Wache Ärger gegeben, weil ein Russe, der sich bereits in Gewahrsam befunden hatte, entwischt war. Der Russe verdiente sein Geld damit, Ferienwohnungen auszurauben, und nachdem sie ihn zwei Wochen lang in Gassen und Hauseingängen belauert hatten, hatten sie ihn schließlich hochgenommen, als er sich gerade an einer Kletterpflanze herunterließ. Der Befehl, sich nicht zu bewegen, erschreckte ihn so, dass er stürzte und auf die Krankenstation gebracht werden musste. Dort vergaß irgendjemand, ein kleines Fenster im Bad zu schließen, schließlich wäre auch niemand auf die Idee gekommen, dass jemand mit zwei gebrochenen Rippen so schnell rennen konnte. Jedenfalls nutzte der Russe die allgemeine Unentschlossenheit zur Flucht.

Der Polizeichef hatte seiner Mannschaft gehörig den Marsch geblasen: »Das kannst du dir nicht vorstellen, Ricardo, ein Anpfiff, der sich so was von gewaschen hatte, hier steht heute keiner mehr aufrecht. Womit kann ich dienen, Kollege? Was? Natürlich erinnere ich mich noch an die Frau vom dicken Toledo, ja, mit Nachnamen hieß er Toledo, seinen Vornamen kenne ich nicht, aber jeder nannte ihn *Retaco* – Dickerchen. Er war klein, aber ein Stinkstiefel der übelsten Sorte. Kam vor zehn oder zwölf Jahren aus Burgos oder Ávila, ich weiß nicht mehr genau, woher. Er war geschieden, ja, und zu allem Überfluss auch noch Rückfalltäter, dieser Scheißkerl. Hier hat er nämlich Elvira kennengelernt, ein bildhübsches Mädchen mit mehr Kohle, als man sich vorstellen kann. Du hast schon richtig gehört. Verstehe einer die Frauen. Ich würde gerne mal wissen, was das Mädchen an *Retaco* fand, wahrscheinlich versteckt sich das Geheimnis zwischen seinen Beinen, hehe. Aber sie haben jedenfalls geheiratet, und dann führte eins zum anderen. Du kannst es dir selbst ausrechnen, eine beeindruckende Frau, die Leidenschaften weckte, wo sie nur hinging, und ein komplexbeladener Zwerg, der glaubte, dass sich Gott und die Welt über ihn lustig machte. Anscheinend hat er dem Mädchen ein paar skandalöse Szenen gemacht, man sagt, er hat ihr sogar gerne mal das Fell gegerbt. Danach kam die Sache mit der Garage, und ich sags dir, wir dachten natürlich alle, dass er es gewesen war, in einer Anwandlung von Eifersucht, es gab alle möglichen Spekulationen, aber geklärt wurde die Geschichte nie. Am Ende wurde der Mann aus Burgos wieder aufs Festland versetzt, die beiden trennten sich, und er war wie vom Erdboden verschluckt.

Die betreffende Akte blieb im Keller des Polizeipräsidiums unter Verschluss, da wirst du keinen Blick reinwerfen können, so sehr du auch willst. Wie? Nein, ich weiß nicht, was aus ihr geworden ist, ich glaube, sie war in psychologischer Behandlung, aber nimm mich da lieber nicht beim Wort. Ja, sie hieß Elvira, Elvira Verona. Ich werde versuchen, hier noch ein bisschen mehr rauszukriegen, aber erwarte nicht zu viel, ja? Gern geschehen, mein Lieber.« Als ich auflegte, erschien Inés mit ihrem Kaffee, der Tote aufweckte: »Tag, Chef, wie gehts dir heute Morgen? Donnerwetter, schon viel besser, wie ich sehe. Lass mal sehen. Verflixt, die blauen Flecken sieht man ja gar nicht mehr. Hab ichs dir nicht gesagt? Wunder der Wissenschaft. Meine Freundin Belén ist ein echtes Genie, die kann sogar Latein, nur schade, dass sie keine Männer mag. Was ist? Ich soll dir eine Adresse raussuchen? Verona? Anwältin? Wird sofort gemacht.«

Von Elvira Verona waren zwei Adressen bekannt: Sie wohnte in der Calle Maninidra, gegenüber dem neuen Konservatorium. Vielleicht lebte sie allein, vielleicht aber auch nicht, jedenfalls war das Telefon auf ihren Namen angemeldet. Laut den Gelben Seiten arbeitete sie mit ihrem Vater, ihrem Onkel und einem Bruder oder Cousin in der Calle de los Balcones, allerdings war sie unter dieser Adresse nur bis zwei Uhr mittags anzutreffen. Wenn ich mich beeilte, konnte ich es also noch schaffen, bevor sie die Kanzlei verließ. Ich brauchte fünfzehn Minuten, weil ich größere Schwierigkeiten hatte als erwartet: Auf der Calle de Triana ging nichts mehr voran, weil dort der »Tag des Buches« gefeiert wurde und die in Zickzackform aufgebauten Stände den Fußgängerverkehr behinderten. Von überall her bekam man Ellenbogenstöße und Knüffe ab. Nachdem ich die Schnellstraße an der Stelle überquert hatte, wo früher die Puente de Piedra war, kam ich schneller voran. Hier waren nur noch Touristen unterwegs.

Hinter der Kathedrale scharte sich eine kleine Gruppe um den Brunnen, der die Plaza del Pilar Nuevo ziert, und lauschte den Ausführungen eines jungen Fremdenführers, der vermutlich Geschichtsstudent war und sein Kunstwissen zweifellos besser beherrschte als die moderne Sprache. Jedenfalls stammelte er ein Kauderwelsch aus Spanisch und Englisch vor sich hin, aus dem wohl niemand so recht schlau wurde, wenn man nach den Gesichtern der Ausländer ging. Ein Stück weiter stand ein weiteres Grüppchen vor der Kasse des Centro Atlántico de Arte Moderno für Eintrittskarten an und legte dabei eine Harmonie und eine Ordnung an den Tag, wie sie bei Schlange stehenden Spaniern undenkbar gewesen wären. Gegenüber dem CAAM war das Tor einer alten kanarischen Villa mit einem hell erleuchteten Patio, einem dichten indischen Lorbeer, einer Freitreppe aus rötlichem Holz und einem Wasserbecken, an dem eine hellblaue Porzellantasse hing. Eine glänzende goldene Plakette verkündete, dass sich hier die Kanzlei von Don Nicolás und Don Jesús Verona Figueroa, *Prozessbevollmächtigte,* befand. Direkt darunter hatte man eine neue, modernere, aber weniger glanzvolle Plakette angebracht, auf der die Namen von Don Jesús und Doña Elvira Verona Pallarés, *Anwälte,* standen. An einem Tisch unter der Freitreppe saß eine in die Jahre gekommene Dame mit grau meliertem Haar und einer Lesebrille, die ihr an einer passenden Kordel über die üppige Brust fiel. Ich stellte mir vor, dass sie hier bestimmt schon Sekretärin war, seit die Kanzlei im Jahr zweiundsechzig oder dreiundsechzig ihre Pforten geöffnet hatte. Ich stellte mir vor, dass Don Nicolás und Don Jesús es nicht übers Herz brachten, sie auf die Straße zu setzen, und weil sich die gute Frau partout nicht an Computer und Faxgeräte gewöhnen konnte, war dieser Winkel unter dem dichten Lorbeer der einzige Ort, an dem man sie hatte unterbringen können. Ich stellte mir eine heimliche Liebesgeschichte mit Don Jesús oder Don Nicolás vor, oder vielleicht mit beiden, diese Brust konnte bestimmt mehr als eine Leidenschaft gleichzeitig beherbergen.

Auf ihrem Tisch verriet ein kleines Schild ihren Namen: Doña Remedios Mariscal, *Sekretärin.* Im Foyer standen zwei Bänke unter zwei Familienporträts, auf denen ein makelloser Herr mit Schnauzer und Spitzbart zu sehen war, der mit Galaanzug und Uhrkette ausstaffiert war, sowie eine arrogante, aber wunderschöne Dame, herausgeputzt mit einer kanarischen Mantille und einem Collier aus den größten Perlen, die ich je gesehen habe: Die Eltern von Don Nicolás und Don Jesús, seinerzeit Großeltern von Doña Elvira und Don Jesús junior, mögen sie in Frieden ruhen. Auf einer der Bänke warteten zwei Männer darauf, von den Prozessbevollmächtigten empfangen zu werden. Auf der anderen Bank wartete eine junge Frau auf Doña Elvira. Das Büro von Don Jesús junior befand sich im zweiten Stock, aber der Herr war, wie ich erfuhr, gerade bei Gericht. Wenn ich keinen Termin habe, könne ich ja Platz nehmen, bis Señora Verona mit ihren Besprechungen fertig sei. Ich bedankte mich bei Doña Remedios für die Einladung, zog es jedoch vor, im Stehen zu warten, um den zauberhaften Patio ausgiebig zu genießen: »Die gibt es heute kaum noch, Doña Remedios. Wie? Na gut, Doña Reme. Also, solche Winkel sind in dieser Stadt wirklich rar geworden. Heute muss alles modern und funktional sein, die Baufirmen machen jedes Anzeichen von Romantik zunichte. Ja, Señora, eine Schande, da haben Sie recht. Eine Schande und ein Fluch für Vegueta, da bin ich ganz Ihrer Meinung. Was sagen Sie? Nein, wirklich, sehr aufmerksam von Ihnen, aber ich stehe gerne.« Während ich die gute Sekretärin mit Schmeicheleien entzückte, öffnete sich eine der Bürotüren, und heraus kam ein Pärchen mit einem Gesichtsausdruck zwischen Kummer und Erleichterung. Hinter ihnen erschien eine dunkle Frau, *in Mond gelöst,* mit schüchternem Lächeln und verbittertem Blick. Sie bemühte sich, die beiden aufzumuntern: »Machen Sie sich also bitte keine Sorgen und überlassen Sie alles mir. Sie werden schon sehen, dass die Verhandlung zu unseren Gunsten ausgeht, wir haben gute Karten. Brüssel steht hinter Ihnen, und es gibt in Spanien keinen Richter und kein Gericht, das Ihnen Ihr Recht absprechen könnte.« Das Pärchen, dem Elvira Verona eine drückende Last von der Brust genommen hatte, verließ die Kanzlei, während sie, elegant, aufrecht und schön – Moraleda hatte mit seiner Beschreibung noch untertrieben –, näher kam, um das Mädchen zu begrüßen, das auf der Bank auf sie wartete. Sie gab ihr zwei herzliche Küsse und bat sie ins Büro. Es war nur ein kurzer Moment, aber die Anwältin drehte sich zu ihrer Sekretärin um und nahm so auch die Ecke des Patios wahr, in der ich stand. Sie ließ ihren traurigen Blick lange genug auf mir ruhen, um mein Herz zu erweichen. Ich kam mir niederträchtig vor, wie ich hier stand und diese Frau belauerte, um mich eines dunklen Geheimnisses zu bedienen, das sie – und wer hätte das nicht getan? – zu verdrängen versuchte. Ich hatte nicht den Mut, zu bleiben und auf sie zu warten. Also verabschiedete ich mich von der guten Sekretärin und versprach, dass wir uns wiedersehen würden: »Aber jetzt bin ich furchtbar in Eile, und so dringend ist mein Anliegen auch nicht. Nein, nicht nötig, dass Sie Doña Elvira etwas ausrichten, ich komme nächste Woche noch mal vorbei und sage es ihr persönlich. Vielen Dank, Doña Reme, Sie waren sehr nett zu mir.«

In einer der Gassen, die sich durch das Herz von Vegueta schlängeln, gab es eine kleine Bar, die von den Gerichtsbeamten während ihrer kurzen Pausen frequentiert wurde. Um diese Zeit war kaum jemand da. Ich beschloss, hier zu warten, bis Elvira ihren Arbeitstag beendete. Dabei betete ich, dass die Kanzlei nur den Haupteingang besaß und mir die Frau nicht durch einen Hintereingang entwischen konnte. Andererseits wusste ich genau, dass die Altstadtvillen kaum je Zugang zu einer Garage haben. Abgesehen davon hätte es mich gewundert, wenn Elvira nach ihrer Erfahrung mit dem Vergewaltiger, wer auch immer es gewesen war, einen Garagenausgang benutzt hätte. Um fünf vor zwei bezahlte ich ein Bier, an dem ich nicht einmal genippt hatte, und kehrte aufs Kopfsteinpflaster der Calle de los Balcones zurück. Während ich darauf wartete, dass es zwei Uhr wurde, betrachtete ich die Werbeposter, auf denen die nächsten Ausstellungen des CAAM angekündigt wurden. Unter ihnen stach eine Sammlung moderner japanischer Malerei hervor: Von einem Plakat in leuchtenden Farben schnitt mir eine grauenerregende Maske Grimassen.

Es vergingen keine fünf Minuten, bis Elvira Verona zusammen mit dem Mädchen, das drinnen auf sie gewartet hatte, das Haus verließ. Sie hatten sich mit der liebevollen Leichtigkeit untergehakt, mit der Frauen zusammen spazieren gehen, während sie sich weiß Gott welche Geheimnisse anvertrauen. In sicherem Abstand folgte ich ihnen durch die Straßen von Vegueta, sah sie Richtung Casa de Colón um die Ecke biegen. Dann gingen sie das Gässchen hinunter, das zum Guniguada-Theater führt, und überquerten die Schnellstraße auf einem Zebrastreifen, bevor sie sich unter dem weißen Sonnensegel einer der Terrassen des Bulevar Monopol niederließen. Um meine aufsehenerregende Anwesenheit zu tarnen – ich war wohl der Einzige, der sich um diese Zeit allein auf den Terrassen herumtrieb –, kaufte ich am Kiosk an der Plaza de las Ranas einige Zeitschriften und setzte mich an einen Tisch in der Nähe der beiden Frauen, wobei ich jedoch darauf achtete, dass ich nicht in Elviras Blickfeld saß. Die beiden bestellten belegte Brötchen und eine halbe Flasche Rotwein, ich eine

Tüte Pommes frites und ein Bier, das ich dieses Mal auch wirklich zu trinken beabsichtigte. Den Gesprächsfetzen nach zu urteilen, die ich zwischen all dem Getöse von Gläsern, Autos und Studenten, die zum Rauchen vor die Universitätsbibliothek traten, aufschnappte, sprachen sie über eine Verabredung an diesem Abend. Zum Glück hatte die andere Frau, die die Anwältin *Teté* nannte, eine schrille Stimme, die aus all dem Krach deutlich herauszuhören war. Sie versuchte Elvira zu überreden: »Dieses Mal musst du aber mitkommen, *Elví,* du hast seine Einladung schon siebenmal ausgeschlagen. Der Arme ist verrückt nach dir und schiebt das Abendessen seit zwei Monaten immer wieder raus, weil du dich mal wieder weigerst, aus dem Haus zu gehen. Ich weiß ja nicht, Süße, aber es kann nicht gut sein, so viel zu arbeiten. Komm schon, gönn dir mal eine Verschnaufpause. Heute Abend sind wir zu sechst, und wenn du nicht kommst, wird die Sache wieder abgeblasen, du weißt doch, dass Ramón ungerade Zahlen nicht mag. Schau mal, so eine große Sache ist es jetzt auch nicht, wir essen mit ihnen und schlagen dann vor, hinterher noch irgendwo in der Nähe etwas zu trinken, zum Beispiel in diesem In-Café, La Ronda heißt es, glaube ich. Das ist eine Terrasse unter freiem Himmel, und die Leute dort sind alle in unserem Alter, keine nervigen alten Knacker und keine sabbernden Teenies. Komm schon, *Elví,* geh mit!«

Elvira antwortete etwas, das ich nicht verstehen konnte. Ihr Tonfall war ruhig und diskret, das knarrende Timbre ihrer Freundin schien ihr unangenehm zu sein. Aber *Tetés* Gesichtsausdruck, ihr Hüpfer auf dem Stuhl und ihr Jubelschrei verrieten mir, dass Elvira die Einladung angenommen hatte. Plötzlich entschuldigte sich die Anwältin und stand auf, um auf die Toilette zu gehen. Die öffentlichen Toiletten des Bulevar Monopol befinden sich im Untergeschoss, und Elvira musste auf ihrem Weg dorthin an meinem Tisch vorbei. Ich sah, wie sie näher kam und einen Stuhl beiseiteschob, der ihr im Weg war. Einen Moment lang glaubte ich, sie würde zu mir kommen und mir vorwerfen, sie aufdringlich zu verfolgen. Ich hörte schon ihre Vorwürfe: »Hören Sie auf, mich zu verfolgen, oder ich rufe die Polizei!« Aber sie blieb stumm. Entschlossen setzte sie ihren Weg fort und verlor sich in der Dunkelheit des Palais. Ich nutzte ihre Abwesenheit, um zu zahlen und mich davonzumachen, schließlich wollte ich nicht zum Schluss doch noch alles verderben. Ich wusste bereits, was ich wissen wollte. Oder, wie Scarlett O'Hara sagen würde: Morgen, in diesem Fall heute Abend, ist auch noch ein Tag.

9

Man merkte, dass Freitag war. Die halbe Stadt war auf der Straße, um ein neues Wochenende zu feiern. Der Frühling tat, lärmend und lichtdurchflutet, das Seine dazu. Eine angenehme Brise umwehte die Hafenmole, und ein lächelnder Mond schaukelte am Himmel. La Ronda stellte sich als Sommerterrasse heraus, die dank des ganzjährig hervorragenden Wetters in Las Palmas schon im April geöffnet war. Die Terrasse hatte die Form einer Stierkampfarena. In der Mitte war die runde, aus unbehandeltem Pressholz gezimmerte Theke, hinter der sich eine ganze Armee aus beinahe noch schulpflichtigen Jungen und Mädchen in enger, anregender Kleidung emsig um das Wohl der Gäste kümmerte. Elviras Freundin hatte recht: La Ronda war voll mit Siegertypen um die dreißig. Ich erkannte einen Arzt, dem ich bei der Befragung von Cristina Santiago und Íñigo Lozano begegnet war, außerdem mehrere Geschäftsleute, irgendein Model am Arm eines gut gekleideten Managers und ein paar Anwälte auf der Suche nach Klienten. Es war das, was man im Nachtleben die »Schickeria« nannte. Und ich fühlte mich, wozu es leugnen, wie ein Fisch auf dem Trockenen. Mein Adamsapfel rieb am Hemdkragen, der Lärm der Gespräche störte mich, meine Schuhe drückten. Mir stand der Sinn noch nicht wieder nach Feiern. Meine Begleiterin schien hingegen voll in ihrem Element zu sein. Sie kannte Gott und die Welt und blieb ständig irgendwo stehen, um alte Bekanntschaften wieder aufzufrischen.

Ich hatte auf Noelia Correa zurückgreifen müssen, weil ein Typ wie ich – der zumindest dem Äußeren nach ernst, förmlich und unmodern wirkte – in jenem frivolen Ambiente zu sehr aus der Reihe getanzt wäre. Es war mindestens ein Jahr her, dass ich mit ihr ausgegangen war. Kennengelernt hatte ich sie bei der gottlosesten und blasphemischsten Prozession der Heiligen Jungfrau des Rosenkranzes, die Las Palmas je hatte erleben müssen. Es war der Abend, an dem ich mich von Miguel Moyano dazu überreden ließ, mich als Zauberer zu verkleiden. Noelia war mit von der Partie, weil sie eine entfernte Verwandte von Concha, Miguels Frau, ist. Sie war groß, sehr auffällig, dunkelhaarig, mit olivefarbenem Teint, schwarzen, durchdringenden Augen und einem Muttermal am Mundwinkel, das mehr als einen Mann um den Verstand brachte. Und zu allem Überfluss trug Noelia zu dieser Gelegenheit ein überaus eng anliegendes Bauernkleid aus Fuerteventura, das umwerfend an ihr aussah. Und weil sie die ganze Nacht lang ununterbrochen lachte, tanzte ihr Muttermal einen frechen, schamlosen Tanz, der bis weit in den frühen Morgen dauerte. In Wahrheit lag die Schuld ganz allein bei mir: Miguel hatte mich gewarnt, ich dürfe unter gar keinen Umständen zulassen, dass Noelia zu viel trank, das Mädchen sei Vegetarierin und er habe die Theorie, dass sich Mohrrüben nicht mit Alkohol vertrügen. Mir erschien die wissenschaftliche Grundlage dieser Argumentation reichlich dürftig, und nachdem ich mein drittes Getränk intus hatte, wollte ich meinem Teilhaber unbedingt beweisen, dass es keinen Kausalzusammenhang dazwischen gibt, Vegetarier zu sein und keinen Alkohol zu vertragen. Mir fiel also nichts Besseres ein, als sie den Likör probieren zu lassen, den ich für diese Gelegenheit in einer an meiner Schärpe befestigten kleinen Korbflasche bei mir trug. Es handelte sich um einen hausgemachten Punsch, den Colacho Arteaga aus Zimtbranntwein und Zucker herstellt, nach einem Rezept, das, wie er behauptet, von karibischen Vorfahren stammt. Wenn das kein Ammenmärchen ist, fürchte ich, dass die Familientradition mit ihm ausstirbt, denn für mich ist Zimtpunsch ein infernalisches, viel zu süßes Gesöff, von dem man zudem einen entsetzlichen Kater bekommt, der sich erst nach vier Tagen wieder verzieht.

Dessen ungeachtet schmeckte Noelia der Likör vorzüglich. Sie trank vier Schlucke davon, die schon nach kurzer Zeit Wirkung zeigten und in einer peinlichen Szene mitten auf der Plaza gipfelten. Danach erklomm sie einen Müllcontainer und verlangte von einigen Jungs, die gerade vorbeiliefen, sie darauf durch die Straßen zu tragen, sie sei schließlich auf ihre Weise auch eine Heilige Jungfrau. Bevor wir uns versahen, hatte die Prozession der mit einem Eukalyptuskranz gekrönten Jungfrau des Muttermals, wie sie getauft wurde, beinahe genauso viele Anhänger wie die offizielle Prozession. Ihren Höhepunkt erreichte die Verballhornung, als die beiden Pilgerzüge an der Apotheke der Calle Reyes Católicos aufeinandertrafen. Der goldene Thron der Jungfrau des Rosenkranzes, unter beträchtlicher Anstrengung von acht Männern auf Schultern getragen, bewegte sich gerade an der Clínica San Roque vorbei die Straße hinauf, als der grüne Container der heiligen Noelia seinen Trägern entglitt und wie der Blitz die Straße hinunterstürzte, wobei er jeden mitriss, den er unvorbereitet erwischte. Unnötig zu erwähnen, dass die Reaktion der Gläubigen nicht lange auf sich warten ließ: Die Menge – so weit war es mit uns schon gekommen – fing an, auf uns einzuschimpfen und uns mit allen möglichen Flüchen zu bedenken. Die jungen Burschen, die natürlich sternhagelvoll waren, ließen die Beleidigungen nicht auf sich sitzen, und ein Mordsradau brach aus. Es kostete uns alle Mühe, uns durch das Gedränge zu schieben, unsere Jungfrau von ihrem Ungetüm zu holen und sie mit nach Hause zu nehmen, während die Polizei versuchte, die immer erhitzter werdenden Gemüter zu beruhigen.

Am nächsten Tag wusste Noelia nichts mehr von dem, was passiert war. Ihre einzige Sorge war, was zum Teufel sie nackt und mit einem Eukalyptuskranz auf dem Kopf im Bett eines Unbekannten machte. Ich entschied mich für die Kurzversion: Dass der Unbekannte, also ich, großen Gefallen an ihr und sie großen Gefallen am Zimtpunsch meines Großvaters gefunden hatte, während die Heilige Jungfrau den Rest besorgte. Ich weiß bis heute nicht genau, ob sie mir glaubte, aber ich weiß, dass ich ihr sympathisch war und sie zum Frühstück blieb. Wir gingen mehrere Monate lang miteinander aus, bis sie sich an einem Karnevalstag – Ironie des Schicksals – in einen jungen Mann verguckte, der als Ministrant verkleidet war, mit Weihwasserwedel und allem Drum und Dran. Da bekam sie ein schlechtes Gewissen, und wir hörten auf, uns zu sehen. Als ich Noelia – ihre Nummer war die erste, die mir ins Auge stach, als ich das Adressbuch aufschlug – also diesen Freitag anrief, um mit ihr zu Abend zu essen und hinterher im La Ronda etwas trinken zu gehen, war sie ziemlich überrascht. Aber weil sie mit dem Messdiener Schluss gemacht hatte, nahm sie die Einladung freudig an, im Gedenken an unsere alte Freundschaft. Die Geschichte mit der Rosenkranzprozession hatte ich schon (beinahe) vergessen, ich dachte – welch gravierender Fehler –, dass es sich dabei um ein einfaches Missverständnis gehandelt hatte. Damals wusste ich noch nicht, dass Noelia nun mal so ist, genau wie Robert Mitchum: Wo sie ist, ist auch der Skandal nicht weit.

Wir nahmen den Namen der Terrasse, La Ronda, wörtlich und drehten nun schon seit einer langen halben Stunde ununterbrochen unsere Runden. Auch wenn ich immer vom Gegenteil ausgegangen bin, darf man offensichtlich niemals stillstehen, wenn man vorne mitmischen will. Noelia stellte mich im Vorbeigehen unzähligen Leuten vor, die mich noch nicht mal ansahen, weil ihr tiefer Ausschnitt natürlich viel faszinierender war als mein mit Hämatompaste zugekleistertes Gesicht. Die Tatsache, dass sie mich nicht ansahen, fiel mir auf, als Noelia bei unserer zweiten Runde um die Arena anfing, mich erneut denselben Freunden vorzustellen, und keiner von ihnen mich erkannte. Jeder andere hätte das schrecklich frustrierend gefunden. Mir hingegen, der ich mitten in einem gefährlichen Fall steckte, konnte es nur recht sein, nicht aufzufallen. Aber wenn der Wagen erst einmal ins Rollen kommt, ist er leider nicht mehr aufzuhalten.

Wir waren gerade bei der dritten Runde – mir wurde schon langsam schwindelig – und standen beim Eingang der Terrasse, als eine kleine Gruppe von sechs Personen hereinkam, die einen seltsamen Eindruck machte und in viel zu finsterer Stimmung war für eine Party. Es war, als wäre ihnen das Abendessen nicht bekommen. Den Anfang machten zwei Männer, bei denen selbst der Haarfestiger von Armani zu sein schien und die irgendetwas murmelten von: »Was für ein Scheißfreitag, Alter, keine zehn Pferde bringen mich mehr auf eine von Ramóns Einladungen.« Dahinter kam ein weiterer Mann herein, vermutlich besagter Ramón, ein rothaariger Schnösel mit arrogantem Gesichtsausdruck, der sich gerade bei einer jungen Frau für die beleidigende Darbietung seiner Freunde entschuldigte: »Teté, ich versichere dir, dass mir noch nie etwas so peinlich war. Die lade ich bestimmt nie wieder zu einer Party bei mir ein. Das sind auch keine echten Freunde, ernsthaft, die kenne ich nur vom Tennisklub. Unglaublich, wie ungehobelt die sind, was fällt denen ein, einfach eine Orgie vorzuschlagen! Ich bin so was von sauer!« Und als Letzte kamen die zwei Damen durch die Tür, die zur Komplettierung der gescheiterten Orgienrunde noch gefehlt hatten. Eine von ihnen hatte ich noch nie gesehen. Sie hatte blondierte Haare, große grüne Augen und war das, was man eine Bohnenstange nennt – viel zu mager für meinen Geschmack. Die andere war Elvira, wer sonst? Sie trug ein kurzes, schwarzes, ärmelloses Kleid, das ihre hübschen Beine zeigte, dazu passende hohe Schuhe und einen indigoblauen Schal. Trotz ihres starren Blicks sah sie einfach umwerfend aus, ich konnte die Augen gar nicht von ihr abwenden. Und das war mein zweiter großer Fehler.

Manchmal denke ich, dass Frauen ein fehlgeleitetes Gespür für Gelegenheiten haben. Noelias Gespür schien an diesem Abend jedenfalls woanders zu weilen. Denn im Grunde genommen hatte sie mich seit unserer Ankunft im La Ronda völlig links liegen gelassen. Sie war mir sogar ein paarmal entwischt und nach einer Weile, mit einem neuen Glas in der Hand, wieder aufgetaucht, eine Tatsache, die mich eigentlich hätte warnen müssen. Aber als Elvira die Terrasse betrat und Noelia merkte, dass ich wie ein Schwachkopf an ihren Kniekehlen klebte, vergaß sie schlagartig ihre unterkühlte Gleichgültigkeit. Und schlich sich von hinten an mich heran. Um mich frech zu umarmen. Es gab keinen Körperteil mehr von mir, an dem sie nicht ihre Hände hatte. Ich spürte, wie ihre vom Rum süßliche und klebrige Zunge mein Ohr kitzelte. Wie ihre vom Halten des Rumglases kalten Finger in die Lücken zwischen den Knöpfen meines Hemdes eindrangen. Ich hatte schon Angst, dass sie mir die ganze Creme gegen blaue Flecken vom Gesicht lecken und mein bosnisches Auge freilegen würde. Garniert wurde das Ganze natürlich von leichtem, fast obszönem Stöhnen, das Empfänger und Absender trug. Der Empfänger war Elvira, wer sonst, und der Absender, wie sollte es anders sein, Noelia, der verpuppte Robert Mitchum, die Jungfrau des malerischen Muttermals. Jeder Kuss war eine Bombe, jedes Stöhnen eine Handgranate, und das Manöver hätte kein chaotischeres Ende finden können. Denn genau in dem Moment, als sich die Anwältin der Theke näherte, um einen Drink zu bestellen, verlor meine

Freundin das Gleichgewicht und schlug ihrer ganzen beachtlichen Länge nach hin, wobei sie einen peinlichen Dominoeffekt auslöste: Im Fallen stieß sie gegen zwei junge Männer, die ihre Rückendeckung vernachlässigt hatten. Diese wiederum mähten drei weitere Gäste nieder, die sich um einen Kellner mit einem Tablett voller Flaschen, Gläser und einer Schale mit Eiswürfeln geschart hatten. Elviras indigoblauen Schal und ihre hohen schwarzen Schuhe traf es jedoch zweifellos am schlimmsten.

Noelia hatte es wieder getan. Ich versuchte mich in ihrem Namen zu entschuldigen, aber sie hatte bereits ihren unbeugsamen Geist wiedererlangt und sich an den armen Kellner geklammert, der verwirrt, aber beherzt darum kämpfte, sich aus ihrer liebevollen Umarmung zu befreien. Das Letzte, was wir von den beiden an diesem Abend sahen, war ihr Abgang durch eine versteckte Tür hinter der Theke: Der Kellner lief irgendwie schief, weil er nur ein Bein frei hatte, denn am anderen hing eine Noelia, die zum zigsten Mal die wahre und einzige und endgültige Liebe ihres Lebens gefunden hatte. Natürlich glaubte mir nun niemand mehr, dass sich Noelia schämte und ihr der Schaden, den sie angerichtet hatte, schrecklich leid täte. Man machte mich für die Katastrophe verantwortlich, wo ich denn dieses Erdbeben von Frau aufgegabelt hätte, was mir einfiele, sie an einen öffentlichen Ort zu schleppen, warum ich ihr Alkohol gegeben hätte, wenn sie nichts vertrug, wie viel Würde mir denn jetzt noch bliebe, wo sie mit dem Getränkejungen durchgebrannt war. Die Sache begann langsam unangenehm zu werden, weil sich einige der in Mitleidenschaft gezogenen Kerle vor ihren Freundinnen aufspielen wollten und mir Schläge androhten.

Als es handgreiflich zu werden drohte, kam mir die Person zur Hilfe, von der ich es am wenigsten erwartet hatte. Elvira Verona, Engel in Indigoblau, übernahm das Kommando über die Situation. Sie stellte sich in die Mitte des Radaus und wirkte so überzeugend wie vor Gericht – ich konnte sie mir gut auf dem Podium vorstellen, ruhig, kaltblütig und arrogant –, als sie ein mitreißendes Plädoyer an die Menge richtete: »Also wirklich, Jungs, wir sind hier, um uns zu amüsieren, sonst nichts. So schlimm war es jetzt auch nicht, das arme Mädchen hat ein bisschen über die Stränge geschlagen, na und? War keiner von Ihnen je besoffen? Na also! Sehen Sie sich mich an: Morgen muss ich das alles hier in die Reinigung bringen, aber davon geht die Welt nicht unter. Auf gehts, amüsieren wir uns weiter, die Nacht ist schließlich noch jung! Einverstanden?« Ihre feste, integre Stimme wirkte wie Balsam. Die anderen Frauen schlugen sich auf ihre Seite: »Natürlich, Sie haben so was von recht. Verzieht euch, die Show ist vorbei.« Worauf den Männern nichts anderes übrig blieb, als die Segel zu streichen und ihrer Wege zu gehen.

Ich reagierte auf Elviras Hilfe, indem ich Noelias plötzliches Verschwinden mit ihrer neuen Liebe ausnutzte und sie zu dem Drink einlud, den sie vorhin nicht hatte trinken können: »Darf ich Sie auf etwas zu trinken einladen? Ich glaube, das schulde ich Ihnen jetzt. Das und die Rechnung für die Reinigung.« Sie deutete ein Lächeln an, das nie zustande kam, weil sich ein anderer Gesichtsausdruck dazwischendrängte, der zwischen Argwohn und Melancholie schwankte: »Sie dürfen mir einen Gin Tonic ausgeben, wenn ich Sie im Gegenzug etwas fragen darf.« Erleichtert darüber, einer unkontrollierbaren Freundin den Hals gerettet zu haben, antwortete ich: »Gerne, aber drücken Sie sich bitte nicht zu kompliziert aus, um diese Zeit funktioniert mein Verstand nicht mehr richtig.« Und sie entgegnete geheimnisvoll: »Es ist ganz einfach: Ich würde gerne wissen, warum ich dreißig Jahre lang nichts von Ihnen wusste und Sie in den letzten zwölf Stunden schon dreimal gesehen habe. Und erzählen Sie mir jetzt bitte keine Märchen, ich bin volljährig. Zu so später Stunde ertrage ich keine Lügengeschichten mehr.« Ich musste improvisieren, auf diese Unterhaltung war ich nicht vorbereitet gewesen. Normalerweise brauche ich Wochen, bis ich mich derart nahe an die Objekte meiner Ermittlungen heranwage. Es dauert eben seine Zeit, den Auftritt vorzubereiten. Wer hätte auch ahnen können, dass mich meine Nachforschungen über die Verona schon am ersten Abend in die Bredouille bringen würden?

Um einige Minuten Zeit zu gewinnen, ließ ich mich auf den Tauschhandel ein, unter einer Bedingung: »Einverstanden, ich erzähle Ihnen alles. Aber lassen Sie mich zuerst die Getränke holen, es handelt sich nämlich um eine längere Geschichte.« Sie nickte und kämpfte sich wie ein erfahrener Boxer, der sich seiner Kraft gewiss ist, zu ihrer Ecke durch, wo sie von den Freunden, mit denen sie gekommen war, schon erwartet wurde. Ich habe nie erfahren, was sie zu ihnen sagte, aber nach einem kurzen Wortwechsel gab sie *Teté* und der anderen Frau einen Kuss und verabschiedete sich per Händedruck vom Rest. Unterdessen wartete ich an der Bar auf ihren Gin und meinen Whisky und durchsuchte mein Repertoire nach einer glaubhaften Lüge.

Als ich ihr dann auf neutralem Terrain ihren Drink überreichte, konnte ich mir nicht verkneifen, zu fragen: »Falls ich indiskret bin, entschuldigen Sie bitte und vergessen Sie es einfach, aber sind Ihre Freunde nicht sauer, wenn Sie sie jetzt einfach allein lassen?« Sie antwortete, ohne mit der Wimper zu zucken, so scharf und brutal, als hätte sie von jeher auf diese Frage gewartet: »Nein. Ja. Und das geht mir am Arsch vorbei.« Als sie mein wohl sehr verwundertes Gesicht sah, erklärte sie ihre Antwort genauer: »Ich will damit sagen: *Nein,* Sie sind nicht indiskret, *ja,* ich entschuldige Sie, und *es geht mir am Arsch vorbei,* wenn die sauer sind, weil wir gehen.

Weißt du ... ich glaube, wir können uns endlich duzen, oder? Schließlich haben wir den ganzen Tag zusammen verbracht, nicht wahr? Weißt du ... Ricardo? Es fällt dir vielleicht schwer, das zu glauben, aber das Unterhaltsamste an diesem ganzen Abend, ach, was sage ich, das Unterhaltsamste im ganzen letzten Jahr war der Moment, in dem du mir die Cola übers Kleid gegossen hast. Was? Na gut, stimmt schon, du bist es nicht gewesen. Dann halt, als sie mir der Kellner übers Kleid gegossen hat, allerdings mit der unschätzbaren Hilfe deiner Freundin. Übrigens, wenn du indiskret bist, darf ich auch indiskret sein: Fühlst du dich nicht gedemütigt, weil sie mit diesem kleinen Jungen abgehauen ist?«

Den Rest des Abends verbrachte ich damit, eine Geschichte zu erfinden, die glaubhaft und bescheiden genug war, ihr Misstrauen nicht zu erregen, eine Geschichte, die sich aus wirklich erlebten Anekdoten und nachsichtigen Flunkereien zusammensetzte. Den Anfang machte ich, indem ich ihr von meiner linkischen Freundschaft mit Noelia erzählte. Die Chronik unseres nicht gerade harmonischen Aufeinandertreffens diente zunächst einmal dazu, dass Elvira die Deckung fallen ließ. Danach erzählte ich von mir, dem Versicherungsgutachter, der einem komplizierten Betrugsfall auf der Spur war. Die Sache sei nämlich die, dass der Betrüger ausgerechnet in der Versicherungsfirma selbst arbeite, irgendein Idiot habe also den Fuchs damit beauftragt, auf die Hühner aufzupassen. Es handle sich um den stellvertretenden Leiter der Risikoabteilung, der mit einigen Kunden gemeinsame Sache gemacht habe, um der Firma die Rechnungen von Unfällen unterzuschieben, die nie stattgefunden hatten, und sich dann mit den Kunden die Beute zu teilen. Das erklärte meine Anwesenheit in ihrer Kanzlei: Ich interessierte mich für die in diesem Fall geltende Rechtslage, konnte aber nicht die Rechtsanwälte der Firma konsultieren, weil ich keinen Argwohn erregen wollte. Also hatte ich beschlossen, einen Experten aufzusuchen, und allem Anschein nach war Jesús Verona Pallarés, der Bruder von Elvira, ein solcher Experte.

»Aber leider war er, als ich in die Kanzlei kam, gerade in einer Verhandlung, wie mir Doña Reme, die Sekretärin sagte. Also beschloss ich, auf dich zu warten, aber du bist natürlich auf internationales Recht spezialisiert, das erfuhr ich, als ich dich mit ein paar Klienten an der Tür reden hörte. Und weil du mir daher nicht helfen konntest, beschloss ich, ein anderes Mal wiederzukommen. Tatsächlich habe ich vor, nächste Woche zu kommen, um mit deinem Bruder zu reden. Und der Rest? Na ja, für den Rest gibt es natürlich auch eine Erklärung, vorausgesetzt, ich langweile dich noch nicht. Unser zweites Treffen war reiner Zufall. Der Bulevar Monopol ist direkt bei deinem Büro und bietet sich an, um schnell ein Sandwich zu essen und wieder arbeiten zu gehen, ich bin oft dort. Du hast mich vorher noch nie da gesehen? Doch, bestimmt, wahrscheinlich bin ich dir nur nicht aufgefallen. Ich bin ziemlich unauffällig, wenn ich nicht gerade, wie heute Abend, Noelia im Schlepptau habe. Was mit heute Abend ist? Tja, meine Liebe, heute Abend im La Ronda war ich meinem Betrüger auf den Fersen, und Noelia war meine Tarnung. Eine schöne Tarnung, wie du ja sicher festgestellt hast. Bei dem Rausch, den sie sich angetrunken hat, hat sie mir am Ende noch die ganze Ermittlung vermasselt.«

Elvira sagte nicht viel. Ihre traurigen Augen sprachen an ihrer Stelle. Ich schrieb ihre Zurückhaltung, ihre beherrschten Gesten einer unversöhnlichen Vergangenheit zu. Aber bevor unsere kurze Freundschaft endete, sollte ich feststellen, dass sich hinter ihrer Schwermut noch tiefgrundigere Geheimnisse verbargen. An diesem Abend unterbrach sie mich irgendwann, um mir zu sagen, dass auch sie mir in verwaltungsrechtlichen Fragen behilflich sein könne, schließlich habe sie ein Universitätsstudium abgeschlossen und promoviert, und das sei ja wohl zu mehr nütze als nur dazu, sich das Zertifikat in die Kanzlei zu hängen. Trotz ihres beleidigten Tonfalls war mehr als offensichtlich, dass sie nur Spaß machte. Hatte sie etwa beschlossen, mir zu vertrauen? Sie fing jedenfalls an, mir ihre liebenswürdige Seite zu zeigen, und erzählte mir, wie sie Anwältin geworden war. Es sei einfach eine bequeme Entscheidung gewesen, sie sei schließlich schon als Kind von Richtern und Talaren und Gesetzbüchern umgeben gewesen. Dann sprach sie von einer Ehe, die an ihrer Jugend und seiner Ungeduld gescheitert sei, aber sie verriet keine Details, und ich stellte ihr auch keine Fragen zu diesem Thema. Ich ließ es lieber langsam angehen und interessierte mich für ihre Gegenwart, ob sie mit ihrem Beruf zufrieden sei, ob es nicht schwierig sei, mit der eigenen Familie zusammenzuarbeiten, ob es in ihrem Leben jemanden gebe. Es war nur natürlich, ihr diese Frage zu stellen, nachdem ich gesehen hatte, wie sie sich von ihren Begleitern verabschiedet hatte. Es war nur natürlich, weil sie eine sehr attraktive Frau war. Es war nur natürlich, weil ich mich anscheinend, weil ich mich tatsächlich, sehr von ihr angezogen fühlte.

Und es war nur natürlich, dass sie mir mit aller Offenheit antwortete: »Ich liebe meinen Beruf, Ricardo, ich habe nichts anderes gelernt. Und es ist gar nicht so schwierig, mit meinem Vater, meinem Onkel Nicolás und meinem Bruder zu arbeiten. Bei uns macht jeder sein eigenes Ding. Am Anfang musste ich die Alten ständig um Rat fragen, und natürlich habe ich von ihrer Erfahrung profitiert, dafür ist sie ja schließlich da, aber heute setzen wir uns nur noch selten alle vier zusammen, es sei denn, wir müssen ein Thema besprechen, das die ganze Kanzlei angeht. Am besten verstehe ich mich zweifellos mit meinem Vater. Du findest das jetzt vielleicht kitschig, aber er ist meine Inspiration. Seiner Erfahrung und Intuition vertraue ich blind, denn in diesem Beruf ist Intuition unerlässlich, auch wenn man vielleicht das Gegenteil denken könnte. Und mein Vater ist wie Cochise. Erinnerst du dich an den Film *Der gebrochene Pfeil?* Da kommt ein friedlicher Indianer drin vor, der James Stewart die Kultur und die Gebräuche der Apachen zeigt, oder waren es die der Chiricahuas? Jedenfalls gibt das zahme Indianerlein dem Cowboy einen Rat, der ihm später das Leben rettet. Er rät ihm, Cochise nicht anzulügen, weil der alte Häuptling in den Augen der Menschen so klar und deutlich lesen kann wie in Rauchzeichen. Tja, und Jesús Ventura ist genauso. Er hat die gleichen lebhaften Augen wie Cochise. Weißt du, manchmal kommt es vor, dass ich mit jemandem rede, den ich nicht richtig einschätzen kann, also gehe ich unter irgendeinem Vorwand zu meinem Vater, bringe ihn mit in mein Büro und stelle ihn dem Klienten vor, der sich natürlich freut, den starken Mann der Kanzlei kennenzulernen. Nach der Besprechung esse ich dann immer mit meinem Vater zu Mittag. Und er irrt sich nie, auf sein Urteil ist Verlass. Einmal, als der Geschäftsführer einer Reederei bei mir war, kam der Alte rein, sah ihn eine Sekunde lang an, gab ihm die Hand und knurrte irgendetwas vor sich hin, während er in sein Büro zurückging. Als wir dann nach dem Essen beim Kaffee saßen, er hasst es nämlich, wenn man beim Essen über die Arbeit spricht, empfahl er mir, den Fall nicht anzunehmen, dieser Geschäftsführer sei nicht ganz astrein. So ist er: ›Dieser Typ ist nicht ganz astrein, meine Kleine, der sieht einem nicht in die Augen und hat verschwitzte Hände, und zwar aus Angst, glaub mir.‹ Du wirst es nicht glauben, aber zwei Monate später setzte sich dieser Scheißkerl nach Brasilien ab, mit fünfhunderttausend Euro, die die Reederei für die Gehälter der Hafenarbeiter vorgesehen hatte. Erinnerst du dich? Das war vor zwei Jahren, ja, es stand in den nationalen Zeitungen, ein Skandal. Und dieser Mann saß vor mir und bat mich um Rechtsberatung für ein Geschäft, das er in den Niederlanden aufziehen wollte. Wenn mein Vater nicht gewesen wäre, hätte er mich voll übers Ohr gehauen, und ich würde mich heute noch darüber ärgern.

Und mein Liebesleben? Ach was, so was gibt es bei mir nicht, dafür fehlt mir die Zeit, und« – an dieser Stelle trübte sich ihr Lächeln – »seit meinem ersten Scheitern auch das Vertrauen, das gebe ich offen zu. Ja, ich weiß schon, dass jeder sich mal irren kann und eine Schwalbe allein noch keinen Sommer macht, aber so ist es nun mal. Nimms mir nicht übel, aber ich habe nicht mehr viel Vertrauen in die Männer, und ich kann natürlich nicht jeden Kerl, mit dem ich ausgehe, zuerst zu meinem Vater schleppen, das wäre ganz schön demütigend. Stell dir vor, jetzt kommst du, und weil du mir gefällst und ich dich gerne wiedersehen würde, lade ich dich als Erstes bei meinem Vater zum Abendessen ein, damit du Cochise kennenlernst, ganz schön heftig, oder? Keine Ahnung, wie ich dir hinterher erklären soll, dass ich den Vertrag mit dir wieder kündige, weil der alte Häuptling findet, dass du schielst und irgendein finsteres Geheimnis mit dir herumschleppst. Außerdem bin ich nun mal sein Augenstern, das alte Schlitzohr würde bestimmt selbst am Märchenprinzen etwas auszusetzen finden. Das würde schon bei der Farbe seiner Kleidung anfangen: ›Ja, meine Kleine‹, würde er sagen, ›dieser Typ hat graublaue Hosen an, das ist eine schmutzige Farbe, dem kannst du nicht vertrauen.‹«

Elvira sprach voller Leidenschaft über den Prozessbevollmächtigten, in ihren Worten lagen Begeisterung und Stolz. Und vor allem Dankbarkeit. Ich war mir sicher, dass er immer für sie da gewesen war, ganz besonders nach der Vergewaltigung. Wenn sie die Sache erfolgreich überwunden hatte, dann lag das bestimmt zu einem großen Teil an Jesús Verona, der nicht gezögert hatte, seinen Einfluss bei Gericht und in der Öffentlichkeit geltend zu machen, um sie so unbeschadet wie möglich aus dieser Hölle zu retten, er hatte alles getan, damit der verfluchte Ehemann lebenslang ins Exil geschickt wurde. Das konnte ich zwischen den Zeilen lesen, während ich zuhörte, wie sie vor töchterlicher Verehrung verging – auch wenn ich später erfuhr, dass ich einige Zeilen überlesen hatte. Außerdem konnte ich beim Zuhören den Lärm als Vorwand dafür nehmen, nahe genug an sie heranzurücken, um an ihr zu schnuppern und festzustellen, ob mir ihr Parfum bekannt vorkam, um ihren Mund nach wundem Zahnfleisch abzusuchen, um mich in ihre Augen zu versenken, für den Fall, dass ich dort wie Cochise einen Anlass zum Zweifeln fand. Es war alles umsonst: Elvira roch nach Apfel, nach dem frischen Duft eines kleinen Kindes, ihr Lächeln war so strahlend rein wie ein Lächeln nur sein konnte, und in ihrem Blick fand ich nur Zärtlichkeit und ein kleines bisschen Angst, verständlich, nach dem, was sie durchgemacht hatte. Und da schämte ich mich zum zweiten Mal in den letzten eineinhalb Tagen für meinen Beruf.

Danach gingen wir noch in eine Bar, die ich in der Nähe des Marktes kenne und die immer geöffnet hat. Als uns die Morgendämmerung überraschte, beschworen wir gerade Geister herauf und tranken Kaffee. Die Geschichte mit ihr und ihrem Vater machte mich so neidisch, dass ich wieder einmal meinen Großvater Colacho mit an den Tisch brachte, um die Partie auszugleichen. Wir wussten beide, was Verlust bedeutet, denn auch sie hatte ihre Mutter verloren, als sie sie am meisten gebraucht hätte, und da musste der Prozessbevollmächtigte plötzlich Vater und Mutter und Pfarrer und Chef und Kollege gleichzeitig sein, etwas unerwartet für einen Mann in seinem Alter und von seinem Bildungsstand. Und wo wir schon beim Beichten waren, erzählte ich ihr, allerdings ohne die Ursachen zu nennen, von meiner noch ganz frischen Trennung von Malena, der Frau mit der *Schattenstimme:* »Die Frauen soll mal einer verstehen, eben noch himmelhoch jauchzend und im nächsten Moment zu Tode betrübt. Aber nein, jetzt tue ich ihr Unrecht, die Wahrheit ist, dass Malena von Anfang an ein offenes Buch war und ich mir immer schon gedacht habe, dass es einmal so enden würde, wenn es zwischen uns zur Trennung käme. Etwas anderes hätte mich überrascht, ich weiß also nicht, worüber ich mich wundere.«

Als ich sie bei ihrer Dachwohnung in der Calle Maninidra absetzte – an der Ecke zur Calle Primero de Mayo, um genau zu sein –, war der Samstagmorgen schon hereingebrochen. Ich verabschiedete mich mit dem festen Versprechen, sie anzurufen, um mit ihr zu Abend zu essen, oder vielleicht zu Mittag, an dem Tag, an dem ich ohnehin in die Kanzlei kommen würde, um mit ihrem Bruder zu sprechen. Zu Hause angekommen, war ich völlig erledigt, ich habe mich nie daran gewöhnen können, die Nächte durchzumachen, noch nicht einmal in meiner Studienzeit an der Universität La Laguna. Ich schlug nur über die Stränge, wenn ein Mädchen im Spiel war, wie damals an San Diego, als ich mich in einer regnerischen Nacht in die süßen Brustwarzen von Rosa Montelongo verliebt hatte, aber das kam nur alle Jubeljahre einmal vor. Meine Stimmung besserte sich spürbar, als ich sah, dass ich seit dem Vorabend keine neuen Nachrichten auf dem Anrufbeantworter hatte. *No news is good news,* wie die Briten sagen. Die Zeitanzeige des Anrufbeantworters leuchtete scharlachrot. Es war halb neun. Die Sonne hatte sich bereits in alle Winkel des Wohnzimmers vorgewagt. Ich nutzte die Helligkeit, um mich auf dem Weg ins Schlafzimmer Stück für Stück auszuziehen. Als ich im Bett ankam, trug ich nur noch die

Müdigkeit am Körper. Ich zog nicht den Telefonstecker heraus, nicht die Jalousien herunter, schlug noch nicht einmal das Laken zurück. Nachdem ich die karierte Überdecke beiseitegeschoben hatte, bis sie in der Ecke ein trauriges Bündel bildete, schickte ich mich an, zwölf Stunden durchzuschlafen.

10

Es reichte nicht ganz für zwölf Stunden. Tatsächlich schlief ich nur acht, aber die hatten denselben Effekt. Nachdem ich von einem seltsamen Abenteuer geträumt hatte, bei dem mich die Polizei im Streifenwagen durch die Straßen der Stadt verfolgte und alle – die Frau mit dem dicken, sensiblen Kind, Marieta, die Studentin aus der Bibliothek, und sogar Großvater Colacho mit einer Flasche Zimtlikör in der Hand – beharrlich immer wieder verrieten, wo ich mich versteckte, schlug ich um zwanzig nach vier die Augen auf. Es waren die Ermüdungserscheinungen vom langen Herumliegen in derselben Position, die mich weckten. Ich blieb allerdings noch ein Weilchen faul im Bett liegen und beschloss, das ganze Wochenende absolut nichts zu tun, mit der festen Absicht, mich hinterher nicht von Gewissensbissen quälen zu lassen. Es war der erste Samstag nach Malena, und ich nahm mir vor zu vergessen, dass sie den Tango sang wie keine andere, nahm mir vor, ihre Traurigkeit des Bandoneons zu vergessen, ihre auf dem Bett verstreuten Zeitungen und den Duft ihres gerade erwachten Körpers. Ich stand auf, um in der Küche Wasser zu trinken, meine Zunge war ganz ausgetrocknet vom Kater. Dann tappte ich ins Bad. Heraus kam ich mit meinem Bademantel und dem festen Plan, wieder ins Bett zu gehen, um dort noch ein wenig vor mich hin zu sterben. Aber der blinkende Anrufbeantworter stach mir dreist ins Auge und hielt mich davon ab. Irgendjemand hatte am Vormittag angerufen. Vielleicht hatte ich das Klingeln mit den Sirenen der Streifenwagen aus meinem Traum verwechselt. Ich nahm den Hörer ab und hoffte, dass es sich ausnahmsweise um gute Nachrichten handelte oder einfach um eine Person, die sich verwählt und eine Nachricht für jemand ganz anderen hinterlassen hatte, einen Damenfriseursalon beispielsweise.

Aber dieses Glück war mir nicht beschieden. Die elektronische, künstliche Stimme der Ansage – Sie-haben-eine-neue-Nachricht-Nachricht-Nummer-eins-empfangen-heute-dreizehn-Uhr-einundzwanzig – wich einer beunruhigenderen Stimme, einer Grabesstimme: »Bild dir bloß nichts ein, Detektiv, so gut, wie du denkst, bist du nicht. Mich hat es nur letzte Nacht nicht *gelüstet,* es wieder zu tun, aber ich habe es nicht vergessen. Ich habe schon eine entzückende Aufmachung für den Nächsten vorbereitet. Ach, und lass mal deinen Türschließer richten, nicht dass noch einer reinkommt, während du schläfst, und deine Nacktheit schamlos ausnutzt. Du hast übrigens wirklich einen hübschen Hintern, Detektiv.«

Ich ging zur Haustür, fand aber nichts Ungewöhnliches, nichts, was auf einen Eindringling schließen ließ. Ich hatte die Tür wie immer von innen geschlossen, das Schloss war intakt. Nur die Türkette, die herunterbaumelte wie der Körper eines Erhängten vom Galgen, verriet, dass ich an diesem Morgen vergessen hatte, sie einzuhängen. Ich maß dem keine größere Bedeutung bei. Die Mörderin wollte mich zweifellos nervös machen, spekulierte darauf, mich aus dem Gleichgewicht zu bringen. Aber da war immer noch die Sache mit ihrem letzten Satz. Woher wusste sie, dass ich nackt schlief? Ich lief das Wohnzimmer ab und suchte nach einem Fehler: einer brennenden Lampe, einem Stuhl am falschen Platz. In meiner Besessenheit kontrollierte ich sogar das Telefon, den Fernseher, das Radio, die Dichtungen der Türen und die Wände, auf der Suche nach Wanzen oder versteckten Kameras. Aber ich fand nichts. Ich ging ins Schlafzimmer zurück und zeigte mich am Fenster. Vielleicht beobachtete sie mich von draußen. Unmöglich. Der ganze Häuserblock bestand aus monströsen Gebäuden mit mindestens zehn Stockwerken. Kein Dach in Sichtweite. Kein einstöckiges Haus, in das man sich einschleichen konnte, um zu spionieren.

Irgendetwas entging mir. Das war sogar für eine benebelte Auffassungsgabe wie meine an jenem Nachmittag offensichtlich. Aber was? Wo hatte ich noch nicht nachgesehen? Ich kehrte ins Wohnzimmer zurück, setzte mich aufs Sofa und ging alles noch einmal durch, überprüfte von dort aus jeden Winkel der Wohnung. *Schmerz, du verlässt mich, dem Grübeln Platz zu machen.* Ich griff nach einem Holzkästchen, das man mir anlässlich eines ebenso langweiligen wie gefeierten Vortrags geschenkt hatte, den ich bei einer öffentlichen Feierlichkeit gehalten hatte. Er handelte vom Zusammenhang zwischen dem Klima in einigen Zonen der Kanarischen Inseln und der hohen Selbstmord- und Verbrechensrate. Das Kästchen trug eine goldene Plakette mit der Inschrift »In Dankbarkeit, vom ehrwürdigen Rathaus von Agaete an Don Ricardo Blanco blablabla«. Ich stellte es wieder an seinen Platz. Aber das war nicht sein Platz. Das Kästchen stand sonst immer auf der Ablage unter dem Glastischchen. Dahin hatte ich es verbannt, weil es mich störte, weil es zu viel Platz wegnahm und ich deswegen nicht die Füße auf den Tisch legen konnte, wenn ich Musik hörte oder las. Plötzlich hellte sich alles auf. Oder verdüsterte sich vielmehr: Jemand war hier gewesen. Und dieser Jemand hatte das Kästchen als Beweis für seine Anwesenheit verwendet. Es war das fünfte Element. Das klang nach Science-Fiction-Film, aber genauso war es. Jemand hatte das Kästchen zu den vier anderen Gegenständen auf den Tisch gelegt, die dort sehr wohl hingehörten. Und das, um klar und deutlich ein großes *M* zu schreiben, ein *M,* das inzwischen längst für *M*iststück, für *m*iese Schlampe, für *m*ach, dass du wegkommst, für leck *m*ich am Arsch stand.

Aber ich musste meine Nerven unter Kontrolle halten, es nützte jetzt gar nichts, wütend mit dem Fuß aufzustampfen. Ich musste mit derselben Gefühlskälte nachdenken, mit der die mysteriöse, die berechnende Frau agierte, die einfach machte, was sie wollte, und sich in meine Wohnung eingeschlichen hatte, die Frau, die sich eiskalt und bis zum heutigen Tag äußerst effizient eine Methode ausgedacht hatte, um die Männer loszuwerden, zu verspotten, zu demütigen. Denn inzwischen war offensichtlich, dass wir es nicht mit einer Verrückten zu tun hatten, einer geistig Gestörten, die aus Impulsen heraus handelte, einer Paranoikerin, die sich freitags bei Mondschein in eine Todesbotin verwandelte. Nein, sie war schlau wie ein Fuchs und wollte, dass wir das wussten. Sie wollte, dass wir wussten, dass sie wusste, was wir wussten. Sie spielte mit uns Katz und Maus, und während sie sich zufrieden über ihre Katzenbarthaare strich, passte uns das Mäusefell wie angegossen. Sie wusste genau, was wir vorhatten, und würde es uns so schwer wie möglich machen. Oder nein. Vielleicht wollte sie es uns leicht machen, damit wir sie schnappten. In einigen psychologischen Abhandlungen hatte ich gelesen, dass der menschliche Verstand komplizierter ist, als wir glauben, und bisweilen zeigt, was er eigentlich verbergen möchte, und verbirgt, was er zeigen möchte. Dort stand auch, dass Mörder von Eitelkeit, von Exhibitionismus, von Prahlerei getrieben werden können: Sie beschränken sich nicht darauf, ein Verbrechen zu begehen, nicht einmal auf das perfekte Verbrechen, sie haben außerdem das Bedürfnis, ja geradezu den Anspruch, dass der Rest der Welt davon erfährt und ihr Meisterwerk bewundert. Und von diesem Schlag schien meine Mörderin zu sein.

Denn zu Beginn hatte sie sich mit wenig zufriedengegeben, hatte die nächtliche Einsamkeit der Wohnung eines Junggesellen gesucht, ein Wochenendversteck. So war es jedenfalls bei den ersten beiden Toten gewesen: Mario Bermúdez, Carlos Ventura. Danach wurde sie mutiger. Ich hatte die Tatsache, dass Raquel Calvo in der Nacht seines Todes nicht bei ihrem Mann war, dem Zufall zugeschrieben – oder einer vertraulichen Information, die die Mörderin Lucas Travieso entlockt hatte. Aber mit der neuen Perspektive, die sich mir eröffnete, sah die Sache ganz anders aus: Vielleicht lechzte die Mörderin inzwischen nach Berühmtheit und wollte den Einsatz erhöhen, indem sie sich mit Travieso in seiner Wohnung verabredete, wo sie jederzeit von Raquel überrascht werden konnten. Die krankhafte Lust war größer als ihr Überlebenstrieb. Was wäre passiert, wenn Raquel hereingeplatzt wäre? Hätte sie sie auch umgebracht? Erfahren würden wir das natürlich nie.

Was wir hingegen wussten, war, dass sie jede Zurückhaltung verloren hatte. Sie hatte keine Angst mehr davor, gesehen zu werden, und das war – wie ich schon zu Álvarez gesagt hatte – sowohl gut als auch schlecht. Gut, weil sie sich mehr Risiken aussetzte und leichter zu fassen war. Und schlecht, weil die geheimnisvolle Frau wie ein Kind aus Impulsen heraus handelte. Sie war waghalsig geworden, und es gab nichts mehr, was sie aufhalten konnte: Durch die Sache mit dem Spazierstock in Venturas Wohnung hatte sie sich kompromittiert; und sie hatte es wieder getan, dieses Mal in meiner eigenen Wohnung. Was kam wohl als Nächstes? Es fehlte nur noch, dass sie in meinem Büro auftauchte, um eine Tasse Kaffee mit mir zu trinken: »Hallo Blanco, wie gehts? Ich heiße übrigens M und habe drei Männer umgebracht … Dich habe ich fürs Erste entwischen lassen, weil du mir leid getan hast, wie du blutend dalagst wie ein Häufchen Elend, weil ich nichts gegen dich hatte, weil ich kein Unterwäsche-Ensemble zur Hand hatte, das zu deinen Augen gepasst hätte, aber aufgeschoben ist nicht aufgehoben. Ich habe dich nämlich schon im Adamskostüm gesehen und Maß genommen, du glaubst gar nicht, wie gut dir ein eierschalenfarbener Body mit abgesteppten Nähten stehen würde.«

Den Rest des Samstags verbrachte ich damit, vor meinen bösen Vorahnungen davonzulaufen. Ich ging eine Runde vor die Tür, um die frische Luft einzuatmen, dir mir in meiner Wohnung fehlte, die immer mehr nach Mausefalle aussah und roch und schmeckte. Doch vorher riss ich mir, wie ich es in Detektivfilmen gesehen hatte, ein Haar aus und klebte es mit Spucke fünf Zentimeter über dem Boden an die Tür, damit ich die rätselhafte Mörderin auf frischer Tat ertappte, falls sie es wagte, zurückzukommen. Bei meiner Rückkehr war das Haar noch an seinem Ort. Und ich hatte mir mit billigem Cognac einen kleinen Rausch angetrunken. Um die Geister zu verscheuchen, hätte ich auch meinen Großvater für ein Wochenende um Asyl bitten können, aber bei dem Kummer, den ihm bereits das Altern bereitete, wollte ich ihm das nicht antun. Ich nahm mir lediglich vor, ihn am Sonntagmittag zu besuchen. Aber noch nicht mal das konnte ich halten.

Denn dieses Mal hörte ich das Telefon sehr wohl. Es war schon nach zwei Uhr mittags, und kein Albtraum verhinderte, dass mich das Klingeln aus dem Schlaf schreckte. In der Überzeugung, dass meine Lage nur noch besser werden konnte, sprang ich mit Unterhose und T-Shirt bekleidet aus dem Bett – den Fehler, mir unter diesen Umständen eine Blöße zu geben, würde ich nicht noch einmal begehen. Aber meine Lage verschlechterte sich noch. Es war Malena, und sie war völlig verängstigt. Ihre Stimme klang nach Angst, nach purer, nackter, ungezähmter Angst. Und hinter der Angst Gehupe und Stimmengewirr. Sie war in einer Telefonzelle, zwei Blocks von ihrer Wohnung entfernt. Es sprudelte nur so aus ihr heraus, und ich musste sie erst einmal beruhigen, um etwas verstehen zu können: »Warte mal, mein Schatz, ganz langsam. Was machst du in einer Telefonzelle? Warum bist du nicht zu Hause?« Worauf sie sich die Nase schnäuzte und tief Luft holte: »Dahin bringen mich keine zehn Pferde zurück. Komm du lieber her, schließlich ist das Ganze deine Schuld.«

Jetzt war ich noch verwirrter: »Meine Schuld? Was ist meine Schuld? Was zum Teufel ist denn passiert?« Und sie bewies, dass es von der Angst zur Wut nur ein kleiner Schritt ist: »Umgebracht haben sie sie, das ist passiert!« Und ich: »Wen haben sie umgebracht?« Und sie: »Wen schon, du Idiot, Salma natürlich!«

Ihr Wohnzimmer war völlig auf den Kopf gestellt, es gab eindeutige Kampfspuren: Kissen auf dem Boden, eine Lampe, die auf den Tisch geknallt war und jetzt einen kaputten Lampenschirm hatte, einen Garderobenständer aus Mahagoni, der mitsamt zwei dunklen Mänteln und einem Schal im Schottenmuster gegen die Wand gekippt war, und ein Plakat – ein blauer, ruhiger See, ein Wald in der Morgendämmerung, sieben kubanische Künstler im Spanischen Museum für Zeitgenössische Kunst, Madrid, März–April 1983 –, das an den Rändern ausgefranst war. Die penible Sauberkeit, die die Mörderin bei den vorhergehenden Verbrechen an den Tag gelegt hatte, hatte sich in achtlose Ungeschliffenheit verwandelt. Denn für eine kluge, faszinierende Frau ist es offensichtlich etwas ganz anderes, mit einem lüsternen Kerl zu kämpfen, der notfalls sogar bereit ist zu sterben, um die Gier in seinen Lenden zu befriedigen, und einer scheuen, ungeselligen Angorakatze ohne Gelüste. Salma hatte sich verteidigt wie das in die Enge getriebene Tier, das sie war. Sie hatte gekämpft, hatte sich ihren Tod teuer bezahlen lassen. Und jetzt lag sie in einer Ecke, hinter einer Hausbar aus Bronze und Glas, mit offenen Augen und zertrümmertem Kopf. Eine Blutspur verriet, dass die Mörderin sie mit entfesseltem Zorn an die Wand geschleudert hatte. Durch das Glas hindurch wirkten die Züge des Tieres verzerrt, verformten sich zu einer grauenerregenden Grimasse. Ich dachte an die Episode mit dem Jagdhundstock, und mir lief ein Schauder den Rücken hinunter.

Malena hielt sich von ihr fern. Mit hilflos verschränkten Armen stand sie kopfschüttelnd da und weigerte sich anzuerkennen, dass jemand zu solcher Grausamkeit fähig war. Stumm fing sie an zu weinen, so als würde sie beten. Sie erinnerte mich an die indianischen Frauen, die mit gebrochenem Herzen und ungebrochener Würde ihre Toten beklagen. Als ich mich näherte, um sie zu trösten, wich sie erschrocken zurück und hob abwehrend ihre großen Hände: »Zuerst fasst du mir denjenigen, der das hier getan hat, und danach sehen wir, ob ich dir verzeihe.« Ich akzeptierte ihr Misstrauen, denn letztlich hatte sie ja recht: Das Ganze war meine Schuld. Ich wurde den Gedanken nicht los, dass ich sie in Gefahr gebracht hatte. Zwar wusste ich zu dem Zeitpunkt noch nicht, wie die Mörderin sie mit mir in Verbindung bringen konnte, aber dass wir gemeinsam bis zum Hals in diesem Fall steckten, war nicht mehr zu leugnen. Ich hob den umgekippten Sessel auf und näherte mich dem Katzenkadaver. Zuerst inspizierte ich das Blut am Kopf der Katze und an der Wand, dann suchte ich nach Hautfetzen zwischen ihren Krallen. Ich drehte mich um und rekonstruierte die Szene gedanklich: Es musste alles im Sessel begonnen haben, in dem grün-braun gemaserten Sessel. Wahrscheinlich hatte Salma dort geschlafen, als die Mörderin erschienen war. Sie musste versucht haben, dem Angriff übers Sofa zu entfliehen, und hatte dabei eine Spur aus verstreuten Kissen hinterlassen. Wahrscheinlich verfolgte die Frau sie durchs Zimmer, woraufhin Salma hinter dem Bücherregal Zuflucht suchte und auf ihrem Weg dorthin gegen den Garderobenständer stieß, der, auf einen seiner Haken gestützt, gerade noch stehen blieb. Die Mörderin hechtete ihr hinterher und stützte sich auf Höhe des Plakats mit den zeitgenössischen kubanischen Künstlern an der Wand ab. In ihrem Schwung riss sie die halbe Überschrift, den halben See, die halbe Palme und ein Stück blauen Frühlingshimmel mit. Salma wechselte urplötzlich die Richtung, wie es nur Katzen können, und bettelte, erneut auf dem Sessel, um eine kleine Verschnaufpause. Die Frau stolperte unterdessen über das Kabel der Lampe, die im Fallen ihren elfenbeinfarbenen Schirm verlor, und erwischte die Katze endlich in der Ecke mit der Hausbar. Unerbittlich, vielleicht rasend vor Wut ob all der Scherereien, packte sie sie beim Schwanz oder bei den Pfoten und knallte sie an die Wand. Sie brauchte nur einen Moment, um zu verstehen, dass alles vorbei war, denn Salma gab wahrscheinlich das letzte Aufheulen, den letzten Klagelaut ihres siebten Lebens von sich.

Bis dahin stimmte noch alles. Wenn die Mörderin ihre Angewohnheit, Handschuhe zu tragen, beibehalten hatte – was ich später mit einer selbst gemixten Tinktur aus Asche und Talkumpuder nachwies –, würde ich keinen einzigen Fingerabdruck finden. Aber die Zeit war ihr davongerannt, und sie hatte nicht alles aufräumen können, wie sie es bei einem ihrer rituellen Verbrechen getan hätte. Sie hatte kein Zorro-Zeichen, kein unheilvolles *M* auf der Anrichte hinterlassen. Und vielleicht hatte sie ihre Rückendeckung ja auch bei anderen Details vernachlässigt. Also ging ich vorsichtig die tödliche Strecke ab, die Salma und ihre Henkerin zurückgelegt hatten. Und meine Schritte führten mich nach einer kurzen Pilgerreise durchs Wohnzimmer erneut zur Hausbar. Ich hatte die Hoffnung schon aufgegeben, auch nur den kleinsten Anhaltspunkt zu finden, mit dem ich Malena Hoffnung machen konnte – oder die drückende Schuld von meinen Schultern wälzen wollte? –, als ich plötzlich ein Stück Glas knirschen hörte. Vorsichtig nahm ich den Fuß hoch und hob es auf. Dann sah ich nach, ob in der Vitrine der Hausbar ein Splitter fehlte. Aber sie war heil. Genau wie die Gläser – es gab fünf davon – und die danebenstehende Karaffe mit Likör. Ich drehte mich zu Malena um: »Hör zu, müssten es nicht eigentlich sechs Gläser sein?« Verblüfft sah sie mich an, ihre Augen groß wie Vollmonde: »Was redest du da? Machst du jetzt Inventur in meiner Wohnung?« Und ich drängte sie ungeduldig: »Sag schon, bitte, aus wie vielen Whiskygläsern bestand dieses Service?« Und sie: »Aus sechs verdammt noch mal, wie viele sollten es sonst sein? Sechs, ein halbes Dutzend sind sechs Gläser, *carajo!* Aber eins ist mir beim Auspacken kaputtgegangen, und ich habe noch keinen Ersatz gefunden. Scheint eine Sonderauflage zu sein. Warum?« Ich unterdrückte meine Euphorie, hielt mir das zerbrochene Stück Glas ans Auge und sah hindurch: »Weil mir so ist, als hätte ich die Visage von diesem Miststück schon gesehen.«

Ich drehte die Zeit ein paar Tage zurück. Zu einem harten, leidvollen Morgen. Zu maßlosen Kopfschmerzen. Zu einer Bibliothek voller Menschen. Zu einer risikofreudigen Jurastudentin. Und einer Blondine, die als Kim Basinger auftrat, die wiederum als Veronica Lake auftrat, mit hohen Pumps und Strümpfen und vor allem einer schwarzen Schildpattbrille, deren Gläsern jetzt sicher ein Stück fehlte. Die losen Enden des Fadens begannen sich allmählich zusammenzufügen. Es war sonnenklar: Die – nun nicht mehr ganz so rätselhafte – Frau hatte mir nach der schmerzhaften Sache mit dem Spazierstock in irgendeinem Versteck in der Straße aufgelauert. Sie war mir zuerst zu Pancho Viera gefolgt und dann zu meiner Wohnung, so hatte sie herausgefunden, wo ich wohnte. Und am nächsten Tag war sie zurückgekehrt, und ich nahm sie, unbeholfen wie ich war, vertrauensselig und naiv mit zur Bibliothek und stellte ihr Marieta vor. Und die zwei freundeten sich miteinander an und sprachen, wenn ich richtig gesehen und gehört hatte, über meinen Hintern – »Du hast wirklich einen hübschen Hintern«, hatte die Stimme auf dem Anrufbeantworter gesagt. Und später führte ich sie dann zur Bank, in der Malena arbeitete. Sie sah mich mit einem Geschenk für sie hineingehen – und mit gesenktem Kopf und ohne Geschenk wieder herauskommen. Da zählte sie eins und eins zusammen – Malena und mich. Und am Ende beschloss sie, uns beiden einen Schrecken einzujagen, in meine Wohnung einzudringen, während ich schlief, und Malena zu besuchen, während sie bei der Arbeit war. Uns beiden hinterließ sie eine Nachricht: mir einen Spruch auf dem Anrufbeantworter und der armen Malena – die *besser als ich* war, aber auch mehr Pech hatte – die riesengroße Schweinerei mit Salma.

»Vorgestern war eine Frau bei mir in der Postbank, auf die diese Beschreibung passt. Sie sagte, sie heiße Evangelina Soundso, und fragte nach einem hoch verzinsten Sparbuch.«

»Hast du etwa mit ihr gesprochen?«

»Ich hatte doch keine Ahnung, und sie machte einen angenehmen Eindruck. Es stimmt übrigens: Sie versucht so auszusehen wie Kim Basinger.«

»Über was habt ihr geredet?«

»Nichts weiter. Ich habe sie über die steuerlichen Abschreibungen des Sparbuchs aufgeklärt und ihr geraten, bei uns ein Konto zu eröffnen, damit sie von diesen Vorteilen profitieren kann. Dann habe ich ihr ein Formular zum Ausfüllen gegeben. Und sie hat es mitgenommen und gesagt, sie würde es sich überlegen.«

»Und wie sie es sich überlegt hat, verdammte Scheiße! Fällt dir sonst noch irgendwas ein? Irgendein auffälliger Gesichtszug? Narben? Hatte sie einen Akzent?«

»Sie hat mit kanarischem Akzent gesprochen und kanarische Redewendungen benutzt. Das weiß ich genau, denn als sie hereinkam, hinkte sie, und als ich sie fragte, ob alles in Ordnung sei, antwortete sie, sie hätte sich ein Bein ›verknickt‹ und sei zu einem Knocheneinrenker gegangen, damit er es wieder flickt. Genauso hat sie es gesagt.«

»Das hatte ich schon vermutet. Wegen der Nachricht, die sie mir gestern hinterlassen hat. Sie hat das Wort ›Türschließer‹ für Schloss verwendet und außerdem ›gelüsten‹. Sie ist also eindeutig aus Las Palmas. Und nicht jünger als fünfunddreißig.«

»Und Kohle hat sie auch: Sie war sehr elegant gekleidet und trug wunderschöne goldene Ohrringe und ein dazu passendes Collier. Um ein Haar hätte ich sie gefragt, wo sie den Schmuck gekauft hat.«

»Vielleicht hat sie ihn geerbt.«

»Möglich ist alles. Aber Geld hat sie auf jeden Fall.«

»Sagst du das wegen des Parfums?«

»Nein, wegen der Brüste. Die sind operiert.«

»Bist du sicher?«

»Mein Gott, Ricardo, du erklärst doch deiner Mutter auch nicht, wie sie Kinder kriegen soll! Wenn die echt waren, bin ich die Königin von England.«

»Und für so was muss man wahrscheinlich ein halbes Vermögen hinblättern.«

»Und die andere Hälfte gleich dazu. Viertausend Euro musst du mindestens einkalkulieren.«

Ich verschob einen Gedanken auf später, der mir kam, während ich ihrem Bericht von der Begegnung mit der Frau lauschte: künstliche Brüste, ein verstauchter Fuß, ein großartiger Korper. Seltsames Profil. Aber zunächst gab es Wichtigeres zu tun. Ich riet Malena, das Schloss auszuwechseln und die Tür verstärken zu lassen. Und nahm mir den Rat gleich selbst zu Herzen, wir konnten keine weiteren Risiken eingehen. Sie würde einen guten Schlosser auftreiben und ihn auch gleich zu meiner Wohnung bringen: »Vielleicht gibt er uns ja Rabatt, zwei zum Preis von einem oder so.« Ich nahm ihr das Versprechen ab, auf der Hut zu sein, falls Kim Basinger zurückkam, auch wenn ich keinen Euro darauf gesetzt hätte.

Und versprach ihr im Gegenzug, trotz meiner Abneigung gegen diese Geräte ein Handy zu kaufen, um jederzeit für sie erreichbar zu sein. Malena würde diesen Sonntag jedenfalls erst mal bei mir bleiben: »Es tut mir leid, *ma chérie,* aber ich lasse dich lieber nicht mehr allein. Ich glaube nicht, dass sie zurückkommt, wenn wir zusammen sind, das wäre zu gewagt. Also pack vorsichtshalber alles, was du für ein paar Tage brauchst, in eine Tasche.« Zwar kehrte die Farbe in ihr Gesicht zurück, aber sie spielte die Unnachgiebige und blieb bei ihrer Haltung: »Gut, wenn du es für das Beste hältst, bleibe ich heute Nacht bei dir. Aber das ist nur ein Waffenstillstand, wir haben immer noch Streit.« Und ich: »Schon gut, schon gut. Und damit du siehst, dass ich mich an die Regeln halte, schlafe ich im Wohnzimmer, während du unter meinem Dach weilst.«

Malena ging in ihr Zimmer, um zu packen, während ich auf der Suche nach Fingerabdrücken vergeblich mit Asche vermischten Talkumpuder verstreute, während ich mit einem feuchten Tuch das Blut von der Wand wischte, während ich den Garderobenständer wieder aufstellte und die Kissen ordnete und die Lampe reparierte und eine Schaufel aus der Küche holte, um Salmas Körper aufzuheben und ihn in den alten, zerlumpten Teppich einzuwickeln, auf dem das Tier immer geschlafen hatte. Plötzlich kam sie mit ihrem Gepäck aus dem Zimmer und sah mich mit dem Bündel in der Tür stehen, das einmal ihre Katze gewesen war. Da wurde sie nervös. Und seufzte. Und überlegte sich das mit dem Streit noch einmal: »Weißt du, Ricardo, wir müssen ja nicht gleich übertreiben. Ich lasse bestimmt nicht zu, dass du auf einem unbequemen Sofa liegst, während ich in einem riesigen Bett schlafe. Ich weiß ja, dass du brav sein wirst, du kannst also bei mir bleiben.« Mein Lächeln gab ihr die Wärme zurück: »Wunderbar, mein Schatz, eine gute Entscheidung. Jetzt nimmst du die Autoschlüssel und wartest unten auf mich. Ich muss noch was erledigen.« Mit zweifelndem Gesicht näherte sich Malena dem Teppich. Sie wollte ihn schon aufdecken, überlegte es sich aber anders und streichelte ihn nur kurz mit den Blicken, ohne ihn zu berühren. Sie traute ihren Kräften nicht, sie war nicht so hart, wie sie vorgab. Ihre Stärke war nur eine Pose, um heil aus einer Schlacht herauszukommen, die ebenso merkwürdig wie beunruhigend war und noch auf ihrer Seele Narben zu hinterlassen drohte. Dann ging sie zu dem Tischchen, auf dem das Foto von Salma stand, das sie mir damals an den Kopf geschmissen hatte, nahm es in die Hand und steckte es in die Tasche, bevor sie sich die Schlüssel schnappte und wortlos die Wohnung verließ.

Ich brauchte zehn Minuten, um zu einer nahe gelegenen Gartenanlage mit Blick auf die Bucht zu gelangen, auf der früher mal das Hotel Metropol gestanden hatte. Vor einem halben Jahrhundert war dort – wie mir Colacho Arteaga mit dem Gaunerblick erzählt hatte, den er manchmal an den Tag legt – eine gewisse Mary C. Miller abgestiegen (das *C* stand für Clarissa, wenn mich mein Gedächtnis nicht trügt), eine Engländerin, die Kriminalromane schrieb. Und an die musste ich nun denken. Es hätte mich nicht gewundert, wenn sie auch eine Katze gehabt hätte, also beschloss ich, ihr die Beerdigung zu widmen. Ich war überzeugt, dass Agatha Christie bei meinem Anblick – ein verschwiegener Kerl, der an einem Sonntag mit einer Messingschaufel in einem Blumenbeet herumscharrt, um Platz für den Kadaver einer Angorakatze zu schaffen – verstanden hätte, dass die Realität am Ende immer die Fiktion übertrifft.

Als ich zum Auto zurückkam, war Malena eingenickt und aus dem Radio erklang ein Programm mit klassischer Musik. Als ich die Tür öffnete, schreckte sie auf, aber kaum hatte sie mich erkannt, schloss sie wieder die Augen und sprach die ganze Rückfahrt lang kein Wort. Dabei ließen wir uns von Pau Casals' seufzendem Cello berieseln. *Klaviertrio Nummer eins in d-Moll, Opus neunundvierzig von Felix Mendelssohn,* teilte der Sprecher mit und kostete dabei jede Silbe aus, betonte jedes *s* und beachtete eifrig jede Pause, mit dieser geheimniskrämerischen Stimme, die Sprecher von Kultursendungen an den Tag legen, um sich interessant zu machen. Als wir in meine Wohnung kamen, die Nacht war bereits hereingebrochen, machten wir uns nur noch schnell ein leichtes Abendessen – keiner von uns beiden hatte allzu viel Appetit, schon gar nicht nach dem, was passiert war –, duschten und gingen ins Bett. Malena schlief viel früher ein als ich oder tat zumindest so, nicht umsonst war ich erst am Nachmittag aufgestanden. Ich gab mich ganz der Beschäftigung hin, sie neben mir atmen zu hören, ihren Seufzern zu lauschen, ihren Duft zu riechen, über ihren Schlaf zu wachen, sie in den Hohlraum meiner Arme aufzunehmen, wenn sie sich umdrehte und sich an mich kuschelte, als hätte sie die Absicht, dort für immer zu bleiben. Und ich gab mich der Beschäftigung hin, ihr jeden ihrer realen oder geträumten Küsse zurückzugeben, die Wärme ihres Körpers aufzunehmen und sie erneut und immer sanft zu lieben.

11

Der Montag begann trist, der Himmel war bewölkt und verschwommen wie ein halbfertiges Gemälde. Malena hatte früh das Haus verlassen, sie musste vor acht in der Filiale sein, um dort alle Mitarbeiter zu instruieren. Ich gönnte mir noch ein wenig Schlaf bis um halb neun und rasierte mich dann, so gut ich konnte. Dann legte ich Schminke auf – es waren immer noch violette Überbleibsel aus dem Balkankrieg zu sehen – und frühstückte eilig. Ich wollte so früh wie möglich in der Bibliothek sein, Morgenstund hat schließlich Gold im Mund. Aber die Goldsuche blieb vergeblich, denn Marieta tauchte nirgendwo auf. Wer auftauchte, war der andere junge Mann. Er saß immer noch da und zog die Nase hoch, musste wohl ein nervöser Tic sein. Ich fragte ihn nach Marieta, vielleicht kannte er sie ja. Er antwortete, er kenne sie tatsächlich, habe sie aber heute Morgen noch nicht gesehen, vielleicht sei sie ja in der Fakultät. Von ihm erfuhr ich, dass Marieta in Tafira studierte, im neuen Hörsaalgebäude, und dass sie, obwohl sie schon drei Jahre studierte, näher am ersten als am sechsten Semester war. »Wenn Sie sie suchen, würde ich es an Ihrer Stelle mal im zweiten Stock versuchen, in Raum zweinulleins oder zweinullzwo. Kann aber auch sein, dass sie in der Cafeteria ist, das ist eine der besten der ganzen Uni.« Ich bedankte mich und überließ ihn seinem Konzert der Sekrete.

Ich fand sie tatsächlich in Raum zweinullzwei, während einer Vorlesungspause. Zuerst erkannte sie mich gar nicht: »Das liegt an der Schminke. Neulich warst du zwar echt schlimm zugerichtet, aber da hast du mir fast besser gefallen.« Und ich, besser das Ich von neulich, bedankte mich für ihr großzügiges Kompliment und ließ mich lieber nicht auf eine Diskussion über ihren zweifelhaften Männergeschmack ein.

Stattdessen lud ich sie auf einen Kaffee in diese angeblich so gute Cafeteria ein. Sie nahm an: »Okay, gerne. Es stimmt schon, die Preise sind gut hier, die Donuts frisch, und einigermaßen sauber ist es auch.« Sobald das Gespräch eine Lücke bot, kam ich auf die blonde Frau in Seidenstrümpfen zu sprechen: »Seit letzten Mittwoch bin ich schon auf der Suche nach ihr, ich habe nämlich eine Nachricht für sie.« Die junge Frau sah mich an, nahm ein Schlückchen von ihrem Kaffee. Dann rümpfte sie die Nase, als wollte sie sagen »Ich glaub dir zwar kein Wort, aber wenn du meinst«, und fing an zu erzählen.

Es stellte sich heraus, dass sie die Blonde vorher noch nie gesehen hatte, dass sie nach mir gefragt hatte, dass sie zusammen mutmaßten, was ich wohl mit meinem Gesicht angestellt hatte. Kim Basinger tippte auf einen eifersüchtigen Ehemann, der als Stärkster Mann der Welt beim Zirkus arbeitete, während Marieta pragmatischer war und darauf setzte, dass ich Gymnasiallehrer war und der Vater einer Schülerin aus der Abiturklasse mir unmissverständlich deutlich gemacht hatte, was er von den Schweinereien hielt, die ich mit seiner Tochter anstellte. Marieta gewann – *schlechte Zeiten für die Lyrik* –, weil ihre Version meine Anwesenheit in der Stadtbibliothek besser erklärte: Ich suchte dort bestimmt meine halbwüchsige Geliebte. Danach hatten sie sich voneinander verabschiedet, und sie war wieder zu ihren Notizen zurückgekehrt. Das war alles, woran sie sich erinnerte: »Wir haben ja nur ein paar Minuten geredet. Sie kam vor dir rein, das weiß ich, weil alle sie anstarrten, sie ist ja auch zweifellos eine atemberaubende Frau und fällt überall auf. Sie kam rein und fragte nach einem Buch, und einer der Bibliothekare, so ein sabbernder Frühpensionär – weißt du, was ich meine? –, sprang wie von der Tarantel gestochen von seinem Tisch auf, um sie zum Bücherregal zu begleiten. Ich habe mich dann wieder um meinen eigenen Kram gekümmert, weil ich nächste Woche eine Prüfung habe. Internationales Privatrecht hab ich schon fünfmal verhauen, und wenn ich mich jetzt nicht aufraffe, lassen sie mich ein sechstes Mal durchrasseln. Wie? Die Frau? Mein Gott, dich hats aber erwischt. Es ist also nicht so, wie es aussieht? Ha ha, da bist du bei mir aber an der falschen Adresse. Hältst du mich für völlig bescheuert? Also gut, ich verzeih dir noch mal, weil du mich auf den Kaffee eingeladen hast. Wo war ich? Ach ja, das Buch. Das war so ein komisches Philosophiebuch, oder so was in der Art, auf dem Einband war ein Renaissancegemälde, weißt du, was ich meine? Mit halb nackten Frauen, die so – sie fuhr sich mit der Hand die Taille entlang – in durchsichtigen Tüll und in Gaze gehüllt waren. Die sahen aus wie *Die drei Grazien* von Rubens, nur lange nicht so dick. Keine Ahnung, worum es in dem Buch ging, ich hatte zu wenig Zeit, um den Titel zu sehen, aber das dürfte einfach rauszukriegen sein. Frag doch den alten Lüstling, der es ihr herausgesucht hat, der ist immer da und lechzt hinter seinem Schalter den kleinen Mädchen hinterher. Tja, das ist alles, was ich weiß. Die Frau kam vor dir und ging eine Minute nach dir.«

Ich ließ Marieta in der Cafeteria zurück, wo sie mit ein paar Kommilitonen plauderte. Bevor ich mich verabschiedete, spielte ich noch einmal den wohlmeinenden väterlichen Freund: »Bleib nicht mehr so lange hier, wenn du dieses Fach nicht zum sechsten Mal in den Sand setzen willst. Und danke für die Information, du weißt gar nicht, wie sehr du mir geholfen hast.« Sie antwortete mit einem spöttischen Lächeln: »Viel Glück mit der Blondine! Ich würde ihr nicht allzu weit über den Weg trauen, aber das bleibt dir überlassen. Ach, Ricardo, falls sie nicht das sein sollte, was sie vorgibt, mein Angebot gilt!« Mich hat es schon immer gewundert, wie mühelos Frauen Rätsel entschlüsseln und im Dunkeln sehen. Sie haben einen katzenhaften Sinn für schwache Signale in Blicken und Posen, Schweigemomenten und Gesten. Da sind sie uns Jahrhunderte voraus. Das muss irgendetwas Genetisches sein oder eine zusätzliche Gehirnzelle, denn so etwas lernt man nicht, man hat es einfach oder man hat es nicht. Dafür gibt es keine Schule. Während ich aus Tafira herausfuhr, ließ ich mir Marietas Warnung durch den Kopf gehen: Vielleicht hatte sie recht damit, dass die Blonde nicht das war, was sie vorgab. Ich beschloss, mich vorsichtshalber in Acht zu nehmen.

Der alte Bibliothekar bediente mich lustlos, ohne sich von seinem Stuhl zu erheben. Erst als ich von Kim Basinger anfing, schien ein Leuchten in seine Äuglein zu treten. Ich hätte schwören können, dass er sogar andächtig seufzte, aber mich interessierte nur das Buch. Natürlich erinnerte er sich an sie, wie hätte er sie auch vergessen können, bei dieser Eleganz, diesem Auftreten: »Solche Frauen gibt es heutzutage nicht mehr. Sie suchte eine Abhandlung über die Erotik in der Kunst, merkwürdig, nicht wahr? Ein seltsames Buch. Ob es alt war? Nein, überhaupt nicht, ich glaube, es wurde Ende der Achtziger veröffentlicht. Es ist von einer gewissen L. Lawner und heißt *Die sechzehn Sinnesfreuden.* Ja, was für ein anregender Titel, finden Sie nicht auch? Wie bitte? Die Karteikarte der Frau? Also, äh, das ist vertrauliches Material, die kann ich Ihnen leider nicht geben. Ich kann Ihnen nur ihren Namen sagen: Evangelina, Evangelina Lynne. Ihr Vater ist Ire, wie sie mir sagte, daher also die Haarfarbe und der Akzent. Wie? Ja doch, sie sprach mit Akzent, einem ausländischen Akzent, auch wenn ihr Spanisch absolut verständlich war.«

Wütend machte ich mich aus dem Staub. Die Blonde hatte ihn gewaltig an der Nase herumgeführt, von wegen Irin, von wegen Lynne, von wegen Akzent. Ich bestand nicht darauf, dass er mir die Karteikarte gab, obwohl ich ihm sogar hätte androhen können, mit der Polizei wiederzukommen und seinen Schalter auseinanderzunehmen. Aber das hätte zu nichts geführt. Jede Wette, dass er sie noch nicht mal nach ihrem Ausweis gefragt hatte. Ich sah die Szene bildlich vor mir: Eine Frau wie ein Filmstar, die sinnlich die Hüften schwingt, mit den Wimpern klimpert, einen Schmollmund macht und, bestürzt über ihr schlechtes Gedächtnis, stottert: »*Wachten* Sie, wie dumm von mir! Jetzt habe ich doch tatsächlich meinen Ausweis in meinem *Apachtment* vergessen!« Wer hätte so jemandem schon misstraut? Und der Alte: »Machen Sie sich keine Sorgen, nehmen Sie das Buch mit und bringen Sie es wieder, sobald Sie können. Aber sagen Sie es keinem, obwohl das eigentlich egal ist, ich bin nämlich zufällig auch der Abteilungsleiter und vertraue, wem es mir gefällt. Und Sie gefallen mir, pardon, Ihnen vertraue ich.«

Die hatte wirklich Nerven.

Es war jedoch nicht schwierig, das Buch zu finden. Herausgebracht hatte es der Verlag *Temas de hoy*, im Jahr 1988. Und auf dem Titel – Marieta hatte ein gutes Auge für Kunst – prangte *Der Frühling* von Botticelli, aus den Uffizien in Florenz. Die Autorin, Lynne – daher also das Pseudonym – Lawner, analysierte eine Reihe von höchst erotischen Abbildungen und Gedichten aus der Renaissance. Sechzehn Sonette und ein Epilog, sechzehn sexuelle Stellungen und ein Kommentar, sechzehn Formen, sich langsam oder leidenschaftlich, zärtlich oder ekstatisch, sanft oder voller kriegerischer Inbrunst zu lieben. Hier lag der Schlüssel: Diese verfluchte Frau war Expertin in der Kunst der Sinnesfreuden, eine Venus, die den Freitag ehrte. Und sie alle waren ihr in die Falle gegangen: Mario Bermúdez, Carlos Ventura, Lucas Travieso. Bestimmt waren sie verblüfft über ihre Künste gewesen, bestimmt hatten Sie sich von ihr in ein verhängnisvolles Abenteuer hineinziehen lassen. Und jetzt bereitete sie bestimmt an irgendeinem Ort der Stadt ein neues Verbrechen vor. Genauso unbarmherzig, genauso grausam, genauso wohldurchdacht. Das Einzige, was ich – neben dem Namen des Opfers – noch herausfinden musste, war die Position, die sie für ihre Inszenierung wählen würde, die Stellung, für die sie sich entscheiden würde. Für die Nummer vier, *Die Kurtisane hilft ihrem Gefährten, sein Organ einzuführen?* Oder vielleicht für die Fünfzehn, *Der Mann trägt die Frau auf den Armen, während sie kopulieren?* Würde sie für das Opfer Verse rezitieren – *So ist es richtig, mein Teurer: stoß ihn mir von hinten hinein / stoß ihn tiefer, stoß ihn weiter, oh ja, aber spritze nicht! / O Penis, du treuer Gefährte! O heiliger Penis!* –, während sie es sich besorgen ließ? Das ergab doch alles keinen Sinn. Sicher war nur, dass der blonden Hexe noch fünf Tage für ihr Hexenwerk blieben.

Um halb eins kam ich ins Büro, wo Inés zwei Nachrichten für mich hatte: Eine von Álvarez, der sich Sorgen um mich machte und bei seinen Ermittlungen nicht so recht weiterkam, und die andere von Pablo Ferrera, dem Mann von der Zeitung. Ich hatte eine Antwort auf meine Anzeige erhalten, eine gewisse *Eva, ich kann auch noch die letzte deiner Lücken schließen.* Ich rief Pablo an und ließ mir von ihm die ganze Geschichte erzählen. Anscheinend war die Stimme am Telefon beeindruckt von meinen Vorzügen und wollte nun *in situ* herausfinden, ob sie der Wahrheit entsprachen oder Ergebnis überzogener Eitelkeit waren. Sie wollte sich mit mir verabreden, und Ferrera war meinen Anweisungen gefolgt und hatte ihr vorgeschlagen, Zeit und Ort selbst festzulegen. Eva entschied sich für Freitag um halb zehn im Irish Pub im Bulevar Monopol – wenn eine Bar erst einmal in Mode ist, kommt man anscheinend nicht mehr um sie herum. War das Ganze von Bedeutung? Vielleicht ja. Vielleicht war Eva die Mörderin. Vielleicht war es der Tag, an dem sie zuschlagen würde.

Vielleicht würde sie auf einen Angriff vorbereitet sein. Andererseits waren der Freitag und das Monopol ganz normale Eckdaten für ein Blind Date.

Ein Blind Date? Unmöglich. Wenn Eva die Frau aus der Bibliothek war, die Frau, die mir einen Schlag mit dem Hundestock versetzt hatte, die in meine Wohnung eingedrungen war, die die arme Salma gegen die Wand geknallt hatte, dann wurde nichts aus dem »Blind« Date. Diese Frau hatte sich jedes verdammte Muttermal auf meinem Rücken eingeprägt, hatte die Impfnarben gegen Scharlach auf meinem Hintern abgezählt. Wen wollte ich hier eigentlich an der Nase herumführen? Ich konnte unmöglich selbst zu dieser Verabredung gehen. Also musste ich jemand anderen an meiner Stelle schicken, jemand, den die gefährliche Blondine nicht kannte, jemand, den sie nicht mit mir in Verbindung brachte.

Pablo Ferrera war ganz und gar nicht begeistert von meinem unmoralischen Angebot. »Es gibt keine andere Lösung, ich schwörs dir, Pablo. Ich würde dich doch nie im Leben auf so eine Mission schicken, wenn ich selbst hingehen könnte. Da ist doch nichts dabei! Entweder du gehst hin oder uns geht die ganze Geschichte den Bach runter. Wo ist denn dein Abenteuergeist geblieben, wo ist denn die Utopie von einem Journalisten, die du früher warst, die du immer noch bist, von der ich weiß, dass du sie immer sein wirst? Das hier ist deine Gelegenheit, als der Mann in die Geschichte einzugehen, der Eva alias Kim Basinger alias Veronica Lake alias Evangelina Lynne geschnappt hat, was ungefähr so sein wird wie *Der Mann, der Liberty Valance erschoss,* nur ohne Schüsse. Ja, verdammte Scheiße, wenn ichs dir doch sage! Du spielst James Stewart« – ich widmete mein Plädoyer Elvira Verona –, »hast also den angenehmen Part, tauchst einfach auf, erntest den ganzen Ruhm und kriegst auch noch das Mädchen, während ich als John Wayne die Drecksarbeit übernehme, hinter einer Säule warte, um, wenn es sein muss, zu schießen, hinterher weiter in der Anonymität lebe und am Ende vor Einsamkeit sterbe. Wie? Ja, ich weiß, dass das am Anfang war und dass der Film in Rückblicken erzählt wird, das ist doch jetzt egal. Jedenfalls sterbe ich, oder etwa nicht?« Pablo war immer noch nicht überzeugt: »Mir kam James Stewart immer wie ein armer Tropf vor, Ricardo, der wurde doch immer nur verarscht.« Und ich: »Na gut, aber wenigstens ist er nie gestorben, oder? Wie? Ja, gut, am Anfang schon, in ein paar Western und in *Geburt einer Nation* und in der *Glenn Miller Story* – Scheiße, bist du kleinlich –, aber da sterben doch alle! Wenn sie kein Indianer umbringt, erfrieren sie oder verrecken an irgendeiner schlimmen Krankheit. *Carajo,* Pablo, jetzt lass den Quatsch! Willst du etwa behaupten, dass ich lüge? Wie bitte? Natürlich werde ich die ganze Zeit bei dir sein, weniger als zehn Schritte entfernt, versprochen. Ob du ein Mikro trägst? Natürlich. Und Polizisten? Nein, keine Polizisten, denen traue ich nicht, die machen zu viel Wind. Wenn die Blondine wirklich die Blondine ist und die Falle wittert, fängt vielleicht ihre Zündschnur Feuer und sie stellt irgendeinen Unsinn an. Besser, wir beide machen das unter uns aus. Auf jeden Fall müssen wir alles sorgfältig vorbereiten, uns bleiben fünf Tage. Wann würde es dir passen? Am Mittwoch hast du frei? Na, dann am Mittwoch. Bei mir zu Hause? Nein, besser bei dir, weil ich nicht weiß, ob mir die Frau noch hinterherspioniert, sie darf uns auf keinen Fall zusammen sehen. Gefährlich? Quatsch, was soll daran schon gefährlich sein?«

Nachdem ich Pablo Ferrera in Panik zurückgelassen hatte – er sagte, er fühle sich, als wäre ihm ein Trockenkuchen in der Kehle stecken geblieben –, rief ich Inspector Álvarez im Kommissariat an, um ihm von den Neuigkeiten zu berichten. Ich erzählte ihm von der verdächtigen Frau, von dem Buch mit den Liebesrezepturen, vom Hausfriedensbruch und der Sache mit der Katze und bat ihn, einen Mann für Malena abzustellen, und zwar einen, der diskret vorging, damit sie sich nicht unwohl fühlte oder Angst bekam. Ich sparte es mir ausnahmsweise, an der Arbeit der Polizei herumzukritteln, es war mir scheißegal, ob die Beschattung entdeckt wurde. Denn das war es ja, was ich wollte: die Mörderin abschrecken, wenn sie Malena zu nahe kam. Als Álvarez mich fragte, ob ich auch eine Eskorte wollte, spielte ich den Beleidigten: »Auf gar keinen Fall, Inspector, wie stehe ich denn dann vor meinen Detektivkollegen da! Sie sind wohl verrückt geworden! Nicht doch, ich komme schon allein klar. Ich hab sogar schon das Schloss ausgewechselt« – ich gab ihm eine Lüge zurück, die ich ihm seit der Sache mit Elvira Verona schuldete – »und Vorkehrungen getroffen. Wie bitte? Ach, das mit der Anzeige hat noch nichts ergeben, es hat sich noch keiner gemeldet« – jetzt stand es in der Lügenbilanz zwei zu eins für mich. »Ich glaube auch nicht, dass sie es tut, die ist ja schließlich nicht verrückt. Der ganze Aufruhr hat sie bestimmt erst mal verscheucht. Und jetzt? Deswegen rufe ich ja an. Ich habe gründlich über die Sache nachgedacht, und die einzige Lösung, die mir einfällt, ist, die Fluchtwege zu überwachen. Was? Nein, Álvarez, ich spreche nicht schon wieder in meinen Scheißrätseln, seien Sie doch nicht immer so ungeduldig, verdammt noch mal! Was ich sagen will, ist, dass sich die Mörderin, wenn sie diesen Freitag zuschlägt – und sie ist bestimmt schon ganz heiß drauf –, einen öffentlichen Ort dafür aussuchen wird. Seit sie weiß, dass wir ihr auf der Spur sind, hat sie keine Gelegenheit mehr gehabt, sich an jemanden heranzuarbeiten. Und so viele öffentliche Plätze gibt es in Las Palmas auch wieder nicht. Ich schlage also vor, dass wir uns die Arbeit teilen. Sie und ihre Männer nehmen sich beispielsweise das Gebiet um den Hafen herum vor – Plaza de la Victoria, Las Canteras, Santa-Catalina-Park usw. Sie und Ihre Männer kennen sich ja aus mit der Materie, schließlich sind Sie den ganzen lieben langen Tag hinter Gelegenheitsdieben und Zuhältern her. Ich überwache in der Zwischenzeit die Spelunken auf dieser Seite der Stadt – San Telmo, San Bernardo, Plaza de las Ranas –, da kenne ich mich aus wie in meiner Westentasche. Und morgen oder übermorgen, nein am Mittwoch kann ich nicht, besser am Donnerstag, komme ich bei Ihnen im Büro vorbei, und Sie machen mir einen Termin mit dem Künstler, den Sie ja sicher haben, damit wir ein Phantombild anfertigen können. Ich stelle mich als Verräter zur Verfügung, denn ich kenne die Gesichtszüge dieser verdammten Frau auswendig. Danach verteilen Sie das Bild unter Ihren Leuten, und dann schauen wir mal, ob wir Glück haben. Und wenn nicht? Tja, mein Freund, wenn nicht, befürchte ich sehr, dass uns am Samstagmorgen wieder der Gestank des Todes umweht.«

Der Inspector fand meinen Vorschlag gut – nicht, dass er besonders viel zur Auswahl gehabt hätte –, denn wenn er seine Karten geschickt ausspielte, war ihm eine entspannte Woche mit seinen Vorgesetzten sicher: Er konnte ihnen von dem Plan erzählen, den er ausgeheckt hatte, um die Serienmörderin hochzunehmen, sich mit seiner genialen Idee brüsten, seine Männer mit Besprechungen und Vorbereitungen beschäftigen, seine Waffe putzen und das Handbuch des guten Polizisten entstauben. Und falls er gläubig war – in all den Jahren, die ich mit ihm zu tun hatte, hat er nie auch nur ein Wort gegen die Religion verloren –, konnte er sogar beten, dass sich diese Schlampe mit ihrer nächsten Beute an einem der Orte verabredete, die wir abriegeln würden.

Ich für meinen Teil würde in den folgenden Tagen eine Menge zu tun haben. Am Dienstag leitete ich die leichte Hand eines jungen Zeichners an, der ungepflegt und bedrückt wirkte, weit auseinander stehende Augen und ein etwas trauriges Lächeln hatte. Sehr schnell traf er das Wesen und den machiavellistischen Ausdruck von Evangelina Lynne – ich hatte es vorgezogen, ihm nichts von der Ähnlichkeit der Frau mit Kim Basinger zu verraten, schließlich wollte ich nicht, dass diese Tatsache seine Objektivität oder, schlimmer noch, seinen Verstand trübte – und zeichnete ein Porträt, das einem Foto glich, so sauber war die Linienführung. Und am Mittwoch probte ich wie vorgesehen mit einem Journalisten, der zwar abenteuerlustig war, es aber ganz offensichtlich bereute, auf mich gehört zu haben – Ferrera schüttelte immer wieder den Kopf und wiederholte, die Sache sei keine gute Idee, er habe immer noch das Gefühl, ihm sei ein Kuchen im Hals stecken geblieben –, jeden einzelnen Schritt, den wir am Tag der Verabredung mit der Blondine machen würden.

Am Donnerstag nahm ich mir den Tag frei und vergewisserte mich, dass es Malena gut ging. Am späten Vormittag brachte ich ihr einen Blumenstrauß vorbei und entführte sie für eine halbe Stunde auf einen Kaffee. Als wir die Straße überquerten, gab ich dem Polizisten, der am Eingang der Postbank Wache schob – billiges Auto, müdes Gesicht, zwei oder drei leere Mineralwasserflaschen auf dem Beifahrersitz, ein Aschenbecher voller Zigarettenkippen und ein Kaugummi im Mund, um den hartnäckigen Tabakgeschmack loszuwerden: dieses Gefühl kannte ich gut –, unauffällig Zeichen, mit einer Geste, die keine Diskussionen zuließ: Keine Panik, ich kümmere mich schon um die Dame, du kriegst sie gleich wieder zurück. Und dann fuhr ich mit Malena zu einem nahe gelegenen Mittagslokal. Sie war nervös, und obwohl sie die Gelassene spielte, verrieten sie ihre hektischen Puppenspielerhände. Ständig fuchtelte sie herum, kniff sich in die Arme, strich sich den Rock glatt. Ich ließ sie erst einmal Dampf ablassen. Und als sie aufhörte, hastig und fast aufbrausend – ich hätte schwören können, dass sie in diesen Momenten weniger Angst, als unbezähmbare Wut verspürte – von den vielen Besorgungen zu erzählen, die sie an diesem Morgen erledigt hatte, schritt ich ein, um sie zu beruhigen, um über Dinge zu reden, die nichts mit der Gefahr zu tun hatten, um ihr ein weiteres Wochenende im Süden zu versprechen, all inclusive natürlich, und eine Reise nach Lanzarote, und, wenn alles vorbei war, zwei Wochen in London, mit Hyde Park und Carnaby und Bond Street und der Royal Albert Hall, wo wir ein fantastisches Ballett sehen würden, und einem Besuch im Zoo … »Ob es dort Pandabären gibt? Natürlich, du Dummchen, warum sollte es keine geben?« Malena hörte auf, sich um ihre eigene Sicherheit zu sorgen, und ging nach einem Orangensaft, der ein süßes Schaumbärtchen auf ihrer Oberlippe hinterließ, dazu über, sich um die meine zu sorgen. Woraufhin ich wieder den beschwichtigenden Schwindler spielte: »Was redest du da, Malena? Die Polizei ist ganz allein für die Suche verantwortlich. Ich habe mit Inspector Álvarez gesprochen, und er hat mir anvertraut, dass alles unter Kontrolle ist. Diese Frau ist reif, die macht früher oder später einen Fehler, und dann sind seine Leute da, um sich mit dem ganzen Gewicht des Gesetzes auf das Miststück zu stürzen. Komm schon, beruhige dich und wisch dir den Orangensaft von der Lippe.«

Als ich sie eine Stunde später wieder bei der Arbeit absetzte, hatte sie ihre Ängste fast vergessen und schenkte mir ein Lächeln, das von einem Ohr zum anderen reichte, und einen Kuss, der nach siebtem Himmel schmeckte, nach dem siebten Himmel, in dem ich mich früher befand, wenn Malena nach einem Streit an irgendeine Wand unseres Zimmers gelehnt wieder Frieden mit mir schloss, früher, als sie mich noch mit grenzenloser Leidenschaft liebte, als sie noch glücklich war, mich zu küssen, mich zu lieben, die Narben auf meinem Körper zu zählen. Den Rest des Tages verbrachte ich damit, an ihre Küsse zurückzudenken. Außerdem nutzte ich den freien Tag für eine Visite bei Großvater Colacho, der nach mehreren Tagen mit seinen Tischnachbarn vom *Casinillo* die gesunde Gesichtsfarbe und den Humor wiedergefunden hatte: »*Carajo,* du hast ja keine Ahnung, wie mies die drauf sind, denen geht es viel schlechter als mir. Seit ich ihnen von meinem Abenteuer im Krankenhaus erzählt habe, bin ich der Held, und sie fragen mich den ganzen Tag, in welcher Sprache der Tod mit mir gesprochen hat und ob am Ende dieses unheimlichen Tunnels, der ihrer Ansicht nach da unten irgendwo sein müsste, ein Licht brannte oder nicht. Ich sage denen immer wieder, dass der Tod stumm ist, dass es weder einen Tunnel noch eine Tür, noch sonst was gibt und dass man viel zu viel durchmacht, um nach irgendwelchen Lichtern Ausschau halten zu können, aber sie glauben mir nicht. Sie behaupten doch tatsächlich, dass nur wenige von dieser Begegnung mit dem Tod zurückkehren und ich der Einzige bin, den sie kennen. Also laden sie mich jetzt ununterbrochen zum Kaffee oder Rum ein, um mehr zu erfahren.« Colacho Arteaga war also bereits seit einer Woche der große Star, und der Ruhm hatte ihm die alte Unverfrorenheit zurückgegeben. Die bösen Omen hatte er fürs Erste gebannt. Er fragte mich nach dem Fall, von dem in allen Zeitungen die Rede war, und wollte wissen, ob wir bei der Ermittlung erste Fortschritte gemacht hätten. Er empörte sich über die Sache mit der toten Katze und hob eine Augenbraue ob der Verwegenheit der Lynne, die den Spieß umdrehte und ihrem Verfolger nachstellte: »Wie unverschämt, die kennt wohl gar keinen Anstand! Sieht aus, als würde sie mit dir spielen, und weil das bei dir, wenn es sich um Frauen handelt, nicht weiter schwer ist, tu mir bitte den Gefallen und sei vorsichtig, Ricardillo. Und versuch vor allem nicht, bei ihr zu landen, verstanden?

Schlag dir das lieber gleich aus dem Kopf, du weißt ja, dass du kein Händchen für Röcke hast. Keine Ahnung, woran es liegt, dass du immer alles vermasselst, aber entweder du übertreibst es gleich, oder du landest gar nicht erst bei der jeweiligen Dame. Und bei dieser Frau, die noch nicht einmal Respekt vor Tieren hat, wäre mir der zweite Fall lieber, wozu dich anlügen, mein lieber Enkel.«

12

Was sehr wohl landete, war der Freitag. Und mit ihm kam das wechselhafte Wetter des Nordens zurück: bleierner Himmel, lästiger Wind und hin und wieder Nieselregen. Während ich mich, inzwischen wieder schmerzfrei, mit heißem Wasser rasierte – Inés' Beulenpflästerchen würde ich wohl, zumindest vorerst, nicht mehr brauchen –, offenbarte sich mir im Dunst des Spiegels eine Vorahnung. Mit dem Handrücken wischte ich die Scheibe sauber, und da war sie und sah mir herausfordernd in die Augen und warnte mich: »Kein guter Tag für Entscheidungen, alter Freund.« In Romanen und Filmen überschlagen sich an solchen Tagen die Katastrophen. Leuchtende Vor- und strahlende Nachmittage sind für die Liebe reserviert, für Wiedersehensfreude, für Geigenmusik und Küsse. Wenn sich jedoch Unheil über den Protagonisten zusammenbraut, ziehen plötzlich, ganz gleich ob im Winter oder Sommer, Regen und Kälte und dunkle Nacht herauf, *dunkler noch, seit sie fort ist,* ist es plötzlich Zeit für dicke Mäntel, für finstere Straßenecken, für Messer. Als Carmen McRae im Radio *A Foggy Day in London Town* anstimmte, erinnerte ich mich an mein Versprechen, Malena mit nach London zu nehmen, damit sie dem Pandabär Apfelstückchen zuwerfen konnte. Heute glaube ich – eigentlich ist es sogar sonnenklar, wie Colacho sagen würde –, dass mir dieses Versprechen durch die brutalsten Momente dieses unendlich langen Wochenendes half. Ich war nicht bereit, es zu brechen, weder für Kim Basinger noch für sonst was in der Welt.

Ferrera wirkte so nervös, als würde er sich am liebsten die Nägel abkauen. Zumindest die acht, die er noch hatte, denn Pablo hatte bei einem Sägeunfall eineinhalb Finger eingebüßt. Für die Verabredung kleidete er sich ein wenig sorgfältiger als gewöhnlich. Unter der Jacke – »Aber dir darf nicht zu warm werden!« – trug er ein dunkles Hemd. Unter diesem Hemd wiederum – »Wenn du schwitzt, wird es unangenehm für dich!« – trug er ein ärmelloses T-Shirt. Und unter diesem T-Shirt – »Wenn es dich juckt, ignorierst du es! Komm ja nicht auf die Idee, dich zu kratzen, nicht dass du ein Kabel rausziehst!« – ein Geflecht hochsensibler Mikrofone, die ich vor einigen Monaten für einen anderen Fall besorgt und dann nie benötigt hatte, weil sich die Geschichte früher löste als erwartet. Ich hielt es jedoch nicht für nötig, Pablo unter die Nase zu reiben, dass dies nicht nur sein, sondern auch mein erstes Mal sein würde.

Wie man sich doch täuschen kann.

Achtundvierzig Stunden später würde ich an diese Szene zurückdenken, während ich nackt in einem dunklen, kalten Raum lag und mit dem blonden Tod über den schwarzen Tod plauderte. Aber an diesem Freitagnachmittag wollte ich, dass Pablo so gelassen wie möglich blieb, falls die Dinge aus dem Ruder liefen. Zu seiner Beruhigung testeten wir das Gerät dreimal, und es funktionierte alle drei Male. Es verfügte über eine Reichweite von fünfhundert Metern, weshalb ich ihm strikt verbot, die Gegend um den Bulevar Monopol zu verlassen: »Ihr habt ein halbes Dutzend Restaurants, wo ihr zu Abend essen könnt, ohne dass ich die Verbindung zu dir verliere, verstanden? Geh mit ihr zum Italiener auf der Plaza Cairasco, zur *Jamonería* auf dem Bulevar oder ins El Cucharón – das ist zwar teuer, aber die Rechnung reichen wir einfach an den Bürgermeister weiter. Oder du führst sie in dieses griechische Restaurant, das hinter der Plaza de Santa Ana aufgemacht hat, direkt bei dem vegetarischen Restaurant, oder in eine der Kneipen in der Altstadt. Wohin auch immer, solange du nicht das Auto nehmen musst, haben wir uns verstanden? Denk dir irgendeine Ausrede aus, sag ihr, dass dir im Auto schlecht wird, sag ihr, dass du abends gerne zu Fuß gehst, sag ihr, dass Vegueta im Frühling romantischer ist als Venedig das ganze Jahr über, weil man sich hier wenigstens nicht auf Schritt und Tritt die Füße nass macht. Sag ihr, was du willst, Hauptsache, ihr entfernt euch nicht aus diesem Radius. Falls die Drachenschnur zu Ende ist, musst du plötzlich dringend pinkeln, dann warte ich auf dem Klo auf dich und gebe dir weitere Instruktionen. Wie? Audiphon? *Carajo,* du hast wohl zu viel ferngesehen! Wie willst du denn so einen Knopf im Ohr verstecken? Was willst du ihr sagen? Dass du ein bisschen taub bist oder heute Abend die *Unión Deportiva* spielt? Ein Audiphon, mach dich nicht lächerlich, Pablo. Es ist wirklich nicht nötig, dass du mich hörst, der Lauscher bin ich. Wenn du mich brauchst, bin ich in einer Sekunde bei dir.«

Ich ließ ihn an *Opium* schnuppern, damit er sich mit dem Parfum der Blondine vertraut machte, falls es überhaupt eine Blondine war, falls es überhaupt *die* Blondine war. Dann bat ich ihn noch, auf alles zu achten, was ihm komisch vorkam, zum Beispiel eine Geste, ein plötzlicher Stimmungsumschwung, die Art, wie sie Teller und Besteck anordnete. Selbst die lächerlichste Kleinigkeit konnte helfen, sie zu erkennen. Wenn etwas dergleichen passierte, musste er es laut kommentieren, damit ich wusste, wie es um die Partie stand. »Aber du darfst auf keinen Fall, Pablo, hörst du mir zu? Du darfst auf keinen Fall offen die Spielzüge über den Äther schicken. Diese Frau ist schlau, die würde sauer werden. Du musst es ins Gespräch einfließen lassen, ganz beiläufig. Was weiß denn ich, zum Beispiel, dass sie dich an jemanden erinnert, an eine Ex-Freundin, die auch immer diese Geste machte oder die Hände so hinlegte. Aber übertreiben musst du es nicht mit der Anrufung, ich will nur ungefähr wissen, was gerade passiert. Und ich? Ich werde direkt um die Ecke sein.«

Der Plan war einfach. Zumindest dachte ich das, als ich Ferrera seine Anweisungen gab. Es ging darum, die Frau dazu zu bringen, sich – wie im Märchen – vor Mitternacht in die Karten blicken zu lassen, und dann der Spur ihres Glaspantoffels zu folgen, wo auch immer sie uns hinführte. Wenn die junge Frau Evangelina Lynne war oder wie zum Teufel sie sonst hieß, würde sie Himmel und Hölle in Bewegung setzen, damit er sie mit in seine Wohnung nahm. Und dort hatten wir den Schauplatz bereits vorbereitet: einige in der Wohnung verteilte Mikrofone, eine für den Notfall an einem strategischen Ort platzierte Pistole und einen im Blumentopf auf dem Hausflur versteckten Zweitschlüssel, für den Fall, dass ich im letzten Moment in die Wohnung eindringen musste. Wir legten sogar einen präparierten Strick ins Schlafzimmer, damit sie mit ihm ihre Fesselspielchen machen konnte, einen Strick, der sich mit einer abrupten Bewegung zerreißen ließ, die ich meinem Freund nun zeigte. Das Einzige, was ich nicht kontrollieren konnte – hier musste er sich der Gefahr tatsächlich allein stellen –, waren die Getränke. Ich warnte ihn davor, aus einem Glas zu trinken, das zu nahe bei der Frau stand, schließlich hatte sie schon bei den anderen Verbrechen ein Barbiturat verwendet, um ihre Opfer zu betäuben. Wir gingen den Plan mehrmals durch, um nichts dem Zufall zu überlassen. Und hörten erst auf, als ich merkte, dass ich ihn überzeugt hatte.

Es war zwanzig nach neun, als Pablo Ferrera auf der Terrasse des Irish Pub Platz nahm. Wer zuerst kommt, hat einen gewissen Vorteil, weil er die anderen Leute kommen sieht. Das ist wichtig, besonders, wenn man schnell handeln muss. Pablo bestellte ein kleines Bier und ließ sich niemanden entgehen, der die Bar betrat oder verließ. Man merkte ihm sein Unbehagen an, er hörte nicht auf, die Hände zu bewegen, neurotisch mit dem Hals zu rucken, mit den Fingern auf den Tisch zu trommeln. Als Nächstes bestellte er ein schwarzes, schäumendes Bier, das ihm von einer jungen Kellnerin gebracht wurde, die schon so lustlos war wie eine alte. Danach bestellte er Erdnüsse. Das Mädchen fand es offensichtlich überhaupt nicht lustig, dass er seine Bestellung häppchenweise aufgab, denn sie knallte ihm das Schälchen so heftig auf den Tisch, dass einige Erdnüsse danebengingen. Ferrera machte eine ironische Bemerkung, die die Kellnerin, ihrem Gesichtsausdruck nach zu schließen, nicht verstand. Um halb zehn erschien die Frau, pünktlich wie der Tod. Sie trug ein kurzes, beigefarbenes, ärmelloses Kleid, eine ausladende, dazu passende Tasche und ein türkisfarbenes, um die Schultern geschlungenes Tuch. Ihr Hinken war kaum wahrnehmbar, es war so schwach, dass selbst Pablo es nicht bemerkte. Sie wirkte kleiner als die Frau in der Bibliothek – sie trug flache Schuhe –, schlichter, naiver. Die andere Frau hätte bei ihrem Auftritt mehr Aufmerksamkeit erregt, hätte das Interesse der halben Bierkneipe geweckt. Sie hätte Getuschel ausgelöst, hätte die Blicke entflammt. Diese Frau hingegen ging sang- und klanglos an den Tischen vorbei. Sie war wunderschön, aber weder atemberaubend noch skandalös. Ich begann, an meinem ersten Eindruck zu zweifeln. In dieser Aufmachung wirkte sie unfähig, Böses zu tun. Es gab jedoch nicht den geringsten Zweifel daran, dass es sich um dieselbe Frau handelte, die den Bibliothekar erobert hatte: Evangelina Lynne. Verheerende Venus.

Diskret stellte sie sich vor, keine Küsse beim ersten Date. Stattdessen streckte sie die rechte Hand aus, um Pablo Ferreras Begrüßung entgegenzunehmen: »Angenehm, ich bin Eva, die Frau, die auf deine Anzeige geantwortet hat. Was dagegen, wenn ich mich setze? Ich habe einen ganz schönen Fußmarsch hinter mir.« Ihre Offenheit brachte Pablo ganz durcheinander. Er hatte von dem Mädchen mehr Temperament, mehr Elan erwartet. Schließlich gingen wir davon aus, dass sie versuchen würde, ihn umzubringen. »Ich bin Marcos, freut mich, dich kennenzulernen. Hast du Lust auf ein Bier?« Sie antwortete: »Ja, danke, ein *Tropical.*« Eva setzte sich und schlug unterm Tisch die Beine übereinander. Ihre Tasche legte sie auf einem leeren Stuhl ab. Dann schloss sie das Tuch über ihrer Brust, nahm eine Erdnuss und zerdrückte die Schale zwischen Zeigefinger und Daumen, um an die Nüsse heranzukommen. Sie erzählte die Geschichte, die man in so einem Fall erwartet: »Ich bin ein bisschen aufgeregt, weil ich sonst nicht auf Anzeigen antworte. Wirklich, das ist das erste Mal. Na ja, eigentlich das zweite, aber das andere Mal zählt nicht, weil die Anzeige von einem Neunzehnjährigen stammte, der sich als Dreißigjähriger ausgegeben hatte. Als ich ihn sah, kam ich mir vor wie eine Kinderschänderin, ich sags dir, das war ganz schön peinlich. Ich habe mir jedenfalls geschworen, es nie wieder zu tun. Aber dein Aufruf ist mir ins Auge gestochen, weil er von einem attraktiven Typen zu stammen schien, von einem reifen Mann, der keine Zeit verlieren will, von einem Junggesellen, der keine Lust hat, sich nachts irgendwo Mut anzutrinken, bis er sich traut, eine Frau anzusprechen und ihr zu sagen, wie hübsch sie im Mondschein aussieht.«

Die beiden unterhielten sich ungefähr eine Stunde lang miteinander. Pablo erzählte ihr, er sei Fotograf bei der Nachrichtenagentur EFE, sie sagte, sie sei Ballettlehrerin. Er berichtete von seiner ruhigen, etwas langweiligen Arbeit: auf Fernschreiben warten, die Nachrichten im Fernsehen verfolgen, die gesamte Presse lesen. Auf diese Weise sei er auch auf die Idee mit der Anzeige gekommen. Eva vergötterte – so drückte sie es aus – ihren Beruf, sie sei zum Tanzen geboren und lebe den Tanz ganz intensiv. Er sprudle aus ihren Fußspitzen – manchmal habe sie Angst, es zerreiße ihr die Sandalen – und verteile sich von dort wie ein gewaltiger Strom, wie ein verrückter Rausch durch ihren ganzen Körper. Und der

Körper der jungen Frau – das war das einzig Sichere in diesem Irrgarten aus Liebe und Tod – folgte einem anderen Rhythmus als ihr Gesicht. Er war eine einzige großspurige Einladung zur Sinnlichkeit, zu diesem sonderbaren, riskanten Spiel, das manche Frauen gelegentlich spielen, zu diesem subtilen Tauziehen zwischen einer Bewegung, die dich einlädt, und einem kalten Blick aus blauen Augen, der dich zurückweist, zwischen einer Geste, die dich anlockt, und einem Wimpernschlag, der dich verschmäht. Und das alles miteinander vermixt wie in einem Cocktailbecher.

Von meinem Posten auf den Stufen der Universitätsbibliothek aus, wo ich saß und vorgab, Zeitung zu lesen, konnte ich die beiden einigermaßen ungestraft beobachten. Ich hatte Pablo strikt verboten, mich mit den Augen zu suchen, und es kostete ihn – das merkte man – enorme Anstrengung, den Blick nicht von der Blonden abzuwenden. Ferrera riss sich zusammen, er bewahrte Haltung wie ein Mann. Nur einmal, als sie ihn nach dem Flugplan fragte, schien er zu erstarren: »Was für ein Flugplan?« Woraufhin Eva als gute Amazone beherzt die Zügel ergriff: »Jetzt mach nicht so ein bescheuertes Gesicht. Der Flugplan, ist doch klar: Wohin führst du mich zum Abendessen aus? Und wo gehen wir hinterher noch was trinken? Das ist der Flugplan. Bis dahin müssen wir ein Programm aufstellen, den Rest überlassen wir dem Schicksal.« Er nahm einen Schluck aus seinem Glas, weniger aus echtem Durst, als um die Sekunde Zeit zu gewinnen, die er für eine ehrenvolle Antwort brauchte. Dann stellte er das Glas auf dem Tisch ab und lächelte sie an: »Was würdest du denn gerne essen?« Sie spielte den Ball kokett zurück: »Ist mir ganz egal, ich esse alles gern und verschmähe nichts. Meine Kindheit war schön, aber ohne Luxus: Es gab immer reichlich, aber es wurde gegessen, was auf den Tisch kam. Wem es nicht schmeckte, der konnte den Mond anheulen.« Pablo runzelte mit einem Gesichtsausdruck zwischen Bewunderung und Zweifel die Stirn (»wenn das die gesuchte Mörderin ist, bin ich Napoleon«): »Was hältst du von dem vegetarischen Restaurant hinter der Kathedrale?« Eva lobte seinen guten Geschmack: »Ich liebe vegetarisches Essen!«

Also marschierten wir drei auf die andere Seite der Kathedrale. Pablo und Evangelina auf ein Sojaschnitzel und einen Karottensaft ins vegetarische Restaurant und ich zum Griechen gegenüber, wo ich einen unheilvollen Salat aus Tomaten und Petersilie – die grüne Spur, die er zwischen meinen Zähnen hinterließ, würde mir wenig später gewaltiges Kopfzerbrechen bereiten – und eine Moussaka verputzte. Das Gesicht des Kellners der beiden anderen konnte ich nicht sehen, aber mein Kellner zog ein erstauntes Gesicht, als ich den exzellenten Landwein verschmähte, den er mir anbot, und stattdessen stilles Wasser bestellte. Pablo und Evangelina sprachen lange angeregt über ihre Schuljahre und ihre ersten Exkurse in die Liebe. Ich ging, nachdem mich meine Zeitung zu langweilen begann, weil ich sie beinahe auswendig kannte, zur Speisekarte über. Das Restaurant gab es erst seit einem knappen halben Jahr. Es hieß Egeo, und obwohl es ein sehr kleines Lokal war, bekam man nicht das Gefühl, zu ersticken. Der Besitzer, Zisis, ein flinker kleiner Mann, der den Laden mit seiner Frau und seinem halbwüchsigen Sohn führte, hatte es auf intelligente Art und Weise eingerichtet: einige wenige Tische und viele Spiegel. Das Essen war hausgemacht und nicht besonders abwechslungsreich, aber es war offensichtlich, dass die Zutaten frisch und von guter Qualität waren. Ich vertrieb mir die Zeit damit, die Überschriften der Speisekarte in den verschiedenen Sprachen zu vergleichen. Auf vier Seiten wurden die Gerichte auf Spanisch, Englisch, Deutsch und natürlich Griechisch beschrieben. Das griechische Alphabet hatte mich schon immer interessiert, als Student machte es mir

Spaß, Texte zu entziffern und die griechischen Schriftzeichen mit unseren zu vergleichen. Während ich also Pablo und Evangelina dabei zuhörte, wie sie über Nichtigkeiten plauderten, versuchte ich, die Speisekarte der Gaststätte zu entschlüsseln. Auf der ersten Seite mit Gerichten war eine Griechenlandkarte abgebildet. Eine gemalte Lupe vergrößerte die Insel, von der der Besitzer stammte. Die Zeichnung erinnerte mich an die Comics von Asterix und Obelix. Neben der Insel stand in eigentümlichen, dunklen Großbuchstaben der Geburtsort von Zisis, ΣΑΜΟΣ, Samos, eine wunderschöne Insel in der Ägäis, Wiege der Göttin Hera.

Als der Salat kam, legte ich die Karte weg, die schließlich in einer Ecke des Tisches neben der Menage für Essig und Öl und der halb vollen Wasserflasche landete. Das Bild der auf dem Kopf stehenden Inselkarte setzte sich in mir fest, aber ich maß ihm keine größere Bedeutung bei, weil ich wieder alle meine Sinne auf das Gespräch konzentrieren musste, das ich ausspionierte. Meine Sinne waren an diesem Abend aber wohl nicht fein genug, wie sonst ließe sich erklären, was danach passierte. Zunächst einmal wog ich, um ja kein Detail zu verpassen, jedes Wort des Journalisten und der Tänzerin so sorgfältig ab, dass ich andere Geräusche vernachlässigte, die mich hätten misstrauisch machen müssen.

Zum Beispiel ein Gegenstand, vielleicht die Handtasche der jungen Frau, der vom Tisch fällt; und, eine Sekunde später, das Beiseiterücken eines Stuhls, als sich Pablo bückt, um die Tasche aufzuheben; und dann zwei Gläser, mit denen auf einen wunderbaren Abend angestoßen wird, eine Idee, die natürlich von ihr stammt. Es war klar, dass die Gottesanbeterin mit ihrem Paarungsritual begonnen hatte – heute habe ich keinen Zweifel mehr daran, dass sie irgendein Schlafmittel in Pablos Glas schüttete –, aber ich war bereits zu sehr mit etwas beschäftigt, das mit der Insel auf der Speisekarte zu tun hatte, etwas, das mir im Kopf herumging, ohne dass ich es fixieren konnte. Es war wie bei diesem seltsamen Gefühl, etwas schon mal erlebt zu haben, das gerade erst passiert. Und zu allem Überfluss ertastete meine Zunge, nachdem der Kellner den Salat abgeräumt hatte, ärgerliche Petersilienreste zwischen den Zähnen, was mich endgültig aus dem Takt brachte.

Erst auf der Toilette des griechischen Restaurants ging mir ein Licht auf, aber zu meinem Unglück war es bereits zu spät. Zuerst offenbarte sich mir die Lösung des Rätsels um den griechischen Buchstaben, und dann brach das Chaos aus. Als ich nach dem Handtuch griff, um mir die Hände abzutrocknen, war in Marineblau der Anfangsbuchstabe des Lokals auf den Stoff gestickt, allerdings in der griechischen Version. Es war kein »S«, sondern ein »Σ«, ein Sigma oder, was dasselbe ist, ein auf der Seite stehendes »M«, das unserem Großbuchstaben »E« sehr ähnlich ist. Ich war von Anfang an auf der falschen Fährte gewesen, hatte hartnäckig an der falschen Stelle gegraben. Ich hatte nach einer Mörderin gesucht, deren Name mit »M« anfing, dabei war es in Wirklichkeit von Anfang an um ein »E« gegangen. Um ein »Σ« wie Eva. Die Entdeckung löste eine derartige Erregung in mir aus, dass ich erst einige Momente später bemerkte, was für ein Tumult am anderen Ende des Mikrofons ausgebrochen war. Es waren verschiedene Stimmen zu hören, von denen einige sehr erregt klangen. Die von Pablo hörte ich nicht heraus. Jemand bat um Hilfe für einen Gast, der in Ohnmacht gefallen war. Evas Stimme erklärte mit überzeugender Ruhe, dass das nicht nötig sei und er nur ein wenig frische Luft brauchte, um wieder zu sich zu kommen. Eine weitere weibliche Stimme, die sehr viel hektischer klang, stellte sich als Krankenschwester vor. Eva antwortete erneut, man solle sich keine Umstände machen, »ihrem Mann« sei das schon öfter passiert, es sei nichts Ernstes. Als die anderen Gäste antworten wollten, hatte sie bereits das Abendessen bezahlt und war auf der Straße, noch bevor irgendjemand – geschweige denn ich – reagieren konnte.

Ich verließ die Toilette, ohne mir die Hände fertig abzutrocknen, legte dreißig Euro auf meinen Tisch und bedankte mich bei Zisis für die zuvorkommende Behandlung und das ausgezeichnete Essen, ohne auf das Wechselgeld zu warten. Ich trat genau rechtzeitig auf die Gasse hinaus, um mit der Machtlosigkeit der ganzen Welt beobachten zu müssen, wie die Frau an der Calle Mendizábal um die Ecke bog und dabei mit dem rechten Arm einen völlig willenlosen Ferrera stützte. Ich rannte hinterher und betete, dass Pablo schwach genug war, um die Schritte der Frau zu bremsen. Aber als ich an der Calle Mendizábal ankam, war von den beiden keine Spur mehr zu sehen, es war, als habe sie der Asphalt verschluckt. Immer wieder lief ich die Straße auf und ab, doch vergeblich. Ich ging in Bars und Kneipen, fragte einen vor Schmutz starrenden Autowäscher und eine Bande von Jugendlichen, die aus einer gemeinsamen Flasche tranken. Keiner konnte mir etwas über den Verbleib des Paares sagen. Sie konnten unmöglich Zeit gehabt haben, ein Taxi zu nehmen. Es war auch unmöglich, dass die Frau ein Auto bereitgestellt hatte, schließlich hatte Pablo das vegetarische Restaurant vorgeschlagen. Unmöglich, dass jemand auf sie gewartet hatte, die Frau arbeitete allein. Die einzig mögliche Erklärung war, dass sie einen Hausflur betreten hatten. Also überprüfte ich die Türen und spähte durch die Glasscheiben, um zu sehen, ob noch Licht brannte. Ich fragte eine Frau, die am Fenster eine Zigarette rauchte, ob sie einen Mann und eine Frau gesehen habe. Sie bedeckte sich, damit ich ihren Unterrock nicht sah, und schrie etwas, das klang wie: »Wen interessiert das schon, bei dem verdammten Lärm, der hier jedes beschissene Wochenende herrscht!« Sie schien wirklich sauer zu sein.

Endlich kam mir eine Stimme zu Hilfe, die zwar nicht besonders nüchtern war, aber dafür nützlich. Ein Typ, der Speis und Trank reichlich zugesprochen hatte – Bierbauch, Säuferstimme, getrübter Blick, Zwiebelatem, am Schädel klebende Haare und bernsteinfarbene Schweißflecken unter den Achseln –, erzählte mir, dass er gesehen habe, wie ein seltsames Paar die Straße überquerte und in einem Durchgang verschwand, der zu einigen halb zerfallenen Häusern führte, die die Stadtverwaltung nie abgerissen hatte. Atemlos vom Rennen kam ich dort an, hielt kurz inne, um Luft zu schöpfen, und nahm nebenbei das Gelände genauer unter die Lupe. Es handelte sich um ein altes, verlassenes, zweistöckiges Gebäude mit einem kleinen verwahrlosten Garten hinter einem rostigen, windschiefen Gatter. Es war schon so krumm, dass ein leichter Stoß genügte, damit es nachgab. Ein kleiner Pfad – *ausradiert von der Zeit* – aus zerbrochenen Steinplatten, Schlamm und Sandstein führte zum Haus. Die meisten Glasscheiben der Haustür waren kaputt. Es roch nach verfaultem Holz und altem Urin, der Garten hatte sich im Laufe der Jahre in die Privatlatrine der Gäste aus den umliegenden Bars verwandelt. Ich musste einige Sekunden warten, bis sich meine Augen an die Dunkelheit gewöhnt hatten. Dann betrat ich vorsichtig mit gespitzten Ohren das Haus, wo mich das Knarren von Holzpflöcken und Bohlen empfing. Ich war jedoch mehr darum bemüht, selbst etwas zu hören, als darum, dass mich niemand hörte.

Ich zog ein Feuerzeug aus der Tasche, machte es an und sah mich vier Zimmern und einer Treppe am Ende eines kleinen Absatzes gegenüber. Bei meinem Rundgang durch die Zimmer bemühte ich mich, nur die am wenigsten vom Holzwurm zerfressenen Zonen zu betreten. Es war keine Menschenseele zu sehen. In einem der Zimmer fand ich eine Reihe auf dem Boden ausgebreiteter Kartons und mehrere alte Decken und Zeitungen. Die Bettler hatten diese Herberge in Besitz genommen und gingen um diese Zeit vermutlich auf der Calle Mayor ihrem Broterwerb nach. Ich ging weiter bis zur Treppe. Durch die abgebröckelten Stellen im Dach blitzte hie und da ein zorniger Mond. Draußen waren eine Autohupe und lautes Geschrei zu hören. Beschimpfungen, Gerenne, Türenschlagen. Erneutes Hupen. Eine Diskussion, die drohte, in eine offene Auseinandersetzung auszuarten. Ich nutzte den Radau dazu, die ersten Stufen hinaufzugehen. Plötzlich wurde die Stille im Obergeschoss von einem Zusammenprall, einem auf dem Boden aufschlagenden Körper und schließlich einer zum hinteren Teil des alten Hauses rennenden Person unterbrochen. Als ich auf halber Höhe der Treppe angekommen war, mischte sich ein gedämpftes Geräusch unter den Lärm von draußen. Es klang wie aufgeregtes, heiseres Atmen, irgendjemand verschluckte sich. Dann ein erstickter Hustenanfall. Der zweite Stock war genauso aufgeteilt wie der erste: Von einem kleinen Treppenabsatz gingen die Türen zu vier Zimmern ab. Ich folgte dem Widerhall der Atemgeräusche, der mich zum letzten Zimmer auf der linken Seite führte. Als ich dort ankam, sah ich eine auf dem Boden ausgestreckte, zappelnde Silhouette und einen zweiten Körper, der sich über sie beugte.

Ich wollte nicht so lange warten, bis ich die Szene in der Dunkelheit anvisiert hatte, und stürzte mich mit noch getrübter Sicht auf diese zweite Silhouette. Ich packte sie beim Genick und warf sie zu Boden, wo wir herumrollten. Ich spürte, wie sich ein Ellenbogen in meine Rippen bohrte. Mit einem Fausthieb warf ich die Gestalt von mir runter. Sie verteidigte sich instinktiv, indem sie unbeholfen um sich schlug. Dabei wiederholte sie ununterbrochen mit einer Stimme, die mehr Mitleid als Angst erregte: »Ich war es nicht, ich schwöre Ihnen, ich war es nicht!« Mehr noch als diese Worte, die ich kaum verstand, war es der ekelerregende Gestank, der mich innehalten ließ. Und da verstand ich. Mein Gegner war keine Frau, sondern ein Mann: ein zerlumpter, dreckiger Vagabund, ein armer Teufel, der noch größere Angst hatte als ich – wenn das zu diesem Zeitpunkt überhaupt möglich war. Eine Standfestigkeit vortäuschend, die ich nicht fühlte, fragte ich: »Was zum Teufel haben Sie hier zu suchen?« Etwas beruhigter antwortete er: »Ich schlafe hier, im unteren Stock, mit ein paar Kumpels. Der knarrende Holzboden hat mich aufgeweckt, deshalb bin ich hochgegangen, um zu sehen, was los war. Dann hat mich jemand gestoßen und ist die Galerie entlang Richtung Hinterhof gerannt. Später habe ich dann diesen halb toten Kerl gefunden. Er hatte ein Tuch um den Hals gebunden. Ich wollte es ihm gerade abmachen, als Sie mich angegriffen haben.«

13

Bei Tageslicht wirkte der alte Kasten weit weniger geheimnisvoll. Durch das Dach und die großen Fenster drang überall Licht. Sogar der üble Zersetzungsgeruch schien mit der Morgenluft verschwunden zu sein. Ich kniete gerade vor einer Öffnung in der Wand und überprüfte, von wo aus Eva gesprungen war, schätzte die Höhe ab und untersuchte die Spuren ihrer Sandalen, als Inspector Álvarez am Tatort erschien. Er zog ein strenges Gesicht, biss die Zähne zusammen und zählte bis zehn, bevor er mir den Marsch blies, was ich, wozu es leugnen, mehr als verdiente. Dann zog er eine Pille aus der Hosentasche und steckte sie sich in den Mund. »Weißt du eigentlich, was du da getan hast, Ricardo? Wenn der Journalist gestorben wäre, hätte ich dich wegen fahrlässiger Tötung festnehmen müssen. Ich hätte nicht einmal besonders zungenfertig sein müssen, um einen Richter dazu zu bewegen, dir die Lizenz zu entziehen und dich ein paar Jahre in Salto del Negro einzulochen. Was hast du dir bloß dabei gedacht?«

Mühsam – mir taten immer noch die Rippen weh vom Gerangel mit dem Bettler – stand ich auf, blickte ihm in die Augen, die hart waren wie Felsbrocken, und versuchte, eine Entschuldigung vorzubringen: »Es tut mir leid, Inspector, ich glaube, ich habs vermasselt. Wir hatten sie schon sicher, aber sie ist schlauer, als ich dachte, und schneller, obwohl sie humpelt. Ich wollte sie auf frischer Tat ertappen, wollte verhindern, dass sie wegen irgendeiner juristischen Fußangel ungeschoren davonkommt. Deshalb kam mir die Idee, ihr eine Falle zu stellen. Ich hätte sie schon im Restaurant schnappen können, aber wir hatten nichts gegen sie in der Hand. Was hätten wir ihr schon vorwerfen können? Ein Buch aus der Bibliothek gestohlen zu haben? Die einzige Möglichkeit war, dass sie es bei Ferrera versuchte, und …«

»Es versuchte? Und wie sie es versucht hat! Und um ein Haar hätte sie es auch geschafft.«

»Das stimmt schon. Aber Pablo ist schließlich mit dem Schrecken und einem blauen Fleck am Hals davongekommen.«

»Dir hat er das jedenfalls nicht zu verdanken, verdammte Scheiße! Du immer mit deiner Manie, allein zu arbeiten. Und uns hast du ans andere Ende der Stadt geschickt, damit du dir wieder mal eine Medaille verdienen kannst. Und wann hattest du vor, uns zu rufen?«

»Es war alles genau kalkuliert.«

»Kalkuliert nennst du das, Ricardo? Zur Hölle mit deinen Kalkulationen! Zur Hölle mit dir und dieser Frau! Du hast mit dem Feuer gespielt und hättest dich um ein Haar selbst in Brand gesteckt. Du hast nicht nur die Zeit der Polizei und das Geld der Steuerzahler verschwendet, sondern uns auch um die ideale Gelegenheit gebracht, sie zu schnappen. Und zu allem Überfluss ist das Opfer auch noch Journalist, ich will gar nicht wissen, was für Beleidigungen die uns morgen in den Zeitungen um die Ohren hauen.«

»Die Zeitungen werden eine Pressenotiz veröffentlichen, in der steht, dass die Polizei über alles Bescheid wusste, dass ich zuerst zum verlassenen Haus kam und ihr fünf Minuten später eingetroffen seid, dass wir uns die Arbeit geteilt hatten und es reiner Zufall war, dass die Frau in der Zone in Aktion trat, die ich überwachen sollte. Pablo wird die Meldung bestätigen, überlassen Sie das nur mir.«

»Dir überlassen? So wie gestern Nacht?«

»Das mit gestern Nacht war eine Riesenpleite. Aber eine, die ich verbockt habe. Wenn Sie am Zuge gewesen wären (das werde ich aussagen), hätten wir sie schon geschnappt. Dessen ungeachtet haben Sie jetzt zumindest einen Grund, sie festzunehmen: wegen versuchten Mordes.«

»Und wer wird das bezeugen?«

»Ebenfalls ich. Und ein Stadtstreicher, der sich hier in der Gegend herumtreibt. Und ein halbes Dutzend Zeugen, die gestern Abend im vegetarischen Restaurant waren, darunter eine Krankenschwester, die gesehen hat, wie Eva Wie-auch-immer-ihr-Nachname-ist Pablo mit deutlichen Vergiftungserscheinungen aus dem Lokal zerrte. Sie wird außerdem bezeugen, dass die Frau log und Pablo als ihren Mann ausgab. Und wer einmal lügt, lügt immer. Mit den Fingerabdrücken, die ihre Männer am Halstuch gefunden haben, und den Ergebnissen von Ferreras Untersuchung, die, was das Barbiturat betrifft – und dafür lege ich meine Hand ins Feuer –, mit den Ergebnissen der anderen drei Leichen übereinstimmen werden, haben Sie nicht nur Ihre Mörderin und deren Modus Operandi, sondern auch alle nötigen Beweise. Fehlt nur noch das Motiv.«

»Das Motiv und die Mörderin.«

Da musste ich Álvarez recht geben. Die Fingerabdrücke auf dem Halstuch würden mit denen im Polizeiarchiv verglichen werden. Aber ein paar einzelne Fingerabdrücke bringen gar nichts: Wenn der Mörder nicht vorbestraft ist, steht man wieder bei null. Und Eva hatte keine Vorgeschichte, es war ihr erstes Verbrechen. Für eine Anfängerin war sie gar nicht schlecht, drei auf einen Schlag, vier, wenn der Bettler nicht gewesen wäre. Wir standen wieder fast genauso da wie am Anfang. Als Vorsichtsmaßnahme wurde das Phantombild, das wir von der Frau hatten, in der ganzen Stadt aufgehängt. Mit etwas Glück und der Mithilfe der Bürger würde man sie in ein paar Tagen festnehmen. Meine Sorge bestand jedoch darin, dass die gefährliche Blondine wieder in Aktion trat, bevor jemand sie anzeigte. Der Gedanke machte mir nicht nur Sorgen, er bereitete mir auch schreckliche Schuldgefühle. Álvarez versicherte mir, dass Malena immer noch von einem seiner Männer bewacht wurde. Trotzdem rief ich sie an, um mich zu vergewissern, dass es ihr gut ging. Dann ging ich ins Büro, um aufs Neue meinen Computer zu durchforsten. Ich wollte noch einmal die ungelösten Fälle durchgehen.

Mit der Hilfe des Inspector konnte ich nicht rechnen. Er hätte mich zum Teufel gejagt, noch bevor ich meine Frage zu Ende formuliert hätte. Also erwartete mich eine lange, anstrengende und einsame Exkursion durch die digitale Presse. Ich machte mir einen Schluck Kaffee heiß, der noch in der Thermoskanne war, setzte mich vor den Bildschirm und klickte die Datei an, die mir Álvarez geschickt hatte. Sie enthielt eine Liste von Namen, Fällen und Spuren: *Der Strom, der sich endigt in dem Meer, das heißt Tod.* Auf einem Block notierte ich alle Daten, die mir von Nutzen sein konnten. Danach ging ich auf die Internetseite einer der Lokalzeitungen und glich die Daten mit den Meldungen ab. Und dieses Mal setzte ich nichts voraus, jede Information konnte sich als lebenswichtig erweisen. Eine nach der anderen überprüfte ich die Verbrechensmeldungen. Dabei schloss ich nach und nach gelöste Fälle, eindeutige Fälle und Fälle aus, die keinerlei Verbindung zu unserem aufwiesen. Aber erst, nachdem ich sie alle von A bis Z durchgelesen hatte.

Bei Nummer 3, 7 und 8 handelte es sich um alte Frauen, von denen zwei von ihren eigenen Söhnen vergewaltigt worden waren. Die dritte Frau war ans Bett gefesselt und dem Hungertod überlassen worden. Man hatte sie erst fünfzehn Tage nach ihrem Tod gefunden, und die Schuldigen verbüßten mittlerweile ihre Strafe im Gefängnis. Bei den drei letzten Ermittlungsverfahren auf der Liste waren die Opfer Minderjährige. Auch hier waren Familienangehörige verwickelt: ein Vater, ein Stiefvater, ein Onkel. Sie waren ebenfalls verurteilt worden. Einer der Namen kam mir bekannt vor: Ich ging meine Aufzeichnungen durch, und es dauerte nicht lange, bis ich auf ihn stieß. Es handelte sich um einen Kerl, der die Tochter seiner Freundin vergewaltigt hatte, seit das Mädchen elf Jahre alt war, so lange, bis sie sich mit fünfzehn endlich traute, ihn anzuzeigen. Vier Jahre Hölle und Stillschweigen. Am Ende war er zu zwölf Jahren Gefängnis verurteilt worden, von denen er kaum zwei Monate genießen konnte. Nach fünfzig Tagen fand man ihn erhängt in seiner Zelle, zusammen mit einer handgeschriebenen Mitteilung, in der er für all die Gräueltaten, die er in seinem Leben begangen hatte, um Verzeihung bat. Keinem fiel auf, dass der Mann Analphabet war. Es interessierte auch keinen, denn zum Glück sind Gesetz und Gerechtigkeit nicht dasselbe. Und selbst unter gesetzlosen Individuen existiert so etwas wie Gerechtigkeit, auch wenn sie primitiv und undurchsichtig wirkt. Unter Verbrechern gilt ein Ehrenkodex, nach dem jemand, der seine Frau und seinen besten Freund im Bett erwischt und umgebracht hat, zum Helden erklärt wird, zum Mann des Jahres, während einer, der ein kleines Mädchen von elf Jahren vergewaltigt, Abschaum ist, reiner Dreck, der es verdient, am Ende eines Stricks zu baumeln.

Ich kehrte zum Computer zurück, um meine Ermittlungen weiterzuverfolgen. Es gab ein halbes Dutzend Fälle von sexuellem Missbrauch in kleinen Dörfern, in denen offenbar noch Endogamie praktiziert wurde. In einen Fall waren sogar drei Mitglieder derselben Familie verwickelt. Die Opfer hatten natürlich immer das gleiche Profil: Sie waren fast noch Kinder, sie schwiegen und sie hatten Angst. Und teilten das gleiche Schicksal: Sie endeten alle als verbitterte Frauen, von denen einige zuließen, dass sich die Geschichte wiederholte, indem sie ihren Ehemännern ähnlichen Missbrauch durchgehen ließen. Mir wurde der Kaffee im Magen sauer. In was für einer Welt lebten wir eigentlich? Ich dachte an das Gespräch mit meinem Großvater zurück, bei dem ich das Thema

Tod auf den Tisch gebracht hatte, um ihn zu ärgern. Ich dachte an Colachos Bemerkung, dass das Leben auch zu lange dauern konnte. Warum zu lange? Weil man dem schrecklichen Schauspiel beiwohnen musste, in das es sich manchmal verwandelt?

Ich wandte mich wieder den drei Vorfällen zu, die schon beim letzten Mal meine Aufmerksamkeit erregt hatten: dem mit der Frau, die von einer Bande Jungspunde vergewaltigt und auf einem offenen Feld in Jinámar liegen gelassen worden war; dem mit dem Mädchen aus guter Familie, dessen Vater die Angelegenheit vertuschen wollte, um auf obszöne Weise nicht etwa seiner Tochter, sondern sich selbst die Schande zu ersparen; und der Nummer fünf, der Sache mit meiner Freundin Elvira Verona. Der erste Vorfall wurde vor Gericht gelöst: Elf Monate nach der Vergewaltigung berichtete die Zeitung vom Verfahren gegen die vier »mutmaßlichen« Angreifer. Der Prozess hatte damals für Aufsehen gesorgt, weil zwei der Jungen in der Zeit zwischen Straftat und Verfahren volljährig geworden waren. Es hatte sich zum Streitpunkt zwischen Staatsanwalt und Anwalt der Verteidigung entwickelt, wie viele Jahre man verhängen konnte und wo die Strafe abgesessen werden sollte. Auf alle Fälle hatte jener Vorfall nichts mit dem zu tun, der mich auf den Pfad der Verbitterung geführt hatte.

Der Vater des zweiten Opfers hatte, wie ich bereits sagte, Himmel und Hölle in Bewegung gesetzt, damit nicht eine Zeile über die Ungerechtigkeit veröffentlicht wurde, der seine Tochter zum Opfer gefallen war – besonders, weil er sonst hätte erklären müssen, was das Mädchen um drei Uhr morgens auf einem verlassenen Grundstück auf dem Rücksitz eines Lieferwagens mit einem Surfer trieb. Trotzdem war nicht schwer zu erraten, um wen es sich handelte. Die Familie war in Las Palmas bekannt genug, um die Sache verschleiern zu können: Der Großvater des Mädchens war eine wichtige Persönlichkeit der Francozeit gewesen und hatte sich immer dort aufgehalten, wo er in Sicherheit war und ein Stück vom Kuchen abbekam; einer ihrer Onkel war, inzwischen zum Demokraten recycelt, Abgeordneter in den Cortes; und ihr Vater war ein berühmter Bauunternehmer mit unschätzbarem Privatvermögen. Dessen ungeachtet genügten mir ein paar Anrufe, um diese Verdächtige auszuschließen. Das Mädchen – mittlerweile wusste ich, dass sie Silvia hieß – lebte in Madrid, weil ihre Eltern nach der Sache mit Jinámar beschlossen hatten, dass sie ihr BWL-Studium besser auf dem Festland beendete. Anscheinend hatte sie Las Palmas seit einem Jahr nicht mehr betreten.

So kam es, dass ich mich wieder der Akte Elvira gegenüber sah. Alle meine Wege führten nach Verona, nicht nach Rom. Da war sie wieder, die Garagenepisode, die Inspector Álvarez so erschüttert hatte. *E.V.P.,* Elvira Verona Pallarés, die Frau eines Polizisten. Komm schon, Schätzchen, erzähl mir was, was ich noch nicht weiß! Irgendetwas entging mir. Was konnte ich schon verlieren, wenn ich den Bericht noch einmal las, wenig überzeugt, aber Zeile für Zeile. Und in Zeile vierzehn stieß ich unverhofft auf einen Schwindel, auf einen Zufall, auf eine bei den Haaren herbeigezogene Mutmaßung, auf ein »Und was wäre, wenn?«. Elvira war von einer Nachbarin gefunden worden, als diese am frühen Morgen (!) von ihrer Tanzstunde nach Hause kam. Die Meldung wurde von einem Foto begleitet, auf dem ein schwach beleuchteter Parkplatz zu sehen war. Dabei handelte es sich mit Sicherheit um ein Archivfoto. Sonst gab es keine bildlichen Darstellungen: weder vom Opfer noch vom mutmaßlichen Angreifer, noch von der Hauptzeugin. In den darauffolgenden Tagen widmete die Zeitung dem Gesundheitszustand von E.V.P. einzelne Zeilen, aber das war es dann auch.

Es war halb vier am Samstagnachmittag, und ich war mehr tot als lebendig. Ich war übermüdet, hatte Hunger und mir taten die Knochen weh vor Kälte. Aber der Zweifel ist eine Schmeißfliege, die dir nicht von der Seite weicht. Ich musste das Rätsel um die nächtliche Tänzerin lösen. Handelte es sich etwa um dieselbe, die Pablo Ferrera angegriffen hatte? Und falls dem so war, hatte dann ihre kriminelle Energie etwas mit Elviras Vergewaltigung zu tun? Ich musste mich auf die letzte Runde vorbereiten. Ein Anruf in Elviras Kanzlei brachte die Bestätigung, dass sie samstags nicht arbeitete. Es ging nur das Band dran. Also schaltete ich den Computer aus, schloss das Büro ab und fuhr zu ihr nach Hause. Unterwegs hielt ich an einer Konditorei, um einen Happen zu essen. Sie machte gerade zu, aber der Verkäufer schien Mitleid mit mir zu haben und schloss noch einmal auf, um mir ein paar Kanapees und eine Cola zu servieren, die ich wie ein Verdurstender in einem Zug leerte. Ich bedankte mich überschwänglich für seine Freundlichkeit und verabschiedete mich mit einem Trinkgeld, das auf einem Tellerchen auf der Theke liegen blieb, weil er sich nicht mal die Mühe machte, es an sich zu nehmen. Die Straßen von Las Palmas waren fast menschenleer, um diese Zeit waren kaum zwei oder drei Autos unterwegs. In diesem Land werden nun mal wenige Traditionen so strikt eingehalten wie die Siesta. Und am Samstag nimmt sie sogar Züge eines religiösen Dogmas an, das mehr Anhänger hat als die Zwölfuhrmesse oder die Fastenzeit oder die Osterprozession.

Dementsprechend schläfrig war die Stimme am anderen Ende der Sprechanlage. Es war Elvira, aber sie klang nach Schlaf, ihre Stimme war gepresst und heiser: »Ja bitte? Wer ist da?« Ich antwortete: »Hier ist Ricardo Blanco. Wir haben uns letzten Freitag kennengelernt, erinnerst du dich noch an mich? Wir sind zusammen um die Häuser gezogen.« Es dauerte eine Weile, bis sie antwortete, und ich wusste nicht, ob es daran lag, dass sie ihr Gedächtnis anstrengte oder daran, dass ich einen unpassenden Moment erwischt hatte. Ich kam ihrer Antwort zuvor: »Entschuldige bitte. Störe ich gerade? Ich muss mit dir reden, es dauert nur ein paar Minuten.« Sie hatte sich wieder unter Kontrolle: »Nein, ist schon gut. Komm hoch, es ist die letzte Wohnung auf der rechten Seite, am Ende des Gangs.« Während ich auf den Aufzug wartete, überlegte ich, was ich ihr erzählen sollte. Elvira verdiente eine Erklärung, ich hatte keine Entschuldigung mehr dafür, ihr die reine Wahrheit vorzuenthalten. Sie konnte unwissentlich in die Sache verwickelt sein, und es war nicht fair, sie unnötigen Risiken auszusetzen. Ich wusste, dass die Verona sich darüber ärgern würde, das Wahrscheinlichste war, dass sie mich mit Fußtritten aus ihrer Wohnung warf. Übel nehmen konnte ihr das keiner, schließlich hatte ich ihr nur Lügenmärchen aufgetischt, seit ich sie kannte.

Elvira Verona erwartete mich an der Wohnungstür. Sie trug Sportkleidung – eine halblange, eng anliegende Lycrahose und ein langärmeliges Sweatshirt –, was mich an Malena erinnerte, die es zu Hause ebenfalls sportlich mochte. Das musste irgend so eine neumodische Sitte sein, die Frau des einundzwanzigsten Jahrhunderts oder so was. Elvira machte einen Schritt nach vorne, um mir einen Kuss zu geben: »Was für eine Überraschung, ich habe gar nicht mit dir gerechnet! Entschuldige bitte mein Aussehen, aber samstags ist bei mir immer Einkaufs- und Putztag.« Das war das erste verblüffende Detail an einem von Schreckensmomenten nur so wimmelnden Nachmittag. Es war doch ganz normal, dass sie nicht mit mir rechnete, wir hatten uns schließlich erst einmal gesehen. Was sollte das also? »Ich habe nicht mit dir gerechnet«, sagt man zu einem Freund, der immer dienstags zu Besuch kommt und plötzlich ohne Vorwarnung an einem anderen Wochentag vor der Tür steht. Aber nicht zu einem beinahe Unbekannten, dem man noch nicht einmal seine Telefonnummer gegeben hat. Die Anwältin schien sich nicht im Geringsten darüber zu wundern, dass ich wusste, wo sie wohnte. Und das, obwohl ich sie am vorigen Freitag, dem Tag unserer merkwürdigen Begegnung im La Ronda, an der Ecke abgesetzt hatte. Ich weiß noch, wie sie mit dem argwöhnischen Lächeln, das der frühe Morgen mit sich bringt, sagte: »Du brauchst mich nicht bis zur Haustür zu bringen, ich steige hier aus. Es sind nur zehn Meter bis zu mir, und du müsstest sonst einen riesigen Umweg fahren. Siehst du nicht, dass auf der Calle Primero de Mayo nur Busse fahren dürfen? Na los, lass mich hier raus und mach, dass du nach Hause kommst, es dämmert schon.«

Elvira Verona trat zur Seite, um mich vorbeizulassen, und schickte mich nach rechts: »Links ist die Küche, und da sieht es aus wie im Schweinestall. Ich bin nämlich noch nicht zum Abspülen gekommen.« Sie schloss die Haustür und folgte mir in ein weiträumiges Wohnzimmer, dessen Türen zur Terrasse weit offen standen und die Mittagsluft hereinließen. Im lichtdurchfluteten Wohnraum standen zuvorderst ein rechteckiger Tisch und sechs Stühle mit hoher Rückenlehne. Dahinter versperrte ein orientalisch bemalter Wandschirm nur unvollständig die Sicht auf ein riesiges Sofa in L-Form und eine Bibliothek, die die ganze Wand einnahm. Noch vor der Terrasse wurde die Einrichtung durch ein halbes Dutzend Zimmerpflanzen und einen Spiegel mit antikem Rahmen komplettiert. Neben dem Eingang, durch den wir hereingekommen waren, gab es noch zwei weitere Türen: Eine war aus Holz und mattem Glas und führte zu einem Flur, in dem ich im Halbdunkel nur einige Ziergegenstände auf einer Konsole ausmachte; und hinter der anderen Tür, der einzigen verschlossenen, schien ein kleineres, dunkleres Zimmer zu liegen.

Eine Wahnsinnsdachwohnung, ich war mir sicher, dass mir das Staunen ins Gesicht geschrieben stand. »Und da sage noch einer, euch Anwälten ginge es schlecht. In dein Wohnzimmer passt jedenfalls meine ganze Wohnung.« Und sie: »Das ist noch gar nichts, warts ab. Das hier ist nur das kleine Wohnzimmer, der *richtige* Salon liegt am Ende dieses Flurs. Es sind nämlich zwei miteinander verbundene Dachwohnungen, weißt du? Mein Verdienst ist es jedenfalls nicht: Die Wohnung habe ich von meiner Mutter geerbt.« Weil ich nicht dreist erscheinen wollte, behielt ich für mich, wie verdienstvoll mir Erbschaften immer vorgekommen waren. Elvira bot mir einen frisch gebrühten Kaffee an, den ich annahm, weniger, weil ich wirklich Lust darauf hatte, als um ein paar Minuten Zeit zu gewinnen: »Gerne. Schwarz und ohne Zucker, bitte.« Und sie schien zu denken, dass jetzt sowieso schon alles egal war: »Willst du einen Drink? Cognac, Whisky? Einen Kräuterschnaps? Wenn du auf diese ekelhaft süßen Liköre stehst, musst du selber zur Tankstelle gehen und dir einen kaufen, ich hasse nämlich Obst. Ich ertrage noch nicht mal die Zitrone im Gin Tonic.« Und ich: »Danke, ich nehme das, was du nimmst.« Und sie: »Dann also Kräuterschnaps, der passt besser zu diesem Nachmittag.« Die Anwältin verschwand für einige Minuten in der Küche. Ich nutzte die Gelegenheit, eine Runde durchs Wohnzimmer zu drehen, in den Familienfotos herumzuschnüffeln, die literarischen Vorlieben der Besitzerin kennenzulernen, über den exquisiten Geschmack ihrer Druckgrafiken und Aquarelle zu staunen und mich von oben bis unten in dem riesigen Spiegel zu betrachten. Von Weitem drang Elviras Stimme zu mir herüber: »Hörst du mich, Ricardo? Such dir mal eine CD aus und mach Musik, die Anlage steht auf dem Bauernschrank, hinterm Esstisch.« Ich gehorchte, ohne zu murren, wählte etwas Klassisches – weil es nicht nur zu diesem Nachmittag, sondern zu jedem anderen Nachmittag des ganzen Lebens passt – und Leichtes und legte eine Sinfonie von Sibelius auf, von dem die Verona, der Anzahl und Qualität der Schallplatten nach zu urteilen, ein treuer Fan war. Ich hörte, wie sie in der Küche heimlich ihre Freude kundtat: »Gute Wahl, Detektiv, du hast ein gutes musikalisches Gehör.«

Das war die zweite Überraschung. Hatte sie mich gerade »Detektiv« genannt? Oder hatten mir meine übel zugerichteten Sinne einen Streich gespielt? Als sie mit einem großen Holztablett mit dampfendem, nach Zimt duftendem Kaffee und den bereits eingeschenkten Drinks hereinkam, fragte ich sie: »Was hast du gerade gesagt?« Und sie: »Nichts, nur, dass du ein gutes Gehör hast. Jede Wette, dass du schon mehr als eine Frau mit einem Sibelius-Konzert geködert hast.« Und ich: »Noch keine, aber ich werde mir die Anregung auf jeden Fall notieren. Meinst du, dass ich damit punkten kann?« Elvira kokettierte mit dem Kaffeelöffel: »Für dich ohne Zucker, richtig? Ich nehme zwei Löffel, das Leben ist schon bitter genug. Worüber sprachen wir gerade? Ach ja: Natürlich könntest du damit punkten, zumindest bei mir.« Und ich gab die Hoffnung auf, dass sie noch einmal in die Falle tappte und mich Detektiv nannte, und ging weiter auf das Thema ein: »Tja, da musst du wohl bis zum nächsten Musikfestival warten.«

Wir plauderten über Gott und die Welt wie bei unserem ersten Treffen. Gemeinsam dachten wir an die Nacht zurück, in der wir uns begegneten (»klingt wie der Titel eines Boleros, stimmts?«), und lachten über den Kellner, an dessen Bein Noelia Correa gehangen hatte, als wir sie das letzte Mal gesehen hatten. Der Arme ging jetzt sicher durch die Hölle. Elvira goss sich noch einen Kaffee ein und nahm sich zwei Löffel Zucker. Danach war der Kräuterschnaps dran, und sie brachte einen Trinkspruch aus: »Auf deinen unerwarteten Besuch und darauf, dass du so bleibst, wie du bist!« Dann wartete sie darauf, dass ich den Trinkspruch akzeptierte und mein Glas leerte. Ich hielt mich eine lange Sekunde damit auf, am Kräuterschnaps zu riechen und seine blauschwarze Farbe unter die Lupe zu nehmen, während sie beharrlich weiter mit dem vollen Glas in der Hand dasaß. Wir hielten das Duell noch einen Moment lang aufrecht, bis ich das Feuer eröffnete – es wäre zu dreist gewesen, ihrem Angebot zu misstrauen – und den Likör probierte: »Mm, wirklich köstlich.« Woraufhin sie geheimnisvoll lächelte, sich in ihrem kleinen Sieg sonnte und ihrem Getränk selbst ein gutes Zeugnis ausstellte: »Natürlich ist der gut, denkst du, ich biete dir irgendein Gesöff an, nachdem du dir die Mühe gemacht hast, hierherzukommen? Apropos, worüber wolltest du mit mir sprechen? Weißt du immer noch nicht, wie du diesen Versicherungsbetrüger fassen sollst?«

Ich setzte gerade dazu an, ihr die ungeschminkte Wahrheit zu sagen – »Ich bin nicht der, der du glaubst. Es wird immer komplizierter, du weißt es zwar nicht, aber du schwebst in Gefahr« –, als das Telefon klingelte. Sie stand auf, und obwohl es einen Apparat auf einem der Regale der Bibliothek gab, entschuldigte sie sich und ging in das kleine Zimmer, um den Anruf entgegenzunehmen. Dabei ließ sie die Tür kaum einen Spaltbreit offen, gerade genug, um nicht unhöflich zu wirken, und doch so, dass ich weder sehen noch hören konnte, was auf der anderen Seite der Tür vor sich ging. Ich konnte es wirklich nicht. Weder sehen noch hören. Ton und Licht sind Materien, die man leicht modifizieren und unkenntlich machen kann: Ein Tuch über der Sprechmuschel reicht, um die Stimme zu dämpfen, ein lichtundurchlässiger Stoff über einer Lampe genügt, um die Lichtreflexe abzuschwächen. Bei Gerüchen liegt die Sache anders. Sie lösen sich, breiten sich im ganzen Haus aus, ohne dass man ihre Flucht aufhalten kann.

Ich brüste mich damit, einen Geruchssinn zu besitzen, der scharf wie ein Rasiermesser ist. Und dieser Geruchssinn wachte nun plötzlich auf und erkannte einen Geruch. Einen reinen, penetranten Geruch, der keine Zweifel zuließ. Aus dem halb geschlossenen Zimmerchen – nicht einmal der winzigste Spalt hätte ihn zurückhalten können – drang unverwechselbar der holzige Geruch, drang das Parfum *Opium,* dem ich nun schon so lange hinterherjagte. Meine Nerven waren auf der Stelle bis zum Anschlag gespannt, denn ich war inzwischen gezwungen, *Opium* mit Lebensgefahr zu assoziieren. Mit der Ausrede, ein extrem rücksichtsvoller Gast zu sein, nahm ich das Tablett mit den Kaffeetassen und leeren Gläsern und trug es in die Küche. Ich musste nachdenken, wollte ein Stück gehen, damit wieder Blut in mein Gehirn floss. Und ich wollte die Wohnung ein wenig näher unter die Lupe nehmen. Aber in der Küche – Elvira hatte nicht gelogen, was den Saustall betraf: Die Spüle war voller eingeweichter Pfannen und Teller, der Obstkorb voller Orangenschalen, und auf dem Tisch lag noch das schmutzige Tischtuch – schien alles normal zu sein. Weil ich keinen Platz für das Tablett fand, nahm ich es wieder mit ins Wohnzimmer und stellte es erneut aufs Tischchen. Verona sprach immer noch am Telefon, es war Gemurmel zu hören, dann Schweigen und wieder Gemurmel. Also näherte ich mich dem Flur, um einen Blick durch die Tür zu werfen. Ich suchte den Beweis dafür, dass ich nicht plötzlich verrückt geworden war, dass mein Misstrauen gerechtfertigt war. Und genau in dem Moment, in dem die Anwältin endgültig schwieg und den Hörer auflegte, tauchten aus dem Halbdunkel fünf Objekte aus Cristal de Sèvres auf der Anrichte auf, fünf zarte Figürchen, fünf Ziergegenstände, die ein Σ bildeten.

Ein Schritt nach links genügte, damit ich mich vor einem Stapel Bücher wiederfand. Ich ergriff das erstbeste und tat so, als interessierte ich mich für seinen Inhalt. Als Elvira ins Wohnzimmer zurückkam, drehte ich mich zu ihr um: »Verzeih meine Neugier, aber mit der Zeit habe ich gelernt, dass der Lesestoff einer Person mehr über sie verrät als ihre Aussagen.« Sie blickte mich an, blickte das Buch in meiner Hand an, dann das Tablett auf dem Tischchen – suchte sie einen Fehler in der Anordnung der Tassen? – und schließlich wieder mich: »Ich hoffe, das trifft nicht immer zu, Ricardo. Ich lese nämlich wahnsinnig gerne über das Leben von Heiligen.« Ich stellte das Exemplar an den freien Platz zurück und setzte mich wieder aufs lange Ende des L-Sofas. Sie unternahm einen Entschuldigungsversuch: »Tut mir leid, dass ich dich so lange vernachlässigt habe, aber ich konnte mich nicht früher vom Telefon loseisen. Der Anruf kam von meiner Freundin Ana, der es gerade nicht besonders gut geht. Sie hat eine Trennung hinter sich, die wirklich schlimm und bitter war, aber na ja, so sind vermutlich alle Trennungen, oder? Jedenfalls ruft sie mich jetzt ständig an, wie du dir sicher vorstellen kannst. Jedes Mal, wenn sie mit ihrem Ex redet, werden ihre Depressionen wieder schlimmer. Worüber hatten wir gerade geredet?« Und ich ließ ihre Entschuldigung natürlich gelten, die Geschichte mit ihrer Freundin Ana – ob sie nun stimmte oder halb gelogen war – löste mir die Zunge: »Ich kanns mir vorstellen. Es ist immer das Gleiche mit den Trennungen, das brauchst du mir nicht zu erzählen. Also, wir hatten gerade darüber geredet, dass ich dir was Wichtiges sagen musste, aber in Wirklichkeit habe ich dich angelogen, Elvira: Nach der Arbeit bin ich zum Essen in ein Café gegangen, und ich hasse es, allein zu essen. Aber noch mehr hasse ich es, den Samstagnachmittag allein zu verbringen, und da bist du mir wieder eingefallen (wir hatten doch so viel Spaß neulich Nacht), und ich habe mir gesagt, mal schauen, ob Elvira Verona zu Hause ist und mich auf einen Kaffee einlädt. Und hier bin ich nun.« Sie zuckte mit den Achseln, griff nach dem Tablett, dem bestimmt schon schwindelig war, weil es so viel herumgetragen wurde, und stand auf: »Tja, wenn du den ganzen Nachmittag bleiben willst, müssen wir wohl noch mehr Kaffee machen und die Schnapsflasche rausholen. Also leg schnell noch eine CD ein.«

Ich muss zugeben, dass mich der Gleichmut der Anwältin verblüffte. Ich hatte erwartet, dass sie argwöhnisch wurde, dass sie sich über meine Unverfrorenheit ärgerte, dass sie eine Ausrede suchte, um mich hinauszuwerfen, dass sie sogar eingeschnappt war. Elvira aber nahm die Sache so gelassen auf, als wäre es das Natürlichste der Welt. Zu gelassen für eine Frau, die in der Vergangenheit derart schlechte Erfahrungen mit Männern gemacht hatte. Ich ging ihr nach, und als ich in die Küche kam, stand sie mit dem Rücken zu mir an der Spüle und wusch eine dieser alten Kaffeekannen aus widerstandsfähigem Aluminium aus. Sie sah hübsch aus, wie sie da mit ihrem Sporttrikot und ihrem zum Pferdeschwanz gebundenen Haar im Gegenlicht stand. Ich bekam plötzlich Lust, sie auf die Schulter zu küssen, die aus ihrem Pullover lugte und ein Stück gebräunte, glatte Haut präsentierte. Vorsichtig trat ich von hinten an sie heran. Aber als ich auf ihrer Höhe angekommen war, geriet etwas an dieser Szene, die aus einer romantischen Komödie zu stammen schien, aus den Fugen. Warum musste ich auch solches Pech haben? Es war wieder der Geruch, der nicht stimmte. Die Verona roch nach Lavendel. Weder an ihrem Hals noch in ihrer Kleidung war der Hauch eines anderen Geruchs als Lavendelfrische zu finden. Keine Spur von unbehandeltem Holz. Ich machte auf dem Absatz kehrt und versuchte, meine Unentschlossenheit und Verwirrung zu verbergen, während ich in der Luft nach einer überzeugenden Erklärung suchte. Aber ich stieß nur erneut auf den gedeckten Tisch, die befleckte Tischdecke und die

Orangenschalen. Und da fiel mir Elviras Aversion gegen Obst wieder ein: »Ich ertrage noch nicht mal«, hatte sie gesagt, »die Zitrone im Gin Tonic«. Jetzt war ich es natürlich, der misstrauisch wurde, der sich ärgerte, der einen Vorwand suchte, um von hier zu verschwinden, der eingeschnappt war. So eingeschnappt war ich, dass mir schwindlig wurde. Aber trotz des Schwindels schleppte ich mich mit Mühe und Not ins Wohnzimmer zurück. Atemlos durchquerte ich den Raum, hastig lief ich um den Wandschirm herum, mühelos erreichte ich die geschlossene Tür. Und öffnete sie. Ich hatte gerade noch Zeit, ihre langen blonden Haare zu erkennen, ihre langen Tänzerinnenbeine, ihre schwarze Brille aus Schildpatt, ihr lebhaftes Gesicht, auf dem sich ein beunruhigtes Lächeln abzeichnete, bevor sich Decke und Boden und Wände wie ein Karussell zu drehen begannen und die Szene aus der romantischen Komödie in einen Thriller überblendete.

14

Ich erwachte auf einem fremden Bett, in einem kleinen dunklen Zimmer mit hohen Wänden und verdunkelten Fenstern. Ich versuchte mich aufzurichten, aber meine Hände und Füße waren mit Fesseln aus Pfriemengras an die Querstreben der Pritsche gebunden. Mir war heiß, innerlich und äußerlich. Mein Mund war klebrig, schmeckte bitter. Mit einem faden medikamentösen Beigeschmack. So gut ich konnte, hob ich den Kopf, um mir einen Überblick über meine Lage zu verschaffen. Und meine Lage war jämmerlich. Schmerzvoll. Man hatte mich komplett ausgezogen und mit einer dieser alten, rauen Decken zugedeckt, die man im Flugzeug bekommt. Ich hatte keine Ahnung, wie lange ich schon hier war, konnte noch nicht einmal einschätzen, wie lange es dauerte, bis endlich jemand kam. Aber nach einer Weile – ich wiederhole, dass ich nicht weiß, wie viel Zeit inzwischen vergangen war – öffnete sich die Tür des Schlafzimmers. Und herein kam Eva Wie-auch-immer-ihr-Nachname-ist, die gefährliche Blondine höchstpersönlich, und dieses Mal lächelte sie ohne jegliche Beunruhigung. Sie brachte mir einen Teller mit einem Glas Wasser, einer ovalen, weißen, bedrohlichen Pille und ein paar Zimtkeksen. Dass es Zimtkekse waren, erfuhr ich natürlich erst, nachdem ich sie probiert hatte. Während sie hereinkam, trällerte sie ein Lied vor sich hin, eine Art Bolero, in den sie unterschwellige Botschaften einflocht: »Wie geht es denn heeeeute unserem Patieeeenten? Vermuuutlich füühlt er sich etwas überruuumpelt, aber machen Sie sich keeeeine Sorgen, das ist gaaaanz normaaal.« Sie mochte tanzen wie ein Engel, da hatte ich keine Zweifel, aber singen tat sie wie der Teufel persönlich.

Mein Kommentar amüsierte sie: »Wie schön, dass du noch zum Scherzen aufgelegt bist, Detektiv. Feige bist du jedenfalls nicht.« Und ich nahm meine nicht vorhandenen Kräfte zusammen und antwortete: »Ach was, ich habe nur nichts mehr zu verlieren. Man kann mich schließlich nur einmal umbringen, und in diesem Abenteuer ist das Kontingent bereits ausgeschöpft.« Sie kostete es voll aus, dass ich gefesselt vor ihr lag: »Das mag ja stimmen, aber vergiss nicht, dass es viele Arten gibt, zu sterben.« Ich nutzte die Tatsache, dass sich die Wogen geglättet hatten und sie bei Laune war, um das Gespräch ein wenig auszudehnen. Ihre Vergangenheit – ließ ich die Frau wissen – mache mir Sorgen, vor allem aber meine Zukunft. Ich wollte wissen, wie sich zwei so unterschiedliche Exemplare wie sie und die Verona gefunden hätten, welche Gründe triftig genug gewesen seien, dass sie sich in die gewissenlosen Mörderinnen von drei armen Kerlen verwandelt hatten. Und wo wir schon dabei waren, wollte ich auch gleich noch wissen, was zum Teufel sie mit mir vorhätten. Die Frau setzte sich an meine Seite. Stellte den Teller auf den Nachttisch. Knipste die Lampe an, um ihrer Ansprache den angemessenen Rahmen zu verleihen. Strich mit ihrer schmalen, knochigen Hand über das Betttuch. Sah mich an. Strich mir über die Stirn. Ließ wieder ihr perverses Lächeln sehen. Lüpfte die Decke, um mich nackt zu sehen. Und machte eine Bemerkung der allerobszönsten Art, die ich hier nicht wiedergeben möchte. Mit der Ruhe, mit der sie alles tat, einer Seelenruhe, die einen zur Verzweiflung brachte, griff sie nach der Pille und dem Glas Wasser: »Lass uns einen Tauschhandel machen, Detektiv. Ich erzähle dir meine Lebensgeschichte, wenn du dafür brav bist und deine Medizin nimmst. In Ordnung?« Als ich sie fragte, ob ich denn eine andere Wahl hätte, antwortete sie: »Ja, natürlich, ich lege mich bestimmt nicht mit deinem Gebiss an. Aber wenn du die Pille nicht nimmst, wirst du fürchterlich frieren und Hunger und Durst leiden, denn dann nehme ich die Decke mit und reiße die Fenster auf, bis deine Eier aussehen wie Erbsen: grün und winzig klein. Außerdem, Detektiv, gehe ich dann und lasse dich eine Woche lang allein. Die Entscheidung liegt also bei dir.« Ich entschied, dass mir die Pille sicher himmlisch schmecken würde. »Aber sagen Sie mir doch wenigstens, was das für eine verdammte Pille ist.« Eva antwortete, ich solle mir darüber keine Sorgen machen. Und das war natürlich der Moment, in dem ich begann, mir Sorgen zu machen.

Ich machte meine Entführerin glauben, dass ich die Pille nahm, während ich sie in Wirklichkeit unter der Zunge versteckte, bis der Zeitpunkt kam, an dem ich sie ausspucken konnte. Weil ich vermutete, dass es sich um ein Beruhigungsmittel handelte, beschloss ich, den schlafenden Tiger nicht zu wecken und nach und nach immer ruhiger zu werden, während die Frau mir von sich erzählte: »Also, die Geschichte ist eigentlich ganz einfach. Es fing damit an, dass wir eine Rechnung zu begleichen hatten, aber dann ist die Sache aus dem Ruder gelaufen. Wir hätten uns nie vorstellen können, einmal an diesen Punkt zu kommen, und wir hätten auch nie gedacht, dass uns jemand miteinander in Verbindung bringen könnte. Das spricht sehr für dich. Wenn du dich nicht eingemischt hättest, wäre der Spuk längst vorbei, denn der arme Teufel von neulich Abend sollte der fünfte und letzte sein. Ja, Mann, schau mich nicht so an! Du weißt nur von vier Toten, aber dir fehlt der erste, der wichtigste, der größte Scheißkerl von allen, Juan Simón Toledo, besser bekannt als *Retaco.* Die Leute ließen die Version gelten, dass er nach Burgos zurückgekehrt war, nachdem er Elvira vergewaltigt hatte. Diese Lüge haben wir in Umlauf gebracht, aber die Wahrheit ist, dass Juan Simón inzwischen wohl schon von den Fischen an der Mole verspeist wurde. Wir haben die Sache durchgezogen wie Profis, Detektiv, nach Art der Cosa Nostra, nachts und ohne zu zögern: Wir haben ihn unter Drogen gesetzt und in den Kofferraum meines Mietwagens gelegt, und dann haben wir uns für einige Stunden ein Boot geklaut. Wir sind hundert Meter aufs Meer hinausgefahren, haben ihm die Füße in eine Tonne mit flüssigem Zement gesteckt, gewartet, bis er hart wurde, und ihn vor dem kleinen Leuchtturm auf der Mole von Santa Catalina ins Wasser geworfen. *Es werden mehr als tausend Jahre vergehen, viele mehr,* bevor sich ein Boot den Kiel daran aufreißt und ihn entdeckt, oder die Gezeiten das, was von seiner Leiche übrig ist, ans Ufer spült. Saubere Arbeit, wie du siehst.

Was ich mit einem Ehekrach zu tun habe? Scheiße, Detektiv, du auch? Das war kein Krach, das war ein Albtraum, das weiß ich. Ich weiß es, weil ich es am eigenen Leib erfahren habe. Mir hat der Hurensohn von *Retaco* nämlich das Gleiche angetan. Du konntest das nicht wissen, weil du ihn natürlich nicht gekannt hast und mich auch nicht kennst. Ich heiße Laura, Laura Antúnez, und ich war mit dem berühmten Inspector Toledo verheiratet, möge er in der Hölle schmoren. Ich war seine erste Frau oder, was dasselbe ist, sein erstes Opfer. Ich versichere dir, Detektiv, dass ich eine ganz gewöhnliche junge Frau war, ich hatte meine Illusionen und Träume wie jedes andere Mädchen in meinem Alter auch. Aber dann trat dieser Hund von Juan Simón in mein Leben und zerstörte es, drehte es auf links wie eine Socke, machte es zur Hölle. Er betrog mich, mit wem er wollte, behandelte mich wie den letzten Dreck, und dann besaß er die Unverschämtheit, mich zu schlagen, wenn ich einen anderen Mann ansah, mich zu schlagen, wenn mich ein anderer Mann ansah, mich in jedem Fall zu schlagen. Er vergewaltigte mich, er zwang mich, es mit ihm in allen erdenklichen Stellungen zu treiben. Wie glaubst du wohl, bin ich Tänzerin geworden? Das kam von den ganzen skurrilen Körperhaltungen, die ich lernen musste. Er sagte, es sei meine Pflicht, dafür sei er ja mein Ehemann. Und ich war nur ein kleines Mädchen, ich war erst neunzehn, als wir geheiratet haben. Er war mein erstes Mal in einer Zeit, in der das alles bedeutete, ich liebte ihn, ich glaubte an ihn, ich dachte, dass es tatsächlich meine Pflicht sei, dass das der Normalzustand sei. Und ich ließ zu, dass er mich jedes Mal demütigte, wenn er in Fahrt kam. Er hat an meinem Körper und meiner Seele so viele Narben hinterlassen, dass du es nicht glauben würdest, noch heute habe ich nachts Albträume. Ich schlafe kaum noch, ich habe eine leichte Verkrümmung der Hüfte, mein Zahnfleisch blutet ständig ... Was? Nein, er war kein Trinker, er war einfach nur ein verdammtes Arschloch, das frustriert war und mich dafür büßen ließ, bis er es schließlich leid wurde, mich im wahrsten Sinne des Wortes kaputt zu ficken, und mich verließ. Ein Jahr später erfuhr ich, dass er mit Elvira zusammen war und die beiden heiraten wollten. So lernte ich sie kennen, eines Tages stieg ich einfach in den Flieger und kam nach Las Palmas, um sie zu sehen, um sie zu warnen. Ich ging in ihr Büro, sagte ihr, wer ich war, sagte ihr, was Juan Simón für einer war, sagte ihr, dass es gefährlich für sie wäre, sich mit ihm einzulassen. Aber sie glaubte mir nicht, sie dachte, dass ich verrückt sei, dass ich fantasierte, dass ich gekränkt sei, weil er mich verlassen hatte, und mich nun an ihm rächen wollte. Sie musste es erst am eigenen Leib erfahren, also beschränkte ich mich darauf, zu warten, bis sich der wahre *Retaco* Toledo zeigte. Und er zeigte sich, und wie er sich zeigte. Doch vorher, das sagte ich ja bereits, machte sie mit ihm die reinste Hölle durch.

Was die anderen dafür konnten? Genau diese Hölle meinte ich. Der Schuft von Juan Simón war gleich begeistert, als die Sache mit den anstößigen Anzeigen aufkam, und ließ sich auf flotte Dreier und Orgien ein. Am Anfang wollte er es nur mal ausprobieren, aber als er dann Gefallen daran fand, gab es kein Halten mehr. Er lud nur Männer ein, seltsame Typen, die genauso eklig waren wie er, damit sie es mit Elvira und ihm trieben. Manchmal sah er nur zu, während sich jemand anders seine Frau vornahm. Den anderen Männern war das natürlich recht, ihnen gefiel es so. Vielleicht dachten sie sogar, dass sie es wahnsinnig genoss, aber sie tat es nur, weil sie Juan Simón liebte, genauso sehr, wie ich ihn seinerzeit geliebt hatte. Und eine verliebte Frau lässt sich Dinge gefallen, die sich sonst niemand gefallen lassen würde. Ja, Detektiv, schau mich nicht so an, du denkst bestimmt, dass die Schuld bei uns liegt, und vielleicht stimmt das sogar. Aber niemand hat das Recht, die Blindheit, die Liebe eines anderen Menschen auszunutzen, das ist das Niederträchtigste, was es gibt. Und genau das hat Juan Simón getan, aber bei ihr ist er verdammt noch mal zu weit gegangen: Er machte sie zur Prostituierten, und Elvira musste die Schande über sich ergehen lassen. Auf diese Weise brach die Arme schließlich zusammen und gelangte an den Punkt, an dem sie mich anrief und um Hilfe bat. Ich hatte das natürlich schon erwartet, weil ich wusste, dass sie früher oder später zu mir kommen würde, es war wie gesagt nur eine Frage der Zeit. Sie rief mich also an und war völlig durcheinander, was ja nicht verwunderlich ist. Weil sie Angst davor hatte, allein zu sein, bezog ich Stellung in diesem Haus, das ihr gehört, na ja, eigentlich ihrer Großmutter. Aber es kommt nie jemand von der Familie hierher. Deshalb benutzte es ihr Mann auch für seine Orgien, weil es so diskret und abgelegen ist. Damals versteckte ich mich also in einem angrenzenden Zimmer und filmte alles, ja, absolut alles. Wundert dich das? In einem sicheren Versteck habe ich ein halbes Dutzend Kassetten von jeweils drei Stunden Länge. Elvira weiß natürlich nichts davon, sie hätte es nicht zugelassen. Aber ich habe alles aufgenommen, man weiß schließlich nie.

Wo war ich? Ach ja, bei den anderen. Also, wir schmiedeten einen Plan und hörten erst auf, als wir uns an jedem Einzelnen von ihnen gerächt hatten: an dem armen Kühlschrankverkäufer, der in seinem Leben noch nie einer Fliege etwas zuleide getan hatte, aber eine Vorliebe für Analsex besaß, das kannst du mir ruhig glauben, und das, obwohl er so duckmäuserisch wirkte; am Krankenpfleger, der sauer war, weil seine Freundin ihn verlassen hatte, und nun eine Rechnung beglich, indem er die arme Elvira aus lauter Wut bespuckte, kratzte und biss; und an diesem anderen Schwein, diesem Basketball spielenden Riesen – mein Beileid für seine Frau, ich schwörs dir, wir wussten nicht, dass er verheiratet war –, der sie nur auslachte, wenn sie ihn anflehte, sie in Ruhe zu lassen, weil er einen riesigen Schwanz hatte und Elvira deswegen schreckliche Schmerzen erlitt. Einmal brachte er einen Mannschaftskollegen mit, einen gigantischen Schwarzen, wie war noch sein Name? Ich glaube, er hieß wie so ein Trompetenspieler, das weiß ich deshalb noch, weil diese Hurensöhne Witze über die Größe seines ›Instrumentes‹ machten. Wusstest du, dass Elvira mit ihrer völlig zerstörten Vagina in die Notaufnahme musste? Dass sie fünfzehn Tage lang mit einer höllischen Infektion blutend im Bett liegen musste? Dass ihr überaus ›verständnisvoller‹ Ehemann sie beschimpfte und behauptete, sie würde übertreiben, um nicht mit ihm vögeln zu müssen? Aber, was weißt du schon? Es war so schlimm, dass der Schwarze sich sogar übergab und richtig Schiss bekam, als er sah, wie sie sich vor Schmerzen krümmte. Da fror ihm sein blödes Grinsen im Gesicht ein, und er tauchte nie wieder auf. Er wird es nie erfahren, aber genau das hat ihm das Leben gerettet. Weiß Gott, wenn er zurückgekommen wäre, würden wir jetzt von einem halben Dutzend sprechen.

Und was mit dem Letzten passierte? Der Letzte war der fünfte, an diesem Wagen gibt es nämlich noch ein fünftes Rad. Das war der, der immer eine Maske trug, der Journalist. Wie? Natürlich kannten wir ihn. Ich hatte zwar meine Zweifel, weil ich noch nie sein Gesicht gesehen hatte, aber neulich Abend habe ich ihn sofort erkannt, an den Händen. Ihm fehlen nämlich an der rechten Hand eineinhalb Finger. War ganz schön schwer, ihn zu finden, ich musste auf eine Menge Anzeigen antworten, bis am Freitag endlich die Stunde der Rache gekommen war. Das war so ein Schüchterner, der immer eine von diesen Ledermasken trug, um nicht erkannt zu werden. Der stand nämlich auf Sadomaso, dieser brutale Schweinehund. Ja, mein Lieber, diesem Scheißnazi machte es Spaß, mit einer Reitpeitsche auf Elviras Hintern herumzutrommeln und ihre Brustwarzen mit Wäscheklammern zu kneifen, das machte ihn ganz heiß. Bei ihm hatte ich keine Zeit, ihn als Püppchen auszustaffieren, ihn lächerlich zu machen, ihm das Leid und die Schande heimzuzahlen, die er meiner Freundin angetan hatte. Als ich gerade dabei war, tauchte in dem verlassenen Haus plötzlich ein Bettler auf, mein Gott, habe ich mich erschreckt! Ich dachte, es wäre die Polizei, und machte mich schleunigst aus dem Staub, aber das ist egal, der fünfte ist auch tot und die Rache vollendet.

Wer sie umgebracht hat? Ich natürlich, wer sonst? Elvira wäre nicht fähig dazu, sie hat mir nur als Schutzschild gedient, als Köder. Wie ich bereits sagte, versteckte sie mich in ihrem Haus, als die Sache hässlich zu werden begann, aber die Idee stammte ganz allein von mir. Na ja, bei der Sache mit Juan Simón machte sie begeistert mit, sie war fuchsteufelswild nach der Vergewaltigung. Warum er sie vergewaltigt hat? Dazu kam es, nachdem sie schon ein halbes Jahr lang seine Orgien ertragen hatte. Eines Tages war sie es leid und sagte ihm, dass sie ihn verließ, dass sie die Scheidung verlangte, dass sie ihn nicht mehr liebte. Daraufhin wurde er gewalttätig und schlug sie halb tot, das war hier in der Garage von dieser Villa. Ich war oben und hörte alles, ich rief die Polizei, und die kamen gerade noch rechtzeitig, um das Schlimmste zu verhindern. Aber dann erkannten sie Juan Simón und wussten nicht, wie sie reagieren sollten. Elvira erholte sich wieder, zumindest körperlich, und anfangs begnügte sie sich auch damit, sich scheiden zu lassen und ihn für immer aus ihrem Leben zu verbannen. Aber als sie dann sah, dass die Sache im Sande verlief und man ihm nicht etwa den Prozess machen würde, sondern sich mit Schönheitsmaßnahmen begnügte, weil er Polizist war, als sie merkte, dass ihn seine einflussreichen Freunde ungeschoren davonkommen lassen würden, fiel es mir leicht, sie zu überreden, ihn umzubringen. Der Rest war ganz einfach: Sie erklärte, dass Juan Simón Depressionen bekommen habe und beschämt in seine Heimat zurückgekehrt sei. Was für eine beschissene Lüge, nicht wahr? Aber die Leute glaubten es, niemanden interessierte, wohin er gegangen war, Hauptsache, er war weg. Juan Simón war wie die Lepra, je weiter weg, desto besser. Deshalb fragte auch niemand nach ihm. Ein einfacher Anruf hätte genügt, um unsere Intrige auffliegen zu lassen, aber Juan Simón war ein mürrischer, unsympathischer Kerl, der hatte keine echten Freunde. Ich sagte ja, es war alles ganz einfach. Unser Werk gelang uns so gut, dass ich Elvira vorschlug, zu Ende zu bringen, was wir begonnen hatten. Ihr gefiel dieser zweite Teil des Plans nicht, also sprang sie ab, ihr fehlte der Mumm, was ganz normal ist, alle Anwälte sind Angsthasen. Ich musste den Verkäufer und den Krankenpfleger also allein töten, ohne ihre Hilfe, ohne ihr davon zu erzählen. Es war ein Kinderspiel, wie man so schön sagt. Ich kannte ihre perversen Vorlieben und legte im *Heißen Draht* einen Köder für sie aus, dem sie nicht widerstehen konnten: ›Analsex‹ für Mario Bermúdez und ›harter Sex‹ für Carlos Ventura. Am kompliziertesten war der Basketballer, der bekam natürlich Muffensausen, nachdem die ersten beiden Morde in der Zeitung gestanden hatten, was wohl jedem so gegangen wäre. Es gab einfach keinen

Köder, der bei ihm gewirkt hätte, also musste ich erneut auf Elvira zurückgreifen. Ich stellte ihr ein Ultimatum, drohte, die Polizei anzurufen, ihr die Geschichte von einer Leiche zu erzählen, die wenige Meter vor der Bucht im Meer versenkt worden war. Ich hätte auch die Videokassetten hervorgeholt, aber es war gar nicht nötig. Elvira ist feige und kooperierte schließlich. Punkt für Punkt folgte sie meinem Plan: Zuerst tat sie so, als würde sie Lucas Travieso nach einem Spiel zufällig über den Weg laufen, und ließ sich von ihm auf einen Drink einladen. Sie erzählte ihm, wie viel Spaß sie mit ihm bei den Orgien ihres Mannes gehabt habe, wie viel Vergnügen ihr sein übergroßes Glied bereitet habe. Und Lucas tappte prompt in die Falle, arrogant und eingebildet wie er war. Er nutzte die Tatsache, dass seine Frau nicht zu Hause war, und lud Elvira in seine Wohnung ein. Ich wiederhole noch einmal, dass wir nichts von seiner Ehe wussten. Als er später in der Küche die Drinks machte, öffnete mir Elvira die Tür, und ich kam rein und versteckte mich im Bad, bis das Schlafmittel Wirkung zeigte. Schließlich schickte ich Elvira nach Hause, damit sie nicht störte, und brachte die Arbeit zu Ende. Wie immer machte ich alles sauber und genau wie immer hinterließ ich das *E* auf dem Tisch. Warum? Der Trick des Tintenfisches, Detektiv, um von der Fährte abzulenken. Ich wusste, dass jemand wie du früher oder später auf das Detail aufmerksam werden und anfangen würde, nach einer Eva oder Elena oder Esther zu suchen. Was? Ja, nach einer Elvira natürlich auch, du bist verdammt schlau. Auf diese Weise würden sie ihr den Mord anhängen, noch ein Beweisstück neben den Videokassetten, damit sie unser Geheimnis für sich behält, man muss sich schließlich absichern. Ich sagte es dir ja schon, Detektiv. Sie ist mein Schutzschild.

Was ich mit dir machen werde? Kannst du dir das nicht denken, schlau wie du bist? Das mit dir ist ein ganz anderes

Spiel. Es hat Spaß gemacht, dich zu verfolgen, dir falsche Fährten zu legen, mit dir Räuber und Gendarm zu spielen. Ich schwöre dir, als ich in deiner Wohnung war, musste ich mir mühsam die Lust verkneifen, dich mit Küssen zu bedecken, das Aroma deines Schweißes zu schmecken. Die Verlockung war stark, so etwas war mir schon lange nicht mehr passiert. Du warst das Beste an dieser Geschichte. Ja, sieh mich nicht so an! Auch wenn du das Gegenteil glaubst, hat mir das, was ich getan habe, nicht den geringsten Spaß gemacht. Es war eine reine Frage der Gerechtigkeit. Was? Ja, natürlich habe ich mich zum Richter und zur Jury und zum Henker erklärt, ich habe mich in Adrastea, die Rachegöttin, verwandelt, mit dem Spazierstock in der einen und dem Glas mit vergiftetem Likör in der anderen Hand. Kein Mann, so mächtig er auch sei, kann ihrer Macht entfliehen. Du hältst mich für verrückt, natürlich, ich sehe es in deinen Augen. Was du siehst, macht dir Angst. Aber du verstehst das nicht, Detektiv. Wenn ich auf die menschliche Gerechtigkeit warten würde, säße ich in hundert Jahren noch hier. Du verstehst es nicht, auch wenn ich dein Verständnis sowieso nicht brauche. Aber wenn du das Gleiche durchgemacht hättest wie ich, wie Elvira, wie so viele andere Frauen, würdest du es vielleicht verstehen. Ich bin keine blindwütige, blutrünstige Bestie. Sieh mal, ich hätte dich schon ganz am Anfang umbringen können, du hast dich mehrmals in mein Schussfeld gewagt. Aber *damals* hattest du den Tod noch nicht verdient. Ich gab dir die Gelegenheit, weiterzuleben, ja, genauso war es. Ich stellte dich auf die Probe und versuchte sogar, dir Angst einzujagen, damit wir nicht an den Punkt gelangen mussten, an dem wir jetzt sind. Aber nicht einmal, nachdem ich die Katze deiner Freundin um die Ecke gebracht hatte, wolltest du aufgeben, und da bin ich wirklich sauer geworden. Denn letzten Endes stellte sich heraus, dass du genauso bist wie die anderen. Dir ist scheißegal, was der Frau zustoßen könnte, die dich liebt, Hauptsache, du ziehst dein Ding durch, Hauptsache, du gewinnst einen Fall, der dich gar nichts angeht. Du schlägst … wie hieß sie? Du schlägst Malena nicht, nein, du demütigst sie nicht, und es törnt dich auch nicht an, wenn ein anderer sie bumst. Vielleicht liebst du sie sogar, aber du verhältst dich genauso wie die anderen, du nutzt die Tatsache aus, dass sie dich mehr liebt als du sie, auch du bist also ein kleines Arschloch.

Ja, Ricardo, ein Arschloch, und eine unverschämte Nervensäge noch dazu. Wegen deiner Unverschämtheit bist du hier, du allein hast dir das eingebrockt. Und jetzt kommt es auf einen mehr oder weniger auch nicht mehr an, denn wie sagtest du vorhin so schön: Umbringen können sie mich nur einmal. Ich erzähle dir jetzt also, was dich erwartet: Zuerst will ich sehen, was mit dem Reporter passiert, es steht nämlich immer noch nichts von seinem Tod in der Zeitung, und das passt mir gar nicht. Dann lasse ich ein paar Tage verstreichen, ein paar Tage, die wir beide natürlich zusammen verbringen werden, du solltest dich freuen! Hättest du dir je träumen lassen, dass du der Rachegöttin einmal so nahe sein würdest? Und dieses Mal werde ich meine Gelüste nicht im Zaum halten. Jetzt zieh nicht so ein Gesicht, es wird dir gefallen! Danach muss ich dich natürlich loswerden, aber ich verspreche dir, dass ich dich nicht quälen werde. In irgendeiner Nacht komme ich leise herein, während du schläfst, es wird sehr schnell gehen, du wirst schon sehen. Nun ja, sehen wirst du es natürlich nicht mehr, wie dumm von mir. Das ist jedenfalls die gute Nachricht. Die schlechte ist, dass ich dich ohne große Rücksichtnahme beerdigen muss, in einem Graben, den ich hinten im Garten vorbereitet habe. Aber lass uns Folgendes machen: Sobald ich weit genug weg und in Sicherheit bin, sagen wir in ein bis zwei Jahren, rufe ich deinen Freund

Álvarez an und sage ihm, dass er dich holen soll, damit du ein richtiges Begräbnis bekommst, mit einem Chor und Kerzen, im Kreise deiner Lieben. Du hast doch liebe Menschen, nicht wahr, Detektiv? Und ich werde in meinem Haus in Barcelona, ja, ich lebe in Barcelona, für dich beten, in meiner wunderschönen weißen Residenz voller Rosensträucher, wie ich sie doch vermisse.«

An diesem Punkt beschloss ich, einzuschlafen. Ich hatte nicht die Kraft, mir noch mehr Irrsinn anzuhören. Außerdem war Laura Antúnez, die wiederauferstandene Adrastea, zwar verrückt, aber nicht schwachsinnig, und hätte misstrauisch werden können. Sie öffnete eines meiner Augen, um zu sehen, ob die Pille ihre Wirkung getan hatte, brüllte zwei Zentimeter neben meinem Ohr meinen Namen, gab mir eine Ohrfeige. Ich simulierte schwachen Protest. Obwohl sie häufig von Betäubungsmitteln Gebrauch machte – später erfuhr ich, dass sie die Tabletten in ihrer weißen, rosenumrankten Residenz gestohlen hatte, einer privaten psychiatrischen Anstalt in Barcelona –, konnte die Antúnez nicht viel von Medizin verstehen. Es gelang mir, sie zu täuschen. Zufrieden mit ihrem Test stand sie auf, nahm den Teller und das Glas, knipste die Lampe aus und ging aus dem Zimmer.

Ich spuckte als Erstes die Pille aus, so weit weg ich konnte. Sie landete in der Nähe des Fensters. Dann dachte ich an all die Dinge, die mir meine Entführerin erzählt hatte. Jetzt wusste ich, woher all die Angst kam, warum sie alle geschwiegen hatten: Elvira, Charlie Parker, Pablo Ferrera. Wie er mich getäuscht hatte, indem er sich nervös stellte, wo er doch in Wirklichkeit ein Experte für private Anzeigen war! Dieses Riesenarschloch. Aber ein Arschloch, das Glück gehabt hatte. Laura Antúnez glaubte, dass sie ihn getötet hatte. Und ich ließ sie in dem Glauben. Ich musste Zeit gewinnen, ich wollte nicht mehr hier sein, wenn Eva ihren Irrtum bemerkte. So krank wie sie im Kopf war, würde sie bestimmt beschließen, ihre Arbeit zu Ende zu bringen, und dann hatte ich die Gelegenheit, sie zu schnappen. Ich war es so vielen Personen schuldig. Vor allem Malena. Vielleicht war es das einzig Vernünftige, was Laura Antúnez gesagt hatte: dass ich sie in Gefahr gebracht hatte, und das nur wegen meiner verdammten Manie, Geheimnissen auf die Spur zu kommen, meiner absurden Manie, die Wahrheit herauszufinden. Ich dachte an Malena und schwor mir, mein Versprechen einzulösen und mit ihr in den Zoo zu gehen. Aber dazu musste ich erst einmal hier raus. Und zwar bald. Ich hatte mich wie ein Dummkopf verhalten, und man sagt ja, dass sich den Dummen die Heilige Jungfrau offenbart.

Meine Heilige Jungfrau offenbarte sich mir einige Stunden später. Die Nacht war schon hereingebrochen, als Elvira Verona mit einem Glas Milch und noch mehr Zimtkeksen hereinkam. Sie schaltete das Licht ein und stellte die Sachen auf dem Nachttisch ab, genau wie ihre Freundin. Und genau wie ihre Freundin berührte sie meine Stirn – es musste ein zwischen ihnen abgesprochenes Ritual sein, um zu sehen, ob ich noch lebte. Genau wie ihre Freundin senkte sie die Stimme, wenn sie mit mir sprach. Aber Elvira Verona war nicht wie Laura Antúnez. Sie besaß nicht die Arroganz, die Überheblichkeit, die schaurige Entschlossenheit der gefährlichen Blondine. Im Gegensatz zu ihrer Komplizin vermied es die Verona, mir ins Gesicht zu sehen, und senkte jedes Mal den Blick, wenn ich Augenkontakt suchte. Sie wirkte verlegen, unbehaglich, verängstigt. Mir war sofort klar, dass sie meine letzte Chance war, heil aus dieser Intrige herauszukommen. Wenn es mir gelang, den Finger in die Wunde zu legen, konnte ich die Unentschlossenheit der Anwältin vielleicht ausnutzen. Ich ahmte die Art nach, wie sie flüsterte, ohne den Tonfall zu verändern. Ich versuchte sie zu verführen. Ich fragte: »Wie konntest du dich nur auf diese undurchsichtige Sache einlassen? Ich sehe ja noch ein, dass sie dich überreden konnte, Juan Simón zu bestrafen, dein Mann war ein Scheusal, und ich kenne mehr als einen, der das vor Gericht bezeugen würde. Aber die Sache ist ganz schön aus dem Ruder geraten, findest du nicht? Es sind noch vier andere Personen gestorben, Elvira, *vier*« – ich hielt es nicht für angebracht, ihr schon zu erzählen, dass Pablo das Attentat überlebt hatte. »Ja, ich weiß schon, dass sie Arschlöcher waren, dass sie durch und durch verdorben waren, aber wenn wir anfangen würden, alle umzubringen, die von persönlichen Kontaktdienstleistungen Gebrauch machen, wäre in Las Palmas bald niemand mehr am Leben. Und außerdem, wo sollen wir die Grenze ziehen? Zuerst bringen wir nur Typen um, die an einer Orgie teilnehmen, und dann wünschen wir irgendwann all denjenigen den Tod, die schweinische Filmchen ausleihen, die ihren Schwestern durchs Schlüsselloch beim Duschen zusehen, die ihren Freundinnen farbige Negligés kaufen. Und das geht nicht, Elvira, das geht wirklich nicht. Wie viele Unschuldige müssen noch sterben, damit du dich besser fühlst? Hör zu, was mit dir passiert ist, ist eine Schande, dir ist unermessliches Leid widerfahren, daran zweifelt keiner, aber Laura kann das mit ihren verrückten Rachegelüsten auch nicht wiedergutmachen. Ja, sie hat es mir erzählt. Wo ist sie eigentlich gerade? Ach, sie ist die Zeitung kaufen gegangen, was für eine informierte Frau. Scheiße, glaubst du wirklich, dass sie es dabei belässt? Darauf würde ich keinen Cent geben. Laura ist wie ein räuberisches Säugetier, das nie wieder Milch trinkt, wenn es einmal Blut geleckt hat. Du brauchst dir nur ansehen, was sie mit Bermúdez und Ventura gemacht hat. War sie danach etwa zufrieden? Nicht im Geringsten, stattdessen musste sie mit Travieso und Ferrera weitermachen, und was glaubst du wohl, was mit mir passieren wird?

Nein, du brauchst es mir nicht zu sagen, sie hat es mir schon erzählt. Wenn du in den Garten gehst, wirst du ein Stück umgegrabene, feuchte Erde sehen, das ist mein Grab. Das wusstest du nicht? Hat sie auch bei diesem Mord nicht mit deiner Hilfe gerechnet? Nein, natürlich nicht, und weißt du auch, warum? Weil …«

Elvira rannte aus dem Zimmer, noch bevor ich den Satz beenden konnte. Da ging sie hin, meine letzte Chance. Aber nach einigen Minuten hörte ich, wie sie die Treppe heraufkam. Bleich und schicksalsergeben trat sie wieder ins Zimmer. Sie war nachsehen gegangen, ob an meiner These etwas dran war, und es war mehr als offensichtlich, dass sie auf meine vorbereitete Grabstätte gestoßen war. Ich versuchte den Faden wieder aufzunehmen, aber Elvira hörte mich nicht. Ihr Blick verlor sich an einem Ort, der weit von diesem Zimmer entfernt lag. Sie schüttelte den Kopf, wollte nicht glauben, was hier vorging. Ich wollte ihr weiter von den ruchlosen Plänen ihrer Komplizin erzählen, aber sie hielt mir den Mund zu. Sie wollte es nicht hören. So heftig hielt sie mir den Mund zu, dass ihre Finger meine Nasenlöcher verschlossen. Ich dachte, jetzt ist alles vorbei, denn ich bekam keine Luft mehr und Elvira Verona war sich nicht einmal bewusst, dass sie dabei war, mich zu ersticken. Beharrlich ruckte ich mit dem Kopf, aber ich schaffte es nicht, mich von ihrer Hand zu befreien. Der letzte Mund voll Luft war verbraucht, und diese Frau zeigte keine Reaktion. Aber zu meinem Glück ließ der Druck eine Sekunde lang nach, und es gelang mir, mit Mühe und Not den Mund zu öffnen. Ich biss nach ihr. Ich biss nach ihr mit aller Verzweiflung. Ich tat ihr weh. Sie spürte es und schrie auf. Und bewahrte mich vor dem Erstickungstod. Völlig unvermittelt strömte wieder Luft in meine Lungen, und ich nahm sie in mir auf, als wäre es mein letzter Atemzug. Elvira ihrerseits kam rechtzeitig wieder zu sich, um zu merken, was passiert war. Die

Tränen begannen ihr über die Wangen zu strömen. Wie ein winziger, salziger Fluss rannen sie ihr das Kinn hinunter, durchnässten ihre perlenfarbene Bluse. Vergeblich versuchte sie, sich die Tränen zu trocknen, sich zu beruhigen. Dann wollte sie etwas sagen, aber es kam kein einziger Laut heraus.

Ich nutzte die Situation dazu, den Faden wieder aufzunehmen: »Hör zu, Elvira, du musst sie aufhalten, du musst mir helfen, die Sache zu erledigen, bevor sie uns erledigt. Glaub bloß nicht, dass du in Sicherheit bist, für dich hat sie auch eine kleine Überraschung parat. Die Videokassetten, such die Videokassetten. Sie hat gefilmt, was du für Juan Simón mit diesen Typen tun musstest, ja, alles. Sie hat die Kassetten versteckt, das hat sie mir vor ein paar Stunden erzählt, und will sie dazu benutzen, dir den Mord anzuhängen, dir alle Morde anzuhängen. Ich lüge dich nicht an, dieses Miststück hat an allen Ecken und Enden Spuren hinterlassen. Sind dir nicht die Dekogegenstände in deiner Wohnung aufgefallen? Du hast doch sicher gemerkt, dass sie sie anders hingestellt hat. Ich habs in deinem Flur gesehen, sie bilden jetzt ein ziemlich merkwürdiges Muster, und du hast dich wahrscheinlich schon gefragt, was es bedeuten soll. Es ist ein *E,* der Anfangsbuchstabe von Elvira, und den hat sie in allen Wohnungen hinterlassen, in der von Carlos Verona, in der von Lucas Travieso, das durchtriebene Biest hat ihn sogar in meinem Wohnzimmer hinterlassen. Ich dachte immer, es sei ein *M,* aber ich habe mich getäuscht. Die Polizei weiß davon, und die Spur führt sie zu dir, während Laura entwischt und am Ende ungeschoren davonkommt. Sie wird die Polizei anrufen, um ihr zu sagen, in welcher Entfernung von der Mole die Leiche deines Mannes zu finden ist, sie wird ihr die Videokassetten zuspielen, wird ihr erzählen, dass es deine Idee war, ist dir das denn nicht klar? *Carajo,* Elvira, wach endlich auf! Sonst gehst du mit ihr unter.«

Elvira Verona stimmte mir zu, erkannte sich in jedem meiner Worte wieder wie in einem Spiegel und begann, Laura Antúnez' verworrenen Plan zu durchschauen. Aber sie konnte sich nicht zum Handeln entschließen, ihr fehlte der letzte Anstoß. Mir fiel wieder ein, wie sehr sie ihren Vater bewunderte: »Denk an Cochise«, sagte ich. »Vielleicht entkommst du Laura, vielleicht lässt sie dich ja in Ruhe, nachdem sie mich umgebracht hat, aber dem Blick deines Vaters entkommst du niemals, ihn kannst du nicht täuschen. Wie lange glaubst du dauert es, bis er die Wahrheit in deinen Augen liest? Wie lange glaubst du dauert es, bis er stirbt? Denn es ist so sicher wie das Amen in der Kirche, dass Jesús Ventura vor Kummer stirbt, sobald er erfährt, dass seine Tochter sich für dieses diabolische Spiel hergegeben hat. Ich kenne ihn nicht, dieses Glück blieb mir bisher verwehrt, aber ich kenne seine Tochter, und die hat mir von ihm erzählt, von seiner Aufrichtigkeit, von seiner Integrität. Tu es nicht für mich, Elvira, tu es für ihn. Er hat es nicht verdient, durch diesen Albtraum zu gehen.«

Elvira Verona ließ sich erweichen und schloss die Augen. Sie trocknete sich die Tränen. Sammelte ihre Kräfte. Und fing an, mich zu befreien. Aber sie hatte noch nicht einmal den ersten Knoten gelöst, als Himmel und Hölle über sie hereinbrachen. Laura Antúnez hatte sich lautlos wie der Tod angeschlichen und kam Flüche brüllend ins Zimmer gestürzt. Mit zwei langen, stürmischen Sätzen stürzte sie sich auf Elvira und zog ihr eine Glasflasche über den Kopf, die in Packpapier eingewickelt war, eine Verpackung, die man früher in den Läden verwendet hatte – wir mussten uns also in der Nähe eines Dorfs befinden. Die Anwältin brach über mir zusammen, und das Blut begann aus ihrem Kopf zu quellen und sich mit dem Rotwein zu vermischen. Und die Gerüche von Blut und Wein waren kurz davor, Brechreiz in mir auszulösen, während mehrere Glasscherben von der Größe meiner Faust drohten, mir die Brust aufzuschlitzen.

Laura Antúnez war vollkommen außer Kontrolle, verrückter als je zuvor. Sie hatte die Maske des kühlen, berechnenden jungen Mädchens fallen gelassen, und die Frau, die nun vor mir stand, war mir völlig unbekannt. Sogar ihre Gesichtszüge waren verzerrt, als sie anfing, mich anzuschreien: »Bist du jetzt endlich zufrieden? Das hier hätte nicht passieren müssen, du Scheißkerl! Du bist Schuld daran, dass ich es tun musste, dabei wollte ich ihr nur helfen, und jetzt ist sie tot. Genauso tot wie du und der Nazi von Ferrera, noch bevor dieser Tag zu Ende ist. Du hast es gewusst, nicht wahr? Du hast gewusst, dass er noch lebt, in der Zeitung steht es. Anscheinend ist dein Freund Álvarez noch rechtzeitig gekommen, um ihn zu retten. Von deinem Verschwinden ist auch die Rede. Ich werde dir die Rechnung für dein Verhalten präsentieren und dieses Missverständnis aus der Welt schaffen müssen. Es ist ja offensichtlich, dass man nicht darauf warten darf, dass die anderen die Arbeit für einen erledigen, alles muss man selber machen. Du kannst mich mal, Detektiv, ich scheiß auf dich! Du wirst dich noch an mich erinnern, denn ich werde dein Herz verspeisen, bevor ich dich fertig mache, ich werde dir mehr Schmerzen zufügen, als du ertragen kannst, selbst nach deinem Tod werden die Leute dich noch als verachtenswertes Wesen betrachten. Wenn es dir grausam vorkam, dass ich die anderen als Hure verkleidet habe, dann warte mal ab, was ich für dich habe. Jetzt muss ich diesem Journalisten einen Besuch abstatten, aber danach sehen wir uns noch, du verdammter Scheißkerl!«

Die Situation hätte nicht brenzliger werden können, es herrschte »dunkelstes Harlem«, wie Inés sagen würde. Elvira war bewusstlos. Sie atmete zwar, aber es machte ihr Mühe. Außerdem verlor sie zu schnell zu viel Blut. Ich rührte mich langsam und versuchte, sie zu einer Reaktion zu bewegen, aber die Anwältin antwortete nicht auf meine Signale. Plötzlich spürte ich einen Stich. Durch meine Bewegung hatte sich die Kante einer der Glasscherben des *Rioja Bordón* – diese Hexe von Laura Antúnez hatte einen guten Geschmack – in mein Handgelenk gebohrt, so nah an der Pulsader, dass ich zusammenzuckte. Aber das Ganze konnte auch von Vorteil sein: Wenn ich es schaffte, die Glasscherbe in die Hand zu nehmen, konnte ich vielleicht den Strick durchschneiden und meine Hand befreien. Nach mehreren überaus schmerzvollen Versuchen – mit jeder Bewegung bohrte sich das Glas weiter ins Fleisch – schaffte ich es, die Scherbe aus meinem Unterarm zu ziehen. Ich ergriff sie mit der Handfläche und presste die Finger darauf. Ich musste sie fixieren, damit sie nicht auf meinem eigenen Blut wegrutschte. Wenn ich die Scherbe verlor, würden wir alle vor die Hunde gehen. Ich hielt sie fest und begann, das Handgelenk von links nach rechts zu drehen, eine riskante Bewegung. Es war das einzig Gute an meiner Situation: Entweder ich kam frei, oder ich schnitt mir die Pulsadern auf und setzte dieser verdammten Sache endlich ein Ende. Beides war verheißungsvoller als die Leidenschaft à la Laura Antúnez, die mich bei der Rückkehr der blonden Hexe erwartete.

Nach und nach spürte ich, wie der Schmerz nachließ und einem Gefühl der Erleichterung wich. Das Seil wurde dünner. Ein kräftiger Ruck genügte, um mich von ihm zu lösen. Ich ließ die Glasscherbe fallen und befreite mit der entfesselten Hand den Rest meiner Gliedmaßen, ganz sanft, um Elvira nicht wehzutun, die immer noch ohnmächtig auf meinem Bauch lag. Ich rollte sie aufs Bett, riss mehrere Streifen aus dem Laken und verwendete sie als Verband für ihren Kopf. Dann vergewisserte ich mich, dass ihre Atmung stabil war, und machte mich auf die Suche nach einem Telefon. Im oberen Stockwerk des Hauses gab es keins, aber unten im Eingangsbereich wurde ich fündig. Am anderen Ende erklang die übermüdete Stimme von Álvarez, der vermutlich seit mindestens drei Tagen kein Auge mehr zugetan hatte. »Ich bins Inspector. Unterbrechen Sie mich bitte nicht, dafür haben wir keine Zeit. Ja, verdammte Scheiße, mir gehts gut, aber jetzt seien Sie still und hören Sie mir zu: Ich werde dieses Telefon nicht aufhängen, damit sie den Anruf zurückverfolgen können, ich habe nämlich keine Ahnung, wo ich bin. Schicken Sie eine Streife und einen Krankenwagen los, und zwar mit Vollgas, hier liegt eine schwer verletzte Frau, die stark blutet, also trödeln Sie nicht. Und Sie fahren schnell zu Pablo Ferrera nach Hause, die Mörderin hat es auf ihn abgesehen. Wir treffen uns dort, los jetzt, wir dürfen keine Zeit verlieren.« Erst jetzt, als ich den kalten Marmorboden unter meinen Füßen spürte, merkte ich, dass ich nackt war. Also lief ich wieder die Treppe hoch und ging zurück ins Zimmer, wo ich im Kleiderschrank, in einer Kommode mit zerbrochenem Spiegel, sieben Jahre Pech, und in den Schubladen eines Einbauschranks nach meinen Kleidern suchte. Am Ende fand ich sie zusammengelegt auf einem Stuhl, in einer dunklen Ecke des Schlafzimmers. Hastig zog ich mich an und hinterließ dabei eine Blutspur auf dem weißen Hemd und der Hose. Mit einem der Stoffstreifen verband ich mir das verletzte Handgelenk. Dann warf ich einen letzten Blick auf Elvira, die immer noch schlief, aber am Leben war. Ich konnte nichts mehr für sie tun. Also deckte ich sie mit einer Decke zu und verließ eilig das Haus.

Die alte Villa der Großmutter von Elvira stand am Fuße eines steilen Felsens. Es musste etwa sechs Uhr morgens sein, am Montag, wie ich vermutete. In Wirklichkeit war es schon Dienstag. Sie hatten mich mithilfe der Tabletten mehr als zwei Tage in Schlaf versetzt. Das erklärte, warum die Tageszeitungen bereits mein Verschwinden verbreiteten. Was es nicht erklärte, war, warum erst jetzt veröffentlicht worden war, dass Ferrera noch lebte. Später erfuhr ich, dass der gute Álvarez angeordnet hatte, vorsichtshalber achtundvierzig Stunden lang nichts davon verlauten zu lassen. Und nun hatte man meine Meldung dazu genutzt, die von Pablo ebenfalls zu veröffentlichen. Das rettete ihm das Leben. Es begann schon zu dämmern, aber in den Häusern der Umgebung brannten noch einzelne Lichter. Ich suchte nach einem Fahrzeug – einem Auto, einem Motorrad, einem Fahrrad –, aber in der Garage stand noch nicht mal ein armseliger Traktor. Das Haus war kein landwirtschaftlicher Betrieb, sondern ein altes Sommerhaus. Was es sehr wohl gab, waren Reifenspuren, die vom Haus zu einem unasphaltierten Weg führten. Ich folgte ihnen. Obwohl ich noch ganz steif war, rannte ich, so schnell ich konnte. Nach etwa dreihundert Metern stieß der Weg am Fuß des Felsens auf die Landstraße. Ich musste mich für eine Richtung entscheiden und bog links ab, weil vor der nächsten Kurve eine Mülltonne stand, was bedeutete, dass in der Nähe jemand wohnte. Und tatsächlich startete jemand genau in dem Moment, in dem ich die Kurve erreichte, den Motor eines Lieferwagens, der auf einer Lichtung neben einem Zaun geparkt war. Es war ein älterer Herr, der einen schief sitzenden kanarischen Hut und eine dünne schwarze Wollweste anhatte. Er rauchte einen filterlosen, vielleicht selbst gedrehten Zigarettenstummel. Als er sah, wie ich die Straße überquerte und auf ihn zukam, stieg er eilig aus dem Wagen und ergriff einen Holzknüppel, der neben anderen Geräten zur Feldarbeit auf der Ladefläche lag. So baute er sich vor mir auf, bereit, mir die Stirn zu bieten: »Mach dir nicht die Hände schmutzig, Freundchen, sonst mach ich mir meine schmutzig.« Abrupt blieb ich stehen und hob die Arme, damit er sehen konnte, dass ich gar nichts dabeihatte, um mich »schmutzig zu machen«. Ich nutzte den Moment des Zögerns des Alten, um tief Luft zu holen und ihm die Sache zu erklären: »Ich suche keinen Ärger, Señor, davon hatte ich schon mehr als genug, das schwöre ich Ihnen. Ich wurde das ganze Wochenende lang in einer alten Villa, dort am Ende dieser Kurve, festgehalten, ja genau, die Villa, die so verlassen wirkt. Ich lüge Sie nicht an, sehen Sie, ich habe immer noch die Abdrücke von den Fesseln an der Hand« – ich zeigte ihm meine Handgelenke. »Ich brauche Hilfe, außerdem ist in dem Haus noch eine verletzte Frau, das können Sie gerne nachprüfen, wenn Sie wollen, auch wenn wir dadurch kostbare Zeit verlieren würden. Ich habe bereits den Krankenwagen und die Guardia Civil gerufen« – die Guardia Civil hat auf dem Land schon immer mehr Gewicht besessen als die Policía Nacional –, »die sind also auf dem Weg, aber ich muss dringend so schnell wie möglich nach Las Palmas, weil meine Familie in Gefahr ist. Können Sie mich hinfahren? Es ist ganz egal, wohin Sie mich bringen, mir reicht es, wenn Sie mich bei einem Taxistand absetzen oder irgendwo, wo ich in den Bus steigen kann.« Er musste wohl gemerkt haben, wie schlecht es mir ging, musste Mitleid mit mir bekommen haben, musste gedacht haben, dass sich niemand eine so dumme und absurde Lügengeschichte ausdenken konnte, denn er entspannte sich sofort, stützte den Holzbalken auf den Boden und antwortete mit heiserer, sarkastischer Stimme: »An einem Taxistand? Und welches Taxi nimmt Sie mit, so wie Sie aussehen? Kommen Sie, lassen Sie den Unsinn und steigen Sie ein, wir haben es schließlich eilig.« Die Heilige Jungfrau der Dummen hatte mich noch nicht verlassen.

Don Néstor, so hieß der alte Mann, Néstor Ruano, erzählte mir, dass er als Aufseher auf einer Finca gearbeitet habe, aber seit zehn Jahren pensioniert sei und sich jetzt den Bananenstauden widmete, die der Besitzer der Finca ihm in seinem Testament vermacht habe. Er erzählte mir, dass das, was man zur Rechten sah, Almatriche sei, dass wir in fünfzehn Minuten Las Palmas erreichen würden, dass er die Landstraße kenne wie seine Westentasche und dass es kein Problem für ihn sei, mich zu fahren, wohin ich wollte, seine Bananenstauden könnten schließlich zwei Stunden warten. Er versicherte mir, dass er keine Erklärungen wolle, weil ihm mein Wort und das Blut auf meinem Hemd und an meinen Handgelenken reiche, dass er nicht gerne Fragen stelle, dass er nicht mehr lange auf Erden weilen werde und die Zeit zu kurz sei, um sie mit Gewissensbissen zu verbringen. Ich weiß nicht, wie oft ich Ruano dankte: »Sie wissen gar nicht, wie dankbar ich Ihnen bin, Don Néstor. Ich wusste nicht, an wen ich mich wenden sollte, und hatte schon befürchtet, den halben Tag damit zu vergeuden, Hilfe zu suchen. In Las Palmas machen sich bestimmt schon alle schreckliche Sorgen um mich, zumindest alle, die mit mir zu tun haben. Außerdem gibt es da einen Mann, einen Journalisten von *La Provincia,* dessen Leben in ernster Gefahr ist.« Der Alte wollte gerade etwas bemerken, als er den Lieferwagen an den Rand des Weges fahren musste, um einen Krankenwagen und einen Streifenwagen durchzulassen, die uns entgegenkamen. Don Néstor blickte zu mir herüber und lächelte mich mit einer Aufrichtigkeit und einer Erleichterung an, die ihn um mehrere Jahre jünger aussehen ließen: »Sieht so aus, als kämen sie noch rechtzeitig, um Ihre Freundin zu retten.«

Nach einer Viertelstunde waren wir in Las Palmas, wie Ruano vorhergesagt hatte. Ich machte ihm ein Zeichen, damit er in die Straße abbog, in der Ferrera wohnte, nur zwei Schritte von meiner eigenen Wohnung entfernt. Und dann konnte ich mich nicht mehr zurückhalten. Ich wusste, dass der Mann mehr für mich getan hatte, als sein Gewissen und ich jemals von ihm hätten verlangen können, aber es gab da noch jemanden, um den ich mir Sorgen machte: »Sie halten mich jetzt bestimmt für undankbar, Don Néstor, aber könnten Sie mir noch einen Gefallen tun? Es ist der letzte, das verspreche ich Ihnen. Es geht um meinen Großvater, der ist genauso alt wie Sie und kaut sich wegen mir bestimmt schon vor Sorge die Nägel ab. Dabei hat er sich gerade erst von einer Unpässlichkeit erholt, und ich habe Angst, dass er einen Rückfall bekommt. Er heißt Colacho Arteaga und ist der geschickteste Schiffszimmermann der ganzen Insel. Sie finden ihn am Strand von Las Canteras, in La Puntilla, wo er neben einem alten Boot sitzt, das er schon seit tausend Jahren restauriert.« Néstor Ruano lächelte wieder: »Machen Sie sich keine Sorgen, mein Freund, wenn Ihr Großvater da ist, wo Sie sagen, werde ich ihn finden, mit ihm reden und ihm sagen, dass es Ihnen gut geht. Ach, und rechnen Sie nicht damit, dass es der letzte Gefallen ist, das weiß man nämlich nie: Es kann immer wieder einer hinter der nächsten Kurve lauern.«

Als ich aus dem Lieferwagen stieg, hatte ich keine Dankbarkeit mehr für jemand anders übrig, ich hatte sie gänzlich Néstor Ruano gegeben, von dem ich mich mit einem Händedruck und dem ehrlichen Wunsch verabschiedete, ihn unter anderen Umständen noch einmal wiederzusehen. Das Bild jenes Mannes, der zum Abschied kaum mit einem Finger die Krempe seines Huts streifte, wird mich immer begleiten. Aber jetzt hieß es, in die unerbittliche Realität zurückzukehren. Ich wollte gerade Ferreras Hauseingang betreten, als mich ein Kerl in Anzug und Krawatte mit einer erloschenen Zigarette im Mund zurückhielt: »Lassen Sie sich nichts anmerken, Blanco. Tun Sie so, als würden Sie etwas suchen, um mir Feuer zu geben, suchen Sie in den Hosentaschen, ja, genau. Sehen Sie jetzt nicht hin, aber der Inspector erwartet Sie in dem dunkelblauen Auto auf dem Gehweg gegenüber. Lächeln Sie mich an und bedauern Sie, dass Sie kein Feuerzeug zur Hand haben, genau so, und jetzt gehen Sie zu ihm.« Ohne zu diskutieren, befolgte ich die Weisung des Polizisten und machte kehrt, um Álvarez zu treffen. Er rutschte auf dem Rücksitz beiseite und empfing mich freudig: »Scheiße, Ricardo, du hast ja keine Ahnung, wie ich mich freue, dich zu sehen! Du siehst zwar beschissen aus, aber wenigstens atmest du noch. Einen schönen Schrecken hast du uns da eingejagt, verdammt noch mal! Was ist denn passiert?« So gut ich konnte, erwiderte ich seine Begrüßung und erzählte ihm sehr oberflächlich von meinem Besuch bei Elvira Verona, von meiner Entführung und Laura Antúnez' Aussage. Aber es war nicht der richtige Moment, um Rechenschaft abzulegen: »Später, wenn wir den Fall gelöst haben, erzähle ich Ihnen die ganze Geschichte, aber jetzt sagen Sie mir, wie es hier bei Ihnen so läuft.« Der Inspector brachte mich auf den neuesten Stand: Sie waren vor zwanzig Minuten eingetroffen und hatten Ferrera gewarnt, den die Geschichte, die man ihm über eine Verrückte erzählte, die ihn auf dem Kieker hatte, nicht wirklich zu verwundern schien. »Er machte auf mich den Eindruck, Ricardo, als wäre er überhaupt nicht überrascht. Ich weiß nicht, es lag nicht an dem, was er sagte, sondern an dem, was er nicht sagte, was er nicht tat. Er verhielt sich sehr seltsam, so, als hätte er genau das erwartet. Jedenfalls haben wir einen unserer Männer in seiner Wohnung gelassen, zwei weitere auf den Fluren, noch mal zwei im Hauseingang und uns beide hier. Ein ganz schöner Aufmarsch, was? Auf der Wache ist kaum noch jemand. Wir haben uns vergewissert, dass das Gebäude keine weiteren Ausgänge hat, keine Feuerleitern und solchen Kram. Wenn die Frau hier auftaucht, entwischt sie uns nicht. Wir warten jetzt schon eine ganze Weile, aber sie hat sich noch nicht blicken lassen.«

Eine Stunde lang lauerten wir im Auto, ohne dass Laura Antúnez auftauchte. Wenn wir überhaupt redeten, dann nur, um uns über unseren Spitzelberuf zu beschweren und über die drückende Hitze der frühen Maitage und darüber, wie unbequem die modernen Autos waren. Während wir uns unterhielten, ließen wir nicht einen Moment die andere Straßenseite aus den Augen, die wir aufmerksam nach irgendeinem bekannten Detail absuchten: einer Art zu gehen, einer Geste, mit der eine Brille hochgeschoben wurde, einer Art, die Haare glatt zu streichen. Doch vergeblich, Laura tauchte nicht auf. Was eine Erleichterung hätte sein müssen, verwandelte sich sehr schnell in Beunruhigung. Wenn die Frau nicht hier war, wo war sie dann? Denn es stand fest, dass sie völlig in Rage war, irgendjemand war also in Gefahr, während wir im falschen Stadion spielten.

Offensichtlich war ich völlig übermüdet, offensichtlich waren meine Nerven angeschlagen und meine Reflexe geschwächt, denn ich achtete erst auf den Polizisten auf dem Fahrersitz, als er sich um viertel nach zehn umdrehte und etwas zu Álvarez sagte. Und da blickte ich in sein rundes Gesicht mit den Glupschaugen und dem lächerlichen altmodischen Schnurrbärtchen. Ich hatte ihn schon vorher irgendwo gesehen. Ja doch. Es war derselbe Mann, der in der vorigen Woche Malena bewacht hatte. Derselbe, der … Es traf mich wie ein Peitschenhieb, schnell und schmerzhaft. Auf einmal ging mir alles gleichzeitig durch den Kopf: die vergebliche Warterei im Gebäude von Pablo Ferrera; der Beamte, der eigentlich Malena beschützen sollte, aber Malena nicht beschützte; Laura Antúnez, die mir, blind vor Wut, zubrüllte: »Du wirst dich noch an mich erinnern, denn ich werde dein Herz verspeisen, bevor ich dich fertig mache, ich werde dir mehr Schmerzen zufügen, als du ertragen kannst«. Ich riss dem Inspector das Handy aus der Hand: »Darf ich? Es ist dringend.« Der erste Schlag ging ins Gesicht: Bei der Postbank sagte man mir, dass Malena frühmorgens angerufen hatte, um Bescheid zu geben, dass sie heute nicht käme, es ginge ihr nicht gut. Der zweite Schlag landete in der Brust: Bei ihr zu Hause meldete sich nur der Anrufbeantworter.

Ich wollte gar nicht wissen, wo mich der dritte Schlag erwischen würde. Was hatte die Bestie von Laura noch gesagt? Es war etwas über mich gewesen und darüber, wie die Leute über mich denken würden. Sie hatte gesagt: »Selbst nach deinem Tod ... werden die Leute dich noch als verachtenswertes Wesen betrachten ... warte ab, was ich für dich habe.« Es war eindeutig. Sie hatte es mir selbst gesagt, und ich hatte nicht zugehört. Sie würde Malena benutzen, um mir wehzutun, um mich in Verruf zu bringen. Und das konnte sie nur in meiner Wohnung, in meinem Bett. Ich sprang aus dem Auto und begann zu rennen, als wäre der Teufel hinter mir her. Dabei vergaß ich, dass ich noch schwach war, dass ich nicht darauf vorbereitet war, einer Mörderin die Stirn zu bieten, dass ich noch nicht einmal die Hausschlüssel dabeihatte, ich vergaß, Álvarez zu erklären, wohin ich ging. Ich dachte nur daran, dass ich rechtzeitig da sein musste, um zu verhindern, dass Malena noch mehr litt, als sie ohnehin schon gelitten hatte. Es war alles meine Schuld. Und Adrastea, die Rachegöttin, bestrafte mich für meine Sünden. Für sie war ich genauso wie die anderen, und sie hatte die perverse Absicht, Malenas unschuldigen Rücken für meine Bestrafung zu missbrauchen.

Gott sei Dank war der Pförtner von meinem Gebäude gerade dabei, die Treppe zu fegen, und die Eingangstür stand offen. Ich ließ ihm nur Zeit für eine kurze Begrüßung: »Guten Tag, Don Ricardo, Sie stehen heute in der Zeitung ...« Er zog ein erstauntes Gesicht, als ich ihm den Besen aus der Hand riss: »Tut mir leid, Agustín, ich bringe ihn dir sofort zurück.« Der Aufzug brauchte länger als sonst. Ich verlor die Geduld und stieg die drei Stockwerke zu Fuß hoch. Als ich ankam, war ich völlig außer Atem. Mir schmerzte die Brust, und ich bekam nur mühsam Luft. Die Tür zu meiner Wohnung war angelehnt. Ich öffnete sie langsam und versuchte, keinen Lärm dabei zu machen. Das Wohnzimmer lag im Halbdunkel, die Jalousien waren heruntergelassen. Aber es war niemand da. Langsam näherte ich mich dem Schlafzimmer und lauschte auf verdächtige Geräusche. Vorsichtig steckte ich den Kopf durch die Tür, aber von meiner Position aus sah ich nur den Kleiderschrank und einen Teil der Fenster. Ich beschloss, einen Schritt nach vorne zu machen, um auf die andere Seite der Tür zu gelangen. Und da sah ich sie. Traurige Malena. Sie war an Händen und Füßen gefesselt, genau wie ich in der alten Villa in Almatriche. Auch sie war nackt. Aber sie trug einen Knebel, Laura hatte ihr den Mund mit einem dicken Streifen Klebeband zugeklebt. Hier gab es nämlich sehr wohl Nachbarn, die die Schreie gehört hätten und beunruhigt gewesen wären. Die Arme sah mich aus offenen, weit aufgerissenen Augen an. Sie war zu Tode erschrocken und hatte geweint, wer konnte es ihr verdenken. Sie bewegte den Kopf von einer Seite zur anderen. Ich vergewisserte mich, dass die Blondine nicht bei ihr war. Im Zimmer herrschte Stille, die nur von Malenas stoßartigem Atem unterbrochen wurde. Zwar konnte ich kein Risiko eingehen, aber ich hatte auch nicht das Herz, sie so hilfsbedürftig zu sehen, ohne etwas zu unternehmen. Ich wollte, ich musste einfach bei ihr sein. Also sah ich noch einmal nach, im Zimmer und außerhalb, für den Fall, dass mir etwas entging. Vorsichtig näherte ich mich dem Fußende des Bettes, mit Agustíns Besen in der Hand, auf alles vorbereitet.

Malena fing plötzlich an, mit Augen und Nase wilde Grimassen zu ziehen. Sie versuchte, mich auf die Gefahr aufmerksam zu machen, mich vor ihr zu warnen. Sie deutete hinter mich, aber hinter mir war nur der Kleiderschrank. Mit einer Geste bat ich sie, sich zu beruhigen, sich keine Sorgen zu machen: Es würde alles gut werden, die Kavallerie war endlich da, um sie im letzten Moment zu retten. Dabei hätte man mir in meinem Zustand zwar alles Mögliche, aber bestimmt nicht General Custer abgekauft. In ihren Augen – war es eine Vorahnung? – las ich, dass sie nicht sehr überzeugt war von meinem Auftritt. Schweißperlen durchnässten mein Hemd und vermischten sich mit den getrockneten Blutflecken. Mit dem Ärmel trocknete ich mir die Stirn, die eine Spur klebriger Feuchtigkeit darauf hinterließ. Ich drehte mich um, um den Kleiderschrank zu öffnen, aber dann hielt ich inne. Die Stille war mein einziges Ass im Ärmel. Wenn die Mörderin im Schrank war, konnte sie mich nicht sehen. Sie musste sich also nach ihrem Gehör richten. Die linke Tür verbarg mehrere Schubfächer, die von der Decke bis zum Boden reichten. Nicht einmal ein Kind hätte sich dort verstecken können. Der mittlere Schrank war aus einem Stück – dort hingen meine Anzüge und Jacken –, und hinter der rechten Tür waren nur zwei Schubfächer am Boden, in denen ich Tücher und Schals aufbewahrte. Ich musste mich also innerhalb von einer Sekunde entscheiden, welche Tür ich zuerst aufmachen sollte. Die Sache war ganz einfach. Gefährlich, aber einfach: Wenn ich die richtige Tür erwischte, überraschte ich sie, wenn nicht, lag der Vorteil ganz auf ihrer Seite. Ich hatte nur einen Besen in der Hand, sie wer weiß was. Es war die längste Sekunde meines Lebens, sie schien eine Ewigkeit zu dauern.

Ich entschied mich für die mittlere Tür, die mit den Jacken. Sie war geräumiger, sodass eine Person mühelos und bequem hineinpasste und Platz zum Manövrieren hatte. Es war zweifellos die logischste Entscheidung. Aber ich hatte ganz vergessen, dass Laura Antúnez nichts von Logik verstand, sich von Impulsen leiten ließ. Mit der rechten Hand öffnete ich mit einem Ruck die Schranktür, während ich mit der linken

Agustíns Kehrbesen schwang. Es empfingen mich meine gut gebügelten Anzüge und ein dunkler, hochgeknöpfter Trenchcoat. Ich stieß den Besen bis zum Anschlag hinein. Und stach ins Leere. Der Rest stand, selbst für eine Improvisationskünstlerin wie Laura, im Drehbuch: Die Tür des rechten Schranks wurde unvermittelt aufgestoßen, und ein gebückter Schatten warf sich gegen mich. Ich spürte einen stechenden Schmerz im Arm, einen Stich, der mich zurückweichen ließ. Laura Antúnez hatte das schärfste und größte Messer aus meiner Küche in der Hand, eines, das ich zum Tranchieren von Fleisch verwendete. Nie zuvor hatte ich jemanden gesehen, der so verrückt war. Laura Antúnez' Zustand grenzte an Delirium, in ihren Augen lag ein feuchter, fiebriger Glanz. Ihr Atem wurde mit jeder Sekunde, die verging, schneller. Wie rasend schüttelte sie den Arm, in dem sie die Waffe hielt, stach in die Luft und lachte. Sie lachte irre, zügellos. Währenddessen hielt ich meinen gesunden Arm hoch, den Besen fest im Griff. Den anderen Arm konnte ich kaum noch bewegen. Zwischen dem verletzten Handgelenk und dem Messerstich, den ich gerade abbekommen hatte, war er wie eingeschlafen, ohne Reflexe.

Dort standen wir also beide, ins Stocken geraten und steif, auf kaum mehr als sechs Quadratmetern, der freien Fläche zwischen Bett und Kleiderschrank. Ich drehte mich, ohne dass sie es merkte, bis ich mich mit dem Rücken zum Bett positioniert hatte. Mir war es lieber, wenn ich zwischen Laura und Malena stand. Ich wollte nicht, dass Adrastea wieder angriff und mir womöglich keine Zeit blieb, sie von meiner Freundin fernzuhalten. Außerdem bot ich Laura so die offene Tür an – einem fliehenden Feind soll man goldene Brücken bauen – für den Fall, dass sie sich aus dem Staub machen wollte. Aber Laura wies mein Angebot zurück: »Hier sind wir also, Detektiv, nur du und ich. Ich sagte es dir doch: Früher oder später müssen wir uns unserem Schicksal stellen, und deins besteht darin, heute vor deiner Freundin zu sterben. Ja, zu sterben und zu wissen, dass auf sie hinterher langes, schmerzvolles Leiden wartet, zu wissen, dass man sie morgen vergewaltigt, missbraucht und fürchterlich verstümmelt in deinem Bett finden wird, mit deinem Geruch an ihrem Körper, zu wissen, dass alle glauben werden, dass du es warst – wie konntest du so etwas tun? –, zu wissen, welche Schande du für immer über deine Angehörigen bringen wirst. Ich sagte es dir: Die Rache macht keine Unterschiede, ihr entkommt keiner. Ob ich die Rache bin? Natürlich, hast du das denn immer noch nicht verstanden? Ich bin die Rache, die Auserwählte, um eine Gerechtigkeit zu üben, an die sich die Menschen nicht heranwagen.«

Während diese Verrückte herumspann, während sie fantasierte und dabei vor Vergnügen anschwoll, überlegte ich, wie ich dem Schauspiel ein Ende setzen konnte. Davonlaufen ging nicht, ich würde diese Frau nicht eine Sekunde mit Malena allein lassen. Auf sie stürzen konnte ich mich auch nicht, weil ihr Messer auf mich zeigte und mein Besen dagegen wie ein schlechter Scherz wirkte. Und viel länger warten konnte ich nicht, mit einem Arm, der so taub und erschöpft war. Mir fiel nur ein einziger Ausweg ein. Er war drastisch. Aber die Situation verlangte es. Er war gefährlich. Aber ich hätte eigentlich schon seit Stunden tot sein sollen. Es war reiner Wahnsinn. Und es hatte nie einen besseren Zeitpunkt dafür gegeben.

Laura musste so lange die Waffe senken, bis ich die Strecke, die uns trennte, zurückgelegt hatte. Ich dachte, dass es sie aus dem Konzept bringen würde, wenn ich es als Erster tat. Also warf ich Agustíns Besen auf den Boden: »Es tut mir leid, Laura, aber ich werde nicht mehr weiterkämpfen. Ich habe das alles satt, ich kann nicht mehr, ich kann einfach nicht.«

Sie hörte auf zu lächeln. Einen Moment lang wusste sie nicht, was sie tun sollte. Sie entspannte sich, ihre Atmung wurde wieder ruhiger, ihr Gesicht wieder weicher. Fast kam die Schönheit wieder zum Vorschein, die sie einst besessen hatte. An einem anderen Ort und zu einer anderen Zeit hätte man sich in diese Frau verlieben können. Aber nicht in meinem Schlafzimmer an diesem ersten Dienstag im Mai. Endlich ließ sie den Arm sinken, in dem sie das Messer hielt. Das war das Zeichen. Ich weiß immer noch nicht, woher ich den Mut dafür nahm. Es gibt Teile dieses Abenteuers, an die ich mich bis heute nur oberflächlich erinnere.

Es war nämlich so, dass ich Tango mit dem Tod tanzte.

Anders kann ich es nicht erklären. Ich tanzte Tango mit dem Tod, in meinem eigenen Zimmer. Ich rannte auf sie zu und umarmte sie. Mit meinem verletzten Arm hielt ich sie davon ab, sich zu bewegen. Mit dem gesunden Arm packte ich den Griff des Messers und zog ihn von meiner Brust weg. Und in dieser Position, mit aneinandergepressten Wangen, stürzte ich mich in einem perfekten Tangoschritt à la *Malena hat die Traurigkeit des Bandoneons* mit dem Tod durchs Fenster. Draußen wartete die frische Morgenluft. Die Erlösung des Mais. Und drei Stockwerke.

Verschiedene Zeugen erzählten mir aus erster Hand, dass wir uns in den Zweigen eines Baumes verhedderten. Sie erzählten, dass wir gegen die Balustrade eines Balkons prallten. Sie erzählten, dass uns unten die Motorhaube eines Autos erwartete, bevor wir auf dem Boden aufschlugen. Sie erzählten, dass wir beinahe ein Baby unter uns begraben hätten, das in seinem Körbchen schlief, während seine Mutter in einem Schaufenster Taschen betrachtete. Sie erzählten, dass an eben diesem Tag Lola nach mir suchte, um sich zu verabschieden. Sie hatte beschlossen, eine lange Reise mit ihrem Freund Héctor zu unternehmen, dem, mit dem sie sich immer wieder einließ, dem mit den sinnlichen Zähnen, dem, der ihr Gedichte schrieb. Lola versprach fest, dass sie mich nach ihrer Rückkehr anrufen würde, um die Sache mit der Rechnung zu klären. Sie erzählten mir, dass Pablo Ferrera an eben diesem Morgen von seinem Posten bei der Zeitung zurücktrat und um ein Jahr Beurlaubung bat, um sich von einem Nervenzusammenbruch zu erholen, der einige Monate später einen Gehirnschlag auslöste. Sie erzählten mir, dass Colacho Arteaga und Néstor Ruano zu eben dieser Stunde eine enge Freundschaft begründeten, die sechs Jahre anhalten sollte, bis es Ruano eines Donnerstags im August einfiel zu sterben. Sie erzählten mir, dass Malena in eben diesem Moment in ihrer Traurigkeit des Bandoneons schwelgte und schweren Herzens beschloss, dass wir *ein unmöglicher Traum* waren, *der in der Liebe untergeht,* dass wir *zwei Tränen in einem Lied* waren, dass es ihr zwar leid täte, aber dass wir von nun an *nichts als das waren, nichts als das.*

Und es war nicht nötig, dass sie mir auch den Rest erzählten: die unerträglichen Schmerzen, der harte, kalte Boden, überall Blut. Und neben mir ein bewegungsloser, in sich zusammengesunkener Körper, aus dessen Bauch der Griff eines Messers ragte. Ein Messer zum Fleischschneiden, das jetzt das weiße, junge Fleisch von Laura Antúnez zerschnitt, alias Kim Basinger alias Evangelina Lynne alias Adrastea.

Und die offenen Augen, die trockenen Augen, die leblosen Augen des Todes.

José Luis Correa

José Luis Correa, geboren 1962 in Las Palmas, ist Professor an der Universität von Las Palmas auf Gran Canaria. Er hat mehrere Romane veröffentlicht, die in Spanien unter anderem mit dem Premio Benito Pérez Armas und dem Premio Vargas Llosa ausgezeichnet wurden. Seiner Krimiserie mit dem Privatdetektiv Ricardo Blanco spielt an einem Ort, den es für die Kriminalliteratur erst noch zu entdecken gilt: Las Palmas auf Gran Canaria.

Bibliografie

Die Ricardo-Blanco-Serie:
Quince días de noviembre (2003; dt. *Drei Wochen im November,* 2006); *Muerte en abril* (2004; dt. *Tod im April,* 2006); *Muerte de un violonista* (2006).

Weitere Romane: *Un tango con la muerte* (2001); *Me mataron tan mal* (2002); *Échale un ojo a Carla* (2003).

Die Übersetzerin

Verena Kilchling, geboren 1977 in Freiburg im Breisgau, verbrachte nach dem Abitur ein Jahr in Granada in Spanien und entdeckte dort ihre Leidenschaft für die spanische Sprache und Kultur. In Düsseldorf studierte sie Literaturübersetzen und überträgt seither Romane und Kurzgeschichten aus dem Englischen und Spanischen ins Deutsche Sie lebt in München.

Urlaubsparadies mit Bodenhaftung

Natürlich gibt es »Kanaren-Krimis«. Die Kombinations-Industrie unserer Verlagslandschaft, die zu jedem *In*-Thema sofort den entsprechenden »Krimi« lieferbar hält, hat die Urlaubsparadiese der Deutschen schon längst abgeklappert und um die jeweilige *destination* herum irgendwelche Handlungen gestrickt, deren Halbwertzeit einen Acht-Tage-all-inclusive-Urlaub um keine Sekunde überlebt.

Kriminalromane von den *Islas Canarias* aber, geschrieben von einem waschechten Kanaren und ohne jeden plakativen Bezug auf die Tourismusindustrie – das gab es bislang noch nicht. Zumindest ist José Luis Correa der erste Autor von kanarischen Kriminalromanen, der mir begegnet ist. Und ich glaube, die österreichischen, schweizer und deutschen Leserinnen und Leser genießen sogar das Privileg, sich früher als manche spanischen Leserinnen und Leser an seinen Romanen um den Privatdetektiv Ricardo Blanco erfreuen zu dürfen.

Denn Spanien ist ein Staat, in dem die Kluft zwischen Zentrum und Peripherie noch deutlicher ausgeprägt ist als in anderen europäischen Ländern. Zwischen *zwei* Zentren und der Peripherie, muss man gerechterweise sagen, denn Madrid und Barcelona konkurrieren zwar, sind sich aber herzlich einig im Beharren auf ihrer zentralen Rolle. Und nur was über sie kommuniziert wird, hat eine Chance, überhaupt im Ausland wahrgenommen zu werden. Ganz besonders gilt das für Kultur, für Literatur. Manuel Vázquez Montalbán war nie »die katalanische Kriminalliteratur«, geschweige denn »die spanische Kriminalliteratur«, nur konnte man dies nicht wissen, wenn man sich bloß auf die üblichen Informationskanäle von *El País* bis *FAZ* verließ.

Aber wenn die Situation nun mal so ist, wie sie ist, dann muss man sie ändern. Und deswegen Auftritt Ricardo Blanco. Bei seinem ersten Abenteuer, *Drei Wochen im November,* herrschte noch der pure Spieltrieb seines Erfinders José Luis Correa vor – die Freude am Pastiche, am zeitgemäß-ironischen Modulieren der klassischen Privatdetektiv-Figur, die sich durch das ganze zwanzigste Jahrhundert hindurch als eine der beständigsten Ikonen der populären Kultur gehalten hat.

Gran Canaria, genauer Las Palmas, ist Ricardo Blancos Turf. Nicht das Gran Canaria der Touristen, sondern das Gran Canaria der normalen Leute, das Las Palmas der Reichen, der Armen und der Mittelständler. Da bewegt sich unser mäßig erfolgreicher, mäßig ehrgeiziger, eher nachdenklicher Privatdetektiv wie der sprichwörtliche Fisch im Wasser, auf dieses ganz alltägliche Las Palmas fokussieren sich seine Beobachtungen, seine witzigen und genauen Kommentare zu Zeit, Land und Leuten. Ganz unmerklich und undramatisch gelingt es Correa dabei, unseren Blick »umzupolen«: Wir sehen nach und nach eine spanische Großstadt in einem wunderschönen Naturensemble, aber nicht mehr als synthetisches Ferienparadies, sondern als lebendiges soziales System mit ganz anderen Prioritäten und Akzenten.

In *Tod im April,* dem zweiten Abenteuer, das wir mit Ricardo Blanco erleben, ist die Voraussetzung für diese Perspektive schon geschaffen. Correa kann die pastichehaften Züge ruhig zurückfahren, die Figur ist sozusagen vom Zitat zur Person geworden, und folgerichtig ist auch der Plot keine Variation eines genretypischen Topos mehr, sondern mischt sich kräftig in die Zeitläufe ein. Las Palmas bleibt der Schauplatz, den Correa allmählich dialektischer gestaltet, mit dem Tourismus als einem, den afrikanischen Elendsflüchtlingen als anderem Pol. Außerdem zwingt die geografische und somit auch politische Position der Inseln den Plot dazu, auf dem Teppich der Tatsachen zu bleiben und nicht ins Megalomane zu kippen. Die Peripherie garantiert sozusagen die Bodenhaftung der Handlung, die dann allerdings so gar nichts Peripheres mehr hat.

Denn in *Tod im April* geht es, cum grano salis, um die reaktionär strukturierten Verhältnisse zwischen den Geschlechtern, deren Modernisierung in den entscheidenden Aufbruchsjahren in Spanien vom *Franquismo* nachhaltig blockiert worden ist. *Retaco,* der üble Bulle aus »Burgos oder Ávila«, auf jeden Fall vom Festland, schleppt die gesamt spanische Misere auf die Inseln, wo sie sich furchtbar perfekt mit finsteren Gebräuchen in den entlegenen, tourismusfernen Dörfern vereinigt.

Und gleichzeitig haben die Untugenden der Hightech-Moderne schon längst auf den Inseln die Beziehungen der Menschen untereinander kontaminiert und entfremdet.

Diese Verschränkung von regionaler Spezifik und allgemeinen Zeittrends unterscheidet Correa vom »Regionalkrimi« deutscher Bauart, der seinen Fokus nicht über die Region hinaus erweitern will. Correa erzählt, ganz klassisch und doch ganz überzeugend, das Allgemeine im Besonderen, wobei das Besondere das gleiche Gewicht wie das Allgemeine hat.

Und wir bleichen Nordländer mit unserem Hunger nach Sonne und Meer und unserer Inselreife dürfen gleich eine ganze Welt hinter unseren Urlaubsparadiesen entdecken. Keine total »andere«, aber eine faszinierende Welt.

Thomas Wörtche

metro – Spannungsliteratur im Unionsverlag

»Die *metro*-Bände gehören auf jeden Fall zum Besten, was derzeit an sogenannter Spannungsliteratur zu haben ist.« *Michaela Grom, Südwestrundfunk*

Bernardo Atxaga *Ein Mann allein*
Der große Roman einer vom Scheitern ihrer Revolution enttäuschten Generation – im Rhythmus eines Thrillers geschrieben.

Lena Blaudez *Spiegelreflex; Farbfilter*
Im westafrikanischen Benin ist Vodou Staatsreligion und damit so real wie Profikiller, Bürokraten und internationale Abzocker.

Patrick Boman *Peabody geht fischen; Peabody geht in die Knie*
»Peabody ist der niederträchtigste Ermittler, der jemals in Szene gesetzt wurde.« *WDR*

Hannelore Cayre *Der Lumpenadvokat*
»Eine verblüffende Geschichte voller Haken und Kapriolen.« *Le Figaro*

Driss Chraïbi
Inspektor Ali im Trinity College
Inspektor Ali aus Casablanca kombiniert wie Sherlock Holmes und kommt daher wie ein marokkanischer Bauer.

Liza Cody *Gimme more*
»Mit Birdie Walker gelingt Cody ein großer, ein wunderbarer Bluff.« *Die Zeit*

José Luis Correa
Drei Wochen im November; Tod im April
Privatdetektiv Ricardo Blanco ermittelt an einem Ort, den es für die Kriminalliteratur erst noch zu entdecken gilt: Las Palmas auf Gran Canaria.

Pablo De Santis *Die Übersetzung; Die Fakultät; Voltaires Kalligraph; Die sechste Laterne*
»De Santis ist ein meisterhafter Erzähler. Kafka und Agatha Christie hätten ihr Vergnügen daran.« *NDR*

Garry Disher *Drachenmann; Hinter den Inseln; Flugrausch; Schnappschuss*
»Garry Disher ist zurzeit einer der besten Kriminalschriftsteller der Welt.« *WDR*

Rubem Fonseca *Bufo & Spallanzani; Grenzenlose Gefühle, unvollendete Gedanken; Mord im August*
Rubem Fonseca zeichnet witzig, satirisch, virtuos und opulent die Bourgeoisie Brasiliens.

Jorge Franco *Paraíso Travel; Die Scherenfrau*
»Jorge Franco gehört zu denjenigen kolumbianischen Schriftstellern, an die ich die Fackel mit Freude weiterreiche.« *Gabriel García Márquez*

Jef Geeraerts *Der Generalstaatsanwalt; Coltmorde*
»Geeraerts legt die Mechanismen von Korruption, Machtmissbrauch, politischer Gewissenlosigkeit und religiösem Wahn bloß.« *ZDF*

Friedrich Glauser *Schlumpf Erwin Mord; Matto regiert; Der Chinese; Die Speiche; Die Fieberkurve; Der Tee der drei alten Damen*
»An Glauser kommt kein Krimifreund vorbei.« *Peter Zeindler*

Joe Gores *Hammett* – Die Vorlage für den gleichnamigen Film von Wim Wenders

Jean-Claude Izzo Die Marseille-Trilogie: *Total Cheops; Chourmo; Solea*
»Izzo besingt seine Stadt wie ein Liebender.« *Stadtmagazin Krefeld*

Stan Jones *Weißer Himmel, schwarzes Eis; Gefrorene Sonne; Schamanenpass*
»Jones lässt uns in die Seele der Ureinwohner Alaskas schauen.« *Hessischer Rundfunk*

H. R. F. Keating
Inspector Ghote zerbricht ein Ei; Inspector Ghote geht nach Bollywood; Inspector Ghote hört auf sein Herz; Inspector Ghote reist 1. Klasse
»Ghote gehört in den Pantheon der literarischen Detektive.« *100 Masters of Crime*

Yasmina Khadra *Morituri; Doppelweiß; Herbst der Chimären*
»Hier sieht man mal wieder, wie wichtig Literatur ist.« *Elke Heidenreich*

Thomas King *DreadfulWater kreuzt auf*
»King muss als einer der wichtigsten Autoren der Native Americans gelten.« *Die Welt*

Bill Moody *Solo Hand; Moulin Rouge, Las Vegas; Auf der Suche nach Chet Baker; Bird lives!*
»Zwischen jeder Zeile klingt wunderbarer Jazz durch.« *Badische Zeitung*

Bruno Morchio *Kalter Wind in Genua*
»Morchio gehört zum Olymp der italienischen Krimiautoren.« *Noir Magazine*

Christopher G. Moore
Haus der Geister; Nana Plaza; Stunde null in Phnom Penh
»Konsequente Action, meisterhafte Sprache, dazu angelsächsischer Humor at its best.« *DeutschlandRadio*

Peter O'Donnell *Modesty Blaise – Die Klaue des Drachen; Die Goldfalle; Operation Säbelzahn; Der Xanadu-Talisman; Ein Hauch von Tod*
»Mit Modesty wird es nie langweilig, höchstens einmal lebensgefährlich.« *Michael Kleeberg, FAS*

Celil Oker *Schnee am Bosporus; Foul am Bosporus; Letzter Akt am Bosporus*
»Celil Oker ist der Grandseigneur des türkischen Krimis.« *Stuttgarter Zeitung*

Leonardo Padura *Adiós Hemingway;* Das Havanna-Quartett: *Ein perfektes Leben; Handel der Gefühle; Labyrinth der Masken; Das Meer der Illusionen*
»Wir erleben Havanna live.« *NZZ*

Pepetela *Jaime Bunda, Geheimagent*
Was ist die Steigerung von James Bond? Jaime Bunda, Angolas effizientester Geheimpolizist!

Clemens Stadlbauer *Quotenkiller*
»Manchmal glaubt man sich in einem Film der Marx Brothers.« *Wien Live*

Paco Taibo II *Vier Hände*
»Paco Ignacio Taibo II: ein Vagabund auf diesem Planeten.« *L'Humanité*

Masako Togawa
Schwestern der Nacht; Trübe Wasser in Tokio; Der Hauptschlüssel
»Das Fremde und das Bekannte verschmelzen geheimnisvoll, die Spannung ist erschreckend.« *Ruth Rendell*

Gabriel Trujillo Muñoz *Tijuana Blues; Erinnerung an die Toten*
»Gabriel Trujillo Muñoz ist der fantasievollste und originellste Autor Mexikos, eine echte Entdeckung.« *Reforma*

Nury Vittachi *Der Fengshui-Detektiv; Der Fengshui-Detektiv und der Geistheiler; Der Fengshui-Detektiv und der Computertiger; Shanghai Dinner*
»Ein gelungenes Crossover mit Kultpotenzial.« *Der Standard*

Manfred Wieninger
Der Engel der letzten Stunde
»Gutes Buch, gutes Buch. Österreichische Krimiautoren haben einfach Saft.« *Die Weltwoche*

Bestellen Sie unseren kostenlosen Verlagsprospekt:
Unionsverlag, CH-8027 Zürich, mail@unionsverlag.ch